Susan Fletcher
Die Schattenspinnerin

Susan Fletcher

Die Schattenspinnerin

Aus dem Englischen
von Anne Brauner

Für Jean Karl, der mir so viel
über Geschichten beigebracht hat.

Ohne die großzügige Hilfe vieler Menschen hätte ich dieses Buch
niemals schreiben können! Dr. Abbas Milani hat das
Manuskript zweimal gelesen, davon einmal bei Kerzenlicht,
weil der Strom ausgefallen war. Er hat nicht nur Fehler gefunden
und vielerlei Fragen beantwortet, sondern zum großen Nutzen
für das Buch auch viele Vorschläge gemacht.
Zohré Bullock bediente mich großzügig mit Tee, Kaffee
und Plätzchen, während sie meine endlosen Fragen
beantwortete. Darüber hinaus danke ich folgenden
Personen für ihre weisen Beiträge:
Dr. John Stewart, Sue Chism, Will Earhart, Eric Kimmel,
Susan Ash, Jackie Rose, Eloise und Bill McGraw,
den Mitgliedern meiner beiden Kritikergruppen,
Susan Strauss, Becky Huntting und natürlich Jean Karl.

Die Originalausgabe erschien 1998 unter dem Titel »Shadow Spinner« bei
Atheneum Books, Simon & Schuster Children's Publishing, New York.
Copyright © Susan Fletcher, 1998

Die Zitate aus der Märchensammlung
»Die Erzählungen aus tausendundein Nächten«
entsprechen der Übersetzung von Enno Littmann,
die im Insel Verlag, Frankfurt, erschienen ist

In neuer Rechtschreibung

2. Auflage 2002
© 2002 by Arena Verlag GmbH, Würzburg
Alle Rechte vorbehalten
Aus dem Englischen von Anne Brauner
Einbandillustration: Dorothea Göbel
Schmuckelemente im Innenteil: Christine Bietz
Gesamtherstellung: Westermann Druck Zwickau GmbH
ISBN 3-401-05304-3

Inhalt

Kapitel 1
Im Harem

Über das Leben und das Geschichtenerzählen

Tante Chava hat immer zu mir gesagt: »Was soll nur aus dir werden, Marjan?« Das sagte sie fast immer dann, wenn ich etwas angestellt hatte – wenn ich eine Schale Oliven umstieß oder so in den Anblick der Kohlen versunken war, dass ich die Linsen vergaß, bis sie verkohlt waren. Aber ich wusste, sie meinte noch etwas anderes, nämlich dass ich wahrscheinlich nie heiraten würde. Wer wollte schon eine Braut mit einem verkrüppelten schiefen Fuß? Es spielte keine Rolle, dass ich schnell rennen und einen Topf auf dem Kopf tragen konnte oder dass mein Lammeintopf genauso gut war wie der anderer Mädchen. Mein Fuß verhieß Unglück. Ein schlechtes Omen. Deshalb wäre ich wohl mein ganzes Leben auf die Wohltätigkeit meiner Verwandten angewiesen – wenn ich denn welche gehabt hätte. Tante Chava war nicht wirklich meine Tante und sie und Onkel Eli waren alt und hatten es selbst nicht leicht. Wenn sie erst gestorben waren, wäre ich niemandem mehr von Nutzen. Deshalb schaute Tante Chava so oft gen Himmel, seufzte und fragte: »Was soll nur aus dir werden, Marjan?«

Dabei weiß natürlich keiner, was in diesem Leben aus ihm wird. Was dann aber aus mir geworden ist, darauf wäre niemand auch nur im Traum gekommen.

Als ich den Harem des Sultans zum ersten Mal betrat, hoffte ich einen Blick auf Scheherazade werfen zu können.

Scheherazade war meine Heldin. Sie hatte sich erboten den Sultan zu heiraten, als er alle seine Frauen umbrachte. Nachts heiratete er, am nächsten Morgen tötete er sie – so ging es bei ihm zu.

Bis Scheherazade kam.

»Schlag die Augen nieder, Marjan, und sieh zu, dass die Haare bedeckt sind«, mahnte Tante Chava, als wir durch die Palasttore gingen und den äußeren Hof überquerten.

»Die Frauen da drin haben die denkwürdigsten Kleider an oder auch nicht an, du aber musst dich bescheiden zeigen.«

Hastig griff ich nach meinem langen Schleier und hielt ihn unterm Kinn fest, sodass nur der Mond meines Antlitzes zu sehen war. Die Sonne schien grell auf den Marmorboden und glitzerte im Brunnen. Ich suchte nach der Tür zum Harem, aber blauschwarze undurchdringliche Schatten verhüllten das andere Ende des Hofes.

Ich war zwar begierig, den Harem von innen zu sehen, aber ein bisschen Angst hatte ich auch. Mein Kopf war voll von den Geschichten über die Brunnen, deren Wasser rot war von Blut, nachdem der Sultan seine erste Frau mit einem anderen Mann erwischt hatte. Er hatte sie erschlagen und mit ihr all ihre Diener und Sklaven – alle erwachsenen Frauen im Harem, alle außer seiner Mutter. In jenem Augenblick schwor sich der Sultan, dass ihn nie wieder eine Frau betrügen sollte. Und fortan brachte er seine Frauen um.

Jetzt blieb Tante Chava im Schatten eines hohen zweiflügeligen Tores stehen. Sie sprach mit den Wachen, ernsten Männern mit hohen Helmen. Jeder hatte einen Dolch und einen glänzenden Scimitar im Gürtel stecken. Es war schon viele Jahre her, seit Tante Chava das letzte Mal hergekommen war. Bevor Onkel Eli sein Vermögen verloren hatte, weil ein Handelsschiff gesunken war, war sie oft im Harem gewesen und hatte Juwelen und Seide aus fernen Ländern verkauft. Und nun, obwohl ich doch so darum gebettelt hatte, mitkommen zu dürfen, hatte ich doch gewisse Bedenken. Schwere Bedenken sogar, als das Tor hinter mir ächzte und dröhnend zuschlug. Es verbannte uns mit zwei barfüßigen Haremseunuchen in einen schwach beleuchteten Gang. *Die Frau, die durch dieses Tor tritt, kommt nicht lebend wieder heraus.* Das erzählte man sich über den Harem. Und in den meisten Fällen stimmte das auch.

Nun, wir wollten den Haremsfrauen ja nur ein paar Sachen verkaufen, also würden sie uns auch wieder herauslassen. Ganz bestimmt, hatte Tante Chava mir versichert.

Erst konnte ich nicht gut sehen, meine Augen mussten sich an die plötzliche Dunkelheit gewöhnen. Vorsichtig, weil ich mein Humpeln nicht zeigen wollte, folgte ich dem Schatten von Tante Chavas Schleier. Sie selbst ging hinter einem der Eunuchen. Kühle Luft umfing mich, sehr angenehm nach der Sonnenhitze. Kurz darauf hörte ich Wasser plätschern und es duftete nach einer köstlichen Mischung aus Blumen, Sandelholz und Nelken. Als ich meine Umgebung endlich erkennen konnte, hatten wir bereits ein weiteres Tor durchschritten und befanden uns in einem Hof.

Er sah aus wie ein offener Hof, war aber keiner. Das Kuppeldach erschien mir so hoch oben wie der Himmel selbst. Honigfarbenes Licht strömte durch geschnitzte hölzerne Wandschirme und vergoldete die Wände und die Böden. Im Sprühregen eines Brunnens tanzte das Licht. Wie flüssiges Silber schimmerte es auf der Wasseroberfläche. Vögel flatterten in den Obstbäumen und in den blühenden Sträuchern, die einen süßen Duft verströmten. Die Bodenkacheln strahlten wie Juwelen und darauf lagen fein gewirkte Teppiche in Rot und Gold.

Mein forschender Blick suchte auf den Brunnenfliesen nach dem Rost der Blutflecken, aber abgesehen von den farbigen Rändern waren sie strahlend weiß wie geschälte Rüben.

Der Eunuch machte es sich in einer Ecke auf einem Kissen bequem. Ich warf ihm einen ängstlichen Blick zu. Er war dunkelhäutig und sah bis auf seine feinen seidenen Gewänder genauso aus wie alle anderen Eunuchen, die ich bisher gesehen hatte. Er hatte schlaffe Züge und breite Hüften.

Tante Chava warf ihren Schleier ab, öffnete ihr Bündel, breitete das Tuch aus und begann die Ware auszulegen. Diesen Schatz hatte sie aus ihrer wohlhabenden Zeit behalten: Ringe, Armbänder und Ketten mit kostbaren Steinen, außerdem Stoffballen mit Satin und Damast. Onkel Eli wollte sie nicht verkaufen, aber Tante Chava hatte gesagt, wir müssten die Steuern bezahlen. Ich sah sie an: War sie traurig, weil sie diese Dinge hergeben musste? Flink legte sie sie auf das Tuch, aber ich merkte, wie sie eine Lapislazuli-Brosche länger als nötig in der Hand hielt, bevor sie sie sanft hinlegte.

Bis auf das Plätschern und Gurgeln des Brunnens war es still. Nach kurzer Zeit aber, als hätten wir ein lautloses Zeichen gegeben, hörten wir das Tappen nackter Füße auf den Fliesen. Flüstern, klimpernde Armbänder, rauschende Gewänder.

In dem Moment sah ich sie im Geiste vor mir: Scheherazade, schlank und königlich, wie sie anmutig über den Hof ging, als balanciere sie einen Wasserkessel auf dem Kopf. Sie würde keinen Übereifer zeigen, keine Gier. Sie würde

Tante Chava begrüßen, sich dann mir zuwenden und irgendetwas in meinen Augen würde sie innehalten lassen. Würde sie spüren, dass auch ich mich um die Kunst des Erzählens alter Geschichten bemühte? Würde sie irgendwie merken, dass sie es war, die mich dazu inspirierte? Dass ich werden wollte wie sie?

»Marjan! Hör auf zu träumen und hilf mir!«

Rasch nahm ich den Schleier ab, löste mein Bündel und breitete Tante Chavas Schmuck, Bänder und die Seide aus. Ich hörte, wie sie vor sich hin murmelte: »Was soll nur aus dir werden, Marjan?«

Und da kamen sie, die Haremsfrauen; durch die Torbögen schwebten sie in den Hof. Ihre leuchtend bunten Röcke raschelten, leise zwitscherten ihre Stimmen – ein Schwarm schöner Vögel. Sie versammelten sich um uns und hüllten uns in eine Wolke schweren Parfüms. Dann probierten sie die Armbänder und Ringe an, sprachen über die Farbe eines Edelsteins, den Glanz einer Bahn Seide. In den Juwelen fing sich das Licht und zauberte Schwindel erregende Farbtupfer auf Wände und Böden. Zwar war keine der Frauen so nackt, wie Tante Chava vorhergesagt hatte, aber viele von ihnen trugen verführerische Gewänder, die nackte Arme, Hälse und die Kurven von Brüsten und Hüften offenbarten.

Ich suchte Scheherazade unter ihnen, denn tief im Inneren wusste ich, dass ich sie erkennen würde, obwohl ich sie noch nie gesehen hatte. Viele Frauen hier gehörten zur Familie des Sultans – entfernte Tanten und Nichten, die verwitwet oder geschieden waren und nirgends hinkonnten. Weil sie keine Jungfrauen mehr waren, liefen sie keine Gefahr, mit dem Sultan verheiratet zu werden. Die anderen Frauen im Harem waren Sklavinnen; allerdings waren nur einige wenige so schön, wie es eigentlich für Haremssklavinnen üblich war. Alle jungen und schönen Jungfrauen hatte der Sultan vor seiner Hochzeit mit Scheherazade geheiratet und getötet.

Fünf oder sechs aber waren jung; zweifellos waren sie erst im Harem, seit Scheherazade das Morden beendet hatte. Sie waren atemberaubend schön, diese jungen Frauen. Hastig und gierig griffen sie nach Tante Chavas Schätzen. Scheherazade war nicht dabei, da war ich mir sicher.

Ich beantwortete ihre Fragen und erzählte ihnen, dass der Satin aus Samarkand kam, dass eins der Armbänder aus gehämmertem indischem Kupfer war. Die Dinge gingen schnell weg, ich musste nur noch unsere Bündel einsammeln und warten. Das Handeln übernahm Tante Chava. Das würde dauern, das wusste ich jetzt schon.

In dem Moment, als ich mich hinkniete, um die Tücher zusammenzufalten, sah ich die Kinder. Sie waren wahrscheinlich nach den Frauen hereingekommen. Das Aussuchen hatte mich offenbar so mitgerissen, dass ich sie nicht bemerkt hatte. Jetzt kamen sie langsam näher und starrten mich neugierig an. Ein gutes Dutzend Kinder zwischen drei und acht. Haremskinder. Manche gehörten zu den Haremsfrauen, andere waren Kinder oder Enkel in Ehren gehaltener Sklaven. Ich machte mir Sorgen um die Mädchen.

Eins hatte eine Gazelle als Haustier. Das Mädchen war sechs oder sieben und die Gazelle trippelte hinter ihr her und stupste ihre Hand. Ohne den Blick von mir zu wenden, kraulte das Mädchen sie hinter den Ohren.

»Was hast du da am Fuß?«, fragte das Gazellenmädchen.

Ich ging in die Hocke und zog schnell meinen Rock über den verkrüppelten Fuß.

»Was hast du da? Es sieht komisch aus.«

»Nichts.«

Ein kleiner Junge kroch vorwärts und berührte schüchtern meinen Ärmel. Dann zog er die Hand schnell wieder weg. Er hielt sich die Nase zu und zeigte auf mich. Die anderen Kinder kicherten, liefen aber nicht fort. Alle sahen mich unverwandt an.

Wahrscheinlich hatten sie noch nie ein Mädchen gesehen, das nicht von oben bis unten in Seide und Damast gehüllt war, nicht frisch gebadet und geschrubbt, nicht gekämmt und parfümiert war, bis es glänzte und nach Blumen duftete. Für sie war ich ein Wesen aus einer anderen Welt. Ich hätte auch eine Abessinierin sein können oder ein Dämon. Dabei waren sie mir ebenso fremd.

Wundersam fremd.

Langsam streckte ich die Hand aus und berührte den seidenen Ärmel des Jungen, der meinen Ärmel angefasst hatte. Aber er zuckte zurück und mit ihm floh die ganze Horde. Ich wünschte, ich hätte Süßigkeiten, damit sie mir aus der Hand äßen wie die Spatzen, die in dem Granatapfelbaum in Onkel Elis Garten nisteten.

Zum Glück hatte ich andere Verlockungen zu bieten.

Ich sah zu Tante Chava hinüber. Sie war noch immer tief in den Handel mit den Haremsfrauen verstrickt. Das konnte ewig dauern.

»Kennt ihr die Geschichte vom Fischer und dem Dämon?«

Ein paar Kinder schüttelten ernst den Kopf, aber das Mädchen mit der Gazelle platzte heraus: »Ja! Der Dämon wollte ihn töten, aber der Fischer hat ihn überlistet.«

»Stimmt«, sagte ich, »aber kennst du auch den Teil mit den sprechenden Fischen?«

Misstrauisch kniff sie die Augen zusammen und schüttelte den Kopf.

»Nun, der Dämon befahl dem Fischer sein Netz ein weiteres Mal auszuwerfen. Und als er es hochzog, waren vier Fische darin: ein weißer, ein roter, ein blauer und ein gelber.«

»Es gibt keine blauen Fische«, sagte das Mädchen.

»Doch, denn dieser war blau. Aber es waren Zauberfische. Als der Fischer sie an den Sultan verkaufte und der Sultan sie seinem Koch gab und die Köchin anfing sie zu braten, spaltete sich die Küchenwand und zack! kam ein schönes Mädchen heraus. Und dann hoben die Fische den Kopf und sprachen zu ihr.«

Ich hielt einen Augenblick lang den Atem an und wartete. Wenn man eine Geschichte erzählt, darf man nie zu viel zu früh verraten. Man muss sein Netz auswerfen wie der Fischer in der Geschichte und warten, wer hineinschwimmt. Die Kinder beobachteten mich mit weit aufgerissenen Augen. Als ich schon befürchtete sie nicht mehr am Haken zu haben, fragte schließlich das Gazellenmädchen: »Was haben die Fische gesagt?«

Da wusste ich, dass sie angebissen hatten.

Sorgfältig spann ich die alte Geschichte weiter, verteilte Geheimnis über Geheimnis und verriet das eine erst, wenn ich das nächste bereits angedeutet hatte. Erst sprach ich leise, dann laut, dann wieder leiser, sodass die Kinder immer näher krochen. Bald umringten sie mich, berührten mich. Ich atmete ihr süßes Parfüm ein. Ein kleines Mädchen legte den Kopf auf mein Knie und schaute geradewegs hoch in mein Gesicht. Ein Junge umklammerte meinen Rocksaum, während er am Daumen lutschte. Die Gazelle knickte die langen Beine ein und leckte mir die Hand. Und die Geschichte entwickelte ein eigenes Leben, wie es Geschichten eben manchmal tun. Sie verwob mich in ihre Welt, öffnete sich und zeigte mir Einzelheiten, die mir noch nie aufgefallen waren, obwohl ich die Geschichte schon so oft erzählt hatte.

»Und die Zauberin verlor keine Zeit, sondern begab sich ans Ufer dieses Sees, wo sie Wasser auf dem Sand verspritzte. Und sie sprach einige Worte über den Fischen: *balanka, balinka balu*! Und die Fische sprangen hoch und verwandelten sich in Männer und Frauen und Kinder! Eins hatte Locken genau wie du«, sagte ich zu dem Gazellenmädchen, »und es trug ein silbernes Armband wie dieses hier und einen Rock aus blauer Seide, genau wie du . . .« Ich brach ab und zog die Augenbrauen zusammen: »Bist du ganz sicher, dass du nie ein Fisch warst?«

Ein ersticktes Lachen erklang von außerhalb des Kinderkreises. Ich schaute rasch hoch. Mein Blick traf den eines Mädchens, das nur wenig älter sein mochte als ich – vierzehn oder fünfzehn. Sie war einfacher gekleidet als die Frauen, aber der Faltenwurf und der Glanz ihres gelben Seidenrocks verrieten einen außerordentlich fein gewirkten Stoff. Ihre hellgrauen, mandelförmigen Augen schauten bereits ernst, bevor die Grübchen ihres Lächelns verschwunden waren.

»Erzähl weiter«, sagte sie. »Bitte.«

Es war eine Bitte – nicht etwa eine Forderung –, und doch hörte ich an ihrer Stimme, dass sie daran gewöhnt war, dass man ihr gehorchte.

Wer mochte sie sein?

Ich sah rasch zu den anderen Frauen hinüber, die noch immer mit Tante Chava verhandelten. Sie bezeugten dem Mädchen keinen besonderen Respekt, sie nahmen es gar nicht zur Kenntnis.

Verwirrt fuhr ich fort, aber sie hatte mich aus der Geschichte herausgerissen und in die Gegenwart des Harems zurückgeholt. Ich kam schnell zum Ende, aber die Kinder bettelten um mehr.

»Jetzt nicht, Kinder«, sagte das Mädchen mit den grauen Augen. »Geht spielen!«

Wie eine Schar Rebhühner stoben sie auseinander und verschwanden lachend und redend durch einen Torbogen. Die Gazelle zögerte und sprang dann hinterdrein.

Jetzt kam das Mädchen mit den grauen Augen näher. Hastig stand ich auf. Sie war nicht groß, kaum größer als ich. Sie hatte ein hübsches Gesicht: ein entschlossenes Kinn, ein voller breiter Mund und runde Wangen mit Grübchen, wenn sie lächelte. Ihre dichten glänzenden Haare lagen zu einem Zopf geflochten über ihrer Schulter. Sie schien sich ihrer Schönheit nicht bewusst zu sein. Nichts an diesem Mädchen deutete auf Selbstgefälligkeit oder eitles Getändel hin. »Kennst du noch mehr Geschichten?«, fragte sie.

Ich nickte, weil ich meiner Stimme nicht traute. Ich kannte viele alte Geschichten, ich sammelte sie. Ich hatte mir selbst beigebracht Geschichten so im Gedächtnis zu behalten, dass ich sie nie wieder vergaß. Aber wer war dieses Mädchen?

»Warte hier«, sagte sie.

Unbeholfen blieb ich stehen und sah zu, wie das Mädchen mit Tante Chava und dann mit einer der älteren Frauen sprach. Auf einmal wäre ich am liebsten zu Tante Chava gegangen, ich wollte, dass sie den Arm um mich legte, wollte mit ihr diesen Ort verlassen und nach Hause gehen. Aber das Mädchen hatte gesagt: *Warte hier.*

Tante Chava sah zu mir hinüber und sagte etwas zu ihr. Sie

sprachen leise, ich konnte nichts verstehen. Dann kam das Mädchen zu mir zurück.

»Komm mit«, sagte sie.

Ich blieb wie angewurzelt stehen. Flehend sah ich Tante Chava an, die nickte, als wollte sie mich beruhigen.

»Komm«, sagte das Mädchen. Ich schaute noch mal zu Tante Chava, mit einer Handbewegung scheuchte sie mich geradezu fort.

Das Mädchen lief schnell über den Hof und verschwand durch einen Torbogen. Ich musste mich beeilen, um sie einzuholen, und hatte Mühe, mein Humpeln zu verbergen. Tante Chava hatte mich doch nicht etwa – verkauft, oder? Ich bekam Angst. *Die Frau, die durch dieses Tor tritt, kommt nicht lebend wieder heraus.*

»Wo gehen wir hin?«, fragte ich den Rücken des Mädchens.

Sie wurde keinen Deut langsamer. Sie hatte einen forschen Schritt. Tante Chava hatte zwar gesagt, dass Haremsfrauen den ganzen Tag in den Kissen liegen und Scherbett trinken, aber ich hatte meine Zweifel, was die hier anging.

»Wo gehen wir hin?«, fragte ich noch mal, lauter.

»Zu meiner Schwester«, sagte das Mädchen über die Schulter hinweg.

»Zu deiner Schwester?«

»Ja! Zu meiner Schwester. Zu Scheherazade.«

Kapitel 2

Scheherazade

Über das Leben und das Geschichtenerzählen

*Meine Tante Chava hat immer gesagt, ich wäre ein un-
praktisches Kind. »Hör auf zu träumen, Marjan!«, ermahnte sie mich immer. »Denk praktisch! Sieh zu, dass du
selbst überlebst!« Sie hielt nichts davon, dass ich den Nachbarskindern die alten Geschichten erzählte (obwohl ich sie
oft beim Zuhören erwischte). »Schatten spinnen« nannte
sie das und rümpfte verächtlich die Nase.*

*Und jedes Mal antwortete ich: »Denk an Scheherazade.
Geschichten erzählen kann sehr praktisch sein. Geschichten können einem das Leben retten.«*

Ich wusste natürlich, dass Scheherazade eine Schwester
hatte. In ihrer Hochzeitsnacht mit dem Sultan hatte Sche-
razade gefragt, ob sie ihrer jüngeren Schwester kurz vor
der Morgendämmerung (bevor er sie umbringen würde)
noch eine letzte Geschichte erzählen durfte. Der Sultan er-
laubte es, und so geschah es, dass sie kurz vor Tagesanbruch nach ihrer Schwester rufen ließ. Als Scheherazade
merkte, dass die Sonne bald aufgehen würde, unterbrach
sie die Geschichte in einem spannenden Moment. Der Sultan ließ sie eine weitere Nacht am Leben, weil er wissen
wollte, wie die Geschichte ausging. In der zweiten Nacht
geschah aber das Gleiche: Sie ließen die Schwester holen,

Scheherazade unterbrach an einer anderen spannenden Stelle und wieder ließ der Sultan sie leben.

Und so ging es nun schon seit mehr als zweieinhalb Jahren. In der Zwischenzeit hatte Scheherazade dem Sultan drei Söhne geboren – den jüngsten erst letzte Woche. Die Menschen in der Stadt atmeten auf. Sie hörten auf ihre Töchter zu verstecken oder mit Abu Muslem fortzuschicken, dem berühmten Geächteten, der den Frauen half dem Sultan zu entkommen. Scheherazade hatte dem Morden ein Ende gesetzt.

Also hatte ich von Dunyazad, Scheherazades Schwester, gehört. Ich hatte aber nie richtig über sie nachgedacht.

Bis jetzt.

Im Moment dachte ich vor allem eins: Wenn sie doch nur langsamer gehen würde! Ständig verschwand sie hinter Wandschirmen, Mauern und Torbögen und ich musste hinterherrennen, wenn ich sie nicht verlieren wollte. Sie umging einen offenen Hof, in dem Vögel mit roten Kehlen in duftenden Bäumen hockten, überquerte dann einen Bach, der durch ein Bett aus leuchtend blauen Fliesen gurgelte. Sie öffnete eine verborgene holzgetäfelte Tür und betrat einen düsteren, muffig riechenden, gewundenen Gang. Durch kleine Fensterchen erhaschte ich einen Blick in weitere leere Räume und Höfe, die alle mit Fliesen, Schnitzwerk und Gold verziert waren. An einem marmornen Säulengang in der Nähe einer breiten Treppe kamen wir heraus. Dunyazad sprang die grün glänzenden Stufen hinauf und lief dann über einen Balkon, der hoch oben über einem weiteren Hof lag. Sie griff in eine Ritze an einer geschnitzten Holzwand und löste einen geheimen Riegel. Dann öffnete sie den Durchgang und tauchte die enge Treppe dahinter hinunter.

In dieser ganzen Zeit sah ich keine Menschenseele. Die Atmosphäre war gedämpft, ja unheimlich. So viele Sofas und niemand saß darauf. So viel Schönheit und keiner schaute hin. Über dem Geräusch unserer Fußtritte hörte ich förmlich das Flüstern der Frauen, die vor dem Fegefeuer des Sultans hier gelebt hatten.

Jetzt waren sie alle fort. Alle ermordet.

Ich folgte Dunyazad die Stufen hinunter in einen Gang, dessen Boden mit grauem Marmor ausgelegt war. Geduckt verschwand sie in einer kleinen verhüllten Nische. Hatte ich sie endgültig verloren? Da hörte ich ein rasselndes Geräusch und zog den Vorhang beiseite. Hinter einem Perlenvorhang erspähte ich ein Stück gelber Seide; eilig lief ich hinterher in einen Hof. Inzwischen tat mir der Fuß weh, wie immer, wenn ich zu weit oder zu schnell gelaufen war. Schlimmer als der Schmerz war aber die Angst, mich zu verirren. Durch dieses Labyrinth hätte ich tagelang laufen können, ohne einen Ausgang zu finden. Vielleicht sogar Wochen. Ich müsste Wasser aus dem Teich trinken. Ich müsste die Fische fangen, die darin herumflitzten, und sie roh essen. Oder würden sie vielleicht die Köpfe heben und mit mir sprechen, mir sagen, wie . . .

Hör auf Schatten zu spinnen!, ermahnte ich mich streng. Sieh zu, dass du selbst überlebst!

»Hier.« Dunyazad nahm eine Treppe zu einem hohen Torbogen vor einem alabastergefliesten Flur. Sie ging hindurch; ich hörte eine Stimme, einen Gruß.

Scheherazade?

Da blieb ich stehen. Plötzlich war ich verunsichert.

Ich sah an meinem schäbigen Rock herunter, betrachtete den ausgeblichenen braunen Stoff, die Flecken, die nicht

mehr rausgingen, egal, wie fest ich schrubbte, und den frischen Staubrand, der sich auf dem Weg durch die Straßen
am Rocksaum festgesetzt hatte. Ich – ich schämte mich so
vor Scheherazade zu erscheinen. Ich schüttelte den Staub
ab, aber es half nichts.

Von dem schattigen Flur aus konnte ich nur einen kleinen
Teil der Mauer in dem Raum hinter dem Torbogen sehen.
Von oben strahlte Sonnenlicht durch ein Mosaik aus bun-
tem Glas und darunter durch einen holzgeschnitzten Wand-
schirm.

Da tauchte Dunyazad wieder im Torbogen auf. »Komm! Sie
erwartet dich!«

Langsam ging ich durch das Tor.

Und fiel beinahe über einen Stapel Bücher.

Bücher! Überall Bücher – auf den Sofas verstreut, auf den
Teppichen. Stapel und Haufen und Berge von Büchern. Einige waren aufgeschlagen, andere zugeklappt. Und Schriftrollen! Sie lagen zwischen den Büchern. Ein Vermögen an
Büchern und Schriftrollen.

Und dort, auf den Knien, einen Finger auf der Seite eines
aufgeschlagenen Buches – war Scheherazade!

Ich wusste sofort, dass sie es war, auch wenn ich nicht genau sagen kann, warum. Sie sah überhaupt nicht so aus, wie
ich sie mir vorgestellt hatte. Klar, sie war schön, sogar im
Morgenmantel und mit nassen, zerzausten Haaren, die ihr
lang über den Rücken fielen. Ihre Haut war rein und strahlend, ihre Lippen voll, die Augenbrauen schön gezeichnet.
Ihre Wimpern waren wie ein dichter dunkler Vorhang. Was
mich so schockierte, war ihr Blick. Ein gehetzter, gejagter
Blick. Er schwankte irgendwo zwischen Hunger und Schre-
cken.

Diesen Blick hatte ich schon einmal gesehen: in den Augen eines zum Tode verurteilten Diebs. Hier aber, in den Augen der Heldin meines Lebens, erschreckte er mich bis ins Mark. Ich ging auf sie zu, kniete nieder und küsste den Boden vor ihr.

»Erzähl die Geschichte von den Fischen. Die, die du den Kindern erzählt hast«, sagte Dunyazad.

Ich schluckte. Ich? Sollte Scheherazade eine Geschichte erzählen? Aber sie war es doch, die mich zum Geschichtenerzählen gebracht hatte. Nur ihretwegen erzählte ich doch überhaupt Geschichten!

»Erzähl schon«, drängte Dunyazad.

Ich schluckte noch mal und leckte mir die Lippen. »Ein Dämon befahl einem Fischer . . . sein Netz . . . im Meer auszuwerfen«, begann ich zögernd.

Scheherazade nahm die Hand von der aufgeschlagenen Seite. Sie richtete ihre gehetzten Augen auf mein Gesicht. Angesichts ihres starren Blicks fiel es mir schwer, mit der Geschichte fortzufahren. »Das Netz kam wieder hoch mit vier Fischen darin – einem weißen, einem roten, einem blauen und einem gelben«, sagte ich. »Als der Fischer sie aber dem Sultan . . .« Ich kam in Fahrt, wenn auch stockend. Als ich fortfuhr, beugte sich Scheherazade zu mir vor und schien mich mit den Augen zu verschlingen. »Und er hob sein Gewand und zeigte dem Sultan, dass er nur vom Kopf bis zum Bauch ein Mann war, dass aber seine Füße und Beine und Hüften aus schwarzem Marmor . . .«

»Nein!«

Plötzlich diese barsche Stimme; ich brach ab und schnappte nach Luft.

Scheherazade drehte sich zu ihrer Schwester um. »Diese

Geschichte habe ich vor langer Zeit erzählt. Hast du das vergessen? Es war eine der ersten.«

Dunyazad seufzte. »Jetzt, beim zweiten Mal kam sie mir auch bekannt vor. Aber . . .« Sie wandte sich zu mir. »Erzähl eine andere. Du hast gesagt, du kennst noch mehr.«

Ich kannte wirklich noch mehr Geschichten, aber in diesem Moment, unter Scheherazades glühendem Blick, waren sie mir alle entfallen. Fetzen dieser Geschichten rasten durch meinen Kopf – eine Zauberlampe, eine reiche Lastenträgerin, ein närrischer Weber. Für den entschied ich mich und fing an, zögernd ließ ich das Garn der Geschichte abspulen. Aber gerade, als sie mir richtig zu Bewusstsein kam, rief Scheherazade: »Nein! Die habe ich auch schon erzählt.«

Eine Geschichte nach der anderen trug ich vor, zog sie aus dem Durcheinander in meinem Kopf, bis sie Form annahm. Jedes Mal aber unterbrach mich Scheherazade, bevor ich richtig loslegen konnte. Die meisten hatte sie dem Sultan bereits erzählt und von den wenigen, die übrig blieben, meinte sie, dass er sie nicht mögen würde. »Er hat gegähnt, als ich ihm eine ähnliche Geschichte erzählt habe«, sagte sie. »Gegähnt! Ich darf ihm keine Geschichten erzählen, die ihn zum Gähnen bringen!« Einmal sagte sie auch etwas Seltsames. Wenn ich es gewagt hätte, hätte ich nachgefragt. »Für diese hier ist er noch nicht bereit«, sagte sie.

Ich ging meinen gesamten Schatz an alten Geschichten durch, die ich sonst den Nachbarskindern erzählte. Die sind nicht so wählerisch wie der Sultan. Ihre Lieblingsgeschichten können sie nicht oft genug hören. Zu guter Letzt fiel mir eine Geschichte ein, die ich eines Tages von einem Geschichtenerzähler im Basar gehört hatte: die Geschichte einer Meermaid namens Julnar.

»Da verließ sie das Meer und setzte sich am Ufer einer Insel im Mondenschein nieder. Da kam ein Mann an ihr vorüber, nahm sie mit und führte sie in sein Haus. Dort wollte er sie verführen, aber sie schlug ihm aufs Haupt. Da verkaufte er sie an einen Händler ...«

Scheherazade kam so nah an mich heran, dass ich ihre Wimpern hätte zählen können. Der süße Moschus ihres Parfüms drang mir in die Nase. Ihr Blick ließ mich nicht los, er erschreckte mich ins Mark. Sie umklammerte mein Handgelenk, bis es weh tat, aber ich wagte keinerlei Protest. »Die kenne ich noch nicht«, flüsterte sie. »Die kenne ich nicht.«

Als ich endlich zum Ende der Geschichte kam, seufzte sie tief. Sie ließ mein Handgelenk los und starrte abwesend auf die weißen Male, die ihre Finger auf meiner Haut hinterlassen hatten.

»Wie heißt du?«, fragte sie, als sie endlich hochschaute.

»Marjan.«

»Marjan.« Sie sprach meinen Namen aus, als wollte sie probieren, wie er schmeckt. Als wäre er eine erlesene Köstlichkeit, die ihr zum ersten Mal serviert wurde. Sie atmete tief ein; die Anspannung in ihrem Gesicht ließ ein wenig nach.

»Nun, Marjan«, sagte sie, »du hast mir eine Geschichte erzählt, die ich noch nie gehört habe. Und das will was heißen, denn ich kenne viele Geschichten. Und das ist auch gut so, weil der Sultan es nicht mag, wenn ich ihm eine Geschichte zweimal erzähle. Er hat ein sehr gutes Gedächtnis. Ich kann sie mir nicht mehr merken, es waren einfach zu viele. Er beschwert sich, wenn sich die Geschichten zu sehr ähneln.«

»Wir hätten von Anfang an aufschreiben sollen, welche Geschichten sie schon erzählt hat«, sagte Dunyazad. »Wir glauben, dass sie welche kennt, die sie noch nicht erzählt hat, oder dass sie in den Büchern welche finden könnte. Aber langsam hören sie sich alle gleich an. Wir sind uns nie ganz sicher. Aber wir *müssen* sicher sein.«

»Könntest du nicht welche erfinden?«, fragte ich.

Ich erzählte zwar meistens alte Geschichten, aber manchmal nahmen sie beim Erzählen einen neuen, seltsamen Lauf. Ich versuchte das zu verhindern, weil ich genau wie Scheherazade sein wollte und gehört hatte, dass sie sich treu an die Überlieferung hielt. Außerdem kam es vor, dass ich, wenn ich tagsüber vor mich hin träumte, völlig neue Geschichten erfand. Aber ich erzählte sie nur sehr selten – außer wenn mir keine alten Geschichten mehr einfielen.

»Ein paar habe ich erfunden«, sagte Scheherazade, »aber es fällt mir schwer. Die alten gefallen mir immer besser als das, was mir selbst einfällt. Und etwas völlig Neues kommt mir im Moment anscheinend nicht in den Sinn. Alles hört sich gleich an, ich habe Angst, dass ich mich nur an etwas erinnere, statt es zu erfinden.«

»Es hilft auch nicht gerade, dass sie so müde ist«, sagte Dunyazad. »Die Geburt liegt gerade fünf Tage zurück.«

Ich nickte. Das war bekannt. Die Ausrufer waren mit der Nachricht durch die Straßen gelaufen und überall wurde gefeiert.

»Ich hätte nie gedacht . . .« Scheherazade schüttelte den Kopf. »Ich wusste, dass es dauern würde, bis die Geschichten Wirkung zeigen würden, aber – inzwischen sind es neunhundertneunundachtzig Nächte! Neunhundertneunundachtzig Nächte!«

Langsam stand sie auf und lief auf einem schlichten Teppich hin und her. Sie war groß, Nacken, Arme und Beine schlank und rank. Viel größer als ihre jüngere Schwester. Ihre Bewegungen waren weniger lebhaft, aber anmutig. Wie bei einem Schwan. Und ich hatte den Eindruck, dass sie von neuer Kraft erfüllt war – jener Kraft, die ihr vorher gefehlt hatte. »Dieser König«, sagte sie, »wie hieß der noch mal?«

»Shahriman.«

»Shahriman.« Scheherazade hielt einen Augenblick inne und schloss die Augen. »Shahriman.« Sie machte die Augen wieder auf und lief weiter hin und her. »König Shahriman hatte also hundert Nebenfrauen, aber keine hatte ihm ein Kind geschenkt. Eines Tages, als er sich darüber beklagte, kam einer seiner Wächter zu ihm und sagte: ›Hoher Herr, an der Tür steht eine Sklavin mit einem Händler, die ist so schön, wie noch nie eine gesehen ward.‹ Ist das so weit richtig, Marjan?«

»Ja.«

»Und sie war wirklich so schön, wie er gesagt hatte. Als der König sie aber nach ihrem Namen fragte, sagte sie kein einziges Wort. Nur ihre Schönheit schützte sie vor seinem Zorn. Und dann fragte er ... Wen fragte er noch, Marjan? Den Händler? Seinen Wächter? Oder seine Sklavinnen?«

»Seine Sklavinnen.«

»Stimmt, jetzt erinnere ich mich. Er fragte seine Sklavinnen, ob das Mädchen etwas gesagt hätte, und sie sagten: ›Seit ihrer Ankunft bis zu dieser Stunde hat sie nicht ein einziges Wort gesagt.‹«

Dann erzählte Scheherazade uns Julnars Geschichte. Ab und zu unterbrach sie, um diese oder jene Einzelheit zu klären. Sie erzählte uns, wie Julnar schließlich, als sie mit dem Kind des Königs schwanger ging, Shahriman von sich selbst erzählte, dass sie nämlich die Tochter eines Meerkönigs war und dass ihr Vater gestorben und sein Königreich von anderen übernommen worden war. Julnar hatte sich mit ihrem Bruder zerstritten und der Gnade eines Mannes vom Lande empfohlen. Der hatte sie an den Händler verkauft, der sie wiederum Shahriman verkauft hatte. Dann erzählte Scheherazade, wie Julnar den König anflehte ihre Familie zur Geburt kommen zu lassen, weil Frauen vom Festland nicht wussten, wie Frauen der See Kinder zur Welt brachten. »Sag mir, wenn ich von der Geschichte abweiche«, bat Scheherazade. »Ich will sie genau so lernen, wie du sie erzählt hast.«

Ich war so damit beschäftigt, ihr die Geschichte beizubringen, dass ich die drei Frauen gar nicht bemerkte, die vor dem Torbogen warteten, bis Dunyazad sie ungeduldig hereinwinkte. Sie kamen auf uns zu, beladen mit Röcken und Kleidern, Schmuck und Schatullen, Bürsten und Fläschchen. Sie umringten Scheherazade. Eine Frau zog ihr den Morgenmantel aus und kleidete sie in Seide, eine Schicht über die andere. Eine andere kämmte ihr die Haare; eine dritte cremte und pinselte ihr Gesicht; duftender Pudernebel erfüllte die Luft.

Die ganze Zeit lang übte Scheherazade und erzählte die Geschichte immer wieder, erzählte den einen Teil schnell, einen anderen langsam, wurde laut, dann wieder leise – und verband auf diese Weise alles zu einer angenehmen Melodie wie bei einem Lied. Wenn sie vom Meer sprach, konnte man in ihrer Stimme fast das Rauschen und Dröhnen hören. Wenn sie von Julnar erzählte, schien sie in die Haut dieses Meereswesens zu schlüpfen und sich wasserartig zu bewegen. Schon bald stellte sie ihre Fragen nicht mehr mir, sondern sich selbst. »Soll ich heute Nacht hier aufhören«, überlegte sie, »oder besser später? Soll ich das so ausdrücken oder so?«

Sie schaffte es pünktlich, die Geschichte so zu erzählen, als hätte sie sie ihr Leben lang gekannt.

Ein Sklavenmädchen kam herein und zündete rundherum die Lampen an. Jetzt erst merkte ich, dass es bereits dunkel wurde. Lange, flackernde Schatten legten sich über das Gemach. Scheherazade stand murmelnd in einem goldenen Lichtkegel, während die Frauen ihr aufwarteten. Ein mitternachtsblaues Gewand hing über ihren Schultern. Es war mit Perlen übersät wie mit Sternen. Ihr Gesicht war gespannt und heiter zugleich. Es leuchtete wie der Mond.

»Dann entfachte Julnar in einer Kohlenpfanne ein kleines Feuer, nahm zwei Stücke Aloenholz und warf sie ins Feuer. Sie sprach einige Zauberworte und auf einmal stieg ein mächtiger Rauch auf, bis das Meer aufschäumte und brandete. Bald darauf stieg Julnars Familie aus den Wellen empor: erst ihr Bruder Salih, dann ihre Mutter Farahshah. Sie liefen über die Wasseroberfläche, bis sie Julnars Fenster erreichten und sie wieder erkannten.«

An der Tür stand ein riesiger Eunuch. Sein Kopfschmuck war mit Juwelen gespickt, er trug golden glitzernde Gewänder. Sein Gesicht, es war schwarz, weich und ohne ein einziges Haar, wirkte distanziert. Kalt. »Es wird Zeit«, sagte er.

Dunyazad umarmte ihre Schwester heftig. Als sie sich löste, sah ich den Schimmer unvergossener Tränen in ihren Augen. Scheherazade ging zu dem Eunuchen, zögerte und kam zu mir zurück. Sie kam ganz nah heran und fasste mein Handgelenk. »Danke, Marjan«, flüsterte sie. Und in dem Moment sah ich es in ihren Augen: Quecksilbrig zuckte Angst durch ihren Blick. Aber im nächsten Augenblick war schon wieder alles wie zuvor.

Scheherazade drehte sich um und rauschte aus dem Gemach.

Ich stand unter dem Torbogen und sah ihr hinterher, wie sie mit dem Eunuchen den Alabasterflur zum Schlafzimmer des Sultans entlangging. Sie hielt den Kopf hoch, anmutig schwang sie die Hüften: der Inbegriff der Heiterkeit. Und doch sah sie so verletzlich aus. Die Verantwortung für das Leben all der jungen Frauen im Harem, nein, aller jungen Frauen in der Stadt!, lastete auf ihren schmalen Schultern. Hing davon ab, wie gut sie einem Mann zu gefallen wusste, der sie wegen eines Gähnens umbringen würde. Hing an dem dünnen Faden einer Geschichte, die ich von einem Bettler im Basar gehört hatte. Dabei schätzte ich Scheherazade jetzt noch viel mehr, seit ich die nackte Angst hinter der Maske ihrer Heiterkeit entdeckt hatte.

Sie war der tapferste Mensch, den ich je getroffen hatte.

Kapitel 3
Der Wunsch

Über das Leben und das Geschichtenerzählen

Wenn man sich etwas wünscht und es dann in Erfüllung geht, erkennt man manchmal, dass der Wunsch nicht richtig durchdacht war. Wie in den alten Sagen, wenn der Dämon einen Wunsch erfüllt, den jemand leichtfertig ausgesprochen hat. Wenn man es dann hat – das, was man sich gewünscht hat –, stellt man fest, dass man es in Wirklichkeit doch nicht haben wollte.

Meine Tante Chava hat immer gesagt: Wünsche sind mächtig. Wenn man sich etwas wünscht, konzentriert man sich darauf. Und wenn man sich auf etwas konzentriert, trägt man dazu bei, dass es passiert.

Also: Sei ja vorsichtig beim Wünschen!

Wir kamen spät nach Hause.

Kaum hatten wir das Tor geöffnet und waren in den Hof getreten, als Onkel Eli uns im Zwielicht entgegenhumpelte und mit Fragen überschüttete. Seine Troddeln wippten und der gelbe Turban hing ihm schief auf dem Kopf. Wo wir gewesen waren? Ob es uns gut ging? Warum wir so lange gebraucht hätten? Hatte es Ärger gegeben? Waren wir etwa ausgeraubt worden? Er hatte den alten Mordecai losgeschickt, um uns zu suchen – uns oder unsere Leichen. Sie hatten ja nicht gewusst, was sie finden würden.

»Uns geht es gut«, beruhigte ihn Tante Chava, »und Ärger gab es auch nicht. Ganz im Gegenteil. Was wir erlebt haben? Nun, ein kleines Abenteuer.« Sie warf mir einen Blick zu und ein Lächeln zuckte um ihre Mundwinkel. »Halt die Hände auf, Eli.«

Sie griff in ihre Schärpe und nahm eine Hand voll Münzen heraus. Dann goss sie klingend goldene Dinare in Onkel Elis knotige hohle Hände. Die letzten Münzen klingelten von dem Haufen hinunter auf die Fliesen. Onkel Eli sah verwundert auf. »So viel? Aber so viel waren sie doch gar nicht wert.«

»Nein«, sagte Tante Chava, »wahrhaftig nicht. Marjan hat den Rest verdient – mit ihren Geschichten.«

Dann erzählte sie ihm, wie Dunyazad mich zu ihrer Schwester gebracht hatte, wie ich die Geschichte erzählt und Dunyazad uns eine Hand voll Dinare zur Belohnung gegeben hatte. Eli ließ die Münzen in eine Lederbörse gleiten; ich sammelte die übrigen vom Boden auf. Dann bat er mich darum, Scheherazade zu beschreiben – ganz genau – und die Geschichte von der Meermaid von vorne bis hinten noch mal zu erzählen.

Als ich fertig war, zog Eli erfreut an seinem langen weißen Bart. »Na, ist sie nicht schlau, Chava? Habe ich es dir nicht gesagt? Na?«

Vor mehr als fünf Jahren war es Onkel Elis Idee gewesen, mich aufzunehmen. Damals war ich gerade acht. Nach dem Tod meiner Mutter wollte ihr Mann – ihr zweiter Mann, nicht mein Vater – mich in seinem Haushalt nicht mehr sehen, aber er fand niemanden, der mich hätte haben wollen. Onkel Eli stellte mich ein, aus Mitleid, glaube ich. Tante Chava sagte damals, ich sei viel zu jung, um ihr eine Hilfe zu sein, aber jetzt gab Onkel Eli ständig damit an, wie toll es war, dass er mich entdeckt hatte.

Das Gesetz verbietet den Verkauf von Moslems als Sklaven an Juden, aber gegen Lohn dürfen Moslems für Juden arbeiten. Der Mann meiner Mutter, Aga Jamsheed, kassierte mehrere Monatslöhne im Voraus, bevor er mit seiner gesamten Familie die Stadt verließ. Onkel Eli sparte seitdem meinen angesammelten Lohn für den Fall, dass Aga Jamsheed jemals wiederkam.

Dabei behandelten Tante Chava und Onkel Eli mich nicht wie eine Dienerin. Sie nahmen mich auf wie eine Tochter. Er war netter zu mir als sie, steckte mir Süßigkeiten zu und drängte Tante Chava mich nicht allzu hart arbeiten zu lassen. Manchmal erzählte er mir Geschichten aus der Heiligen Schrift, die mich an Geschichten aus dem Koran erinnerten. Jetzt schnaubte Tante Chava: »Aus Geschichten kann man kein Abendessen kochen.«

Aber zum Abendessen brachten sie den guten Wein auf den Tisch und Tante Chava machte mir eine Schale Scherbett. Mit den Münzen konnten sie die Steuern für dieses Jahr bezahlen und behielten noch etwas übrig für das nächste. Als schließlich auch der alte Mordecai zurückkam, erzählte Onkel Eli ihm die ganze Geschichte. Dabei übertrieb er Dunyazads Loblied auf mich.

»Das ist ein Omen«, sagte Onkel Eli zu Tante Chava. »Unser Schicksal wendet sich – ich weiß es. Nächstes Jahr um diese Zeit hast du mehr Juwelen und Seidenstoffe als je zuvor. Du wirst sehen – ich habe Recht. Was du heute verkauft hast, wird nichts sein im Vergleich zu dem, was du bald besitzen wirst.«

Tante Chava lächelte – ein wenig traurig, fand ich. »Ich brauche keine Juwelen und Seidenstoffe, Eli. Die trage ich sowieso nicht mehr. Dieses Haus und dich und genug zu essen für uns alle. Das will ich.«

In dieser Nacht schlief ich kaum. Die ganze Zeit machte ich mir Sorgen um Scheherazade. Was war, wenn die Geschichte, die ich ihr erzählt hatte, nicht gut genug war? Wenn der Sultan dabei gähnen musste? Wenn er sie gar furchtbar fand?

Ich wendete sie im Geiste hin und her und stellte fest, dass in der Geschichte eigentlich nichts wirklich Abenteuerliches geschah und dass sich der Schluss irgendwie falsch anfühlte. Ich überlegte hin und her, wo Scheherazade abbrechen würde, damit der Sultan noch mehr hören wollte. Es gab nicht viele spannende Stellen in dieser Geschichte. Jedenfalls keine, die spannend genug war.

Es war eine langweilige Geschichte! Jetzt merkte ich es, vorher hatte ich das nie so gesehen. Niemals würde diese Geschichte Scheherazade retten können!

Ich schlief schlecht und erwachte in der Morgendämmerung. Nach den Waschungen und dem Morgengebet ging ich sofort an die Arbeit. Beschäftigung. Ich musste mich beschäftigen. Noch im Dunkeln melkte ich die Ziege, dann schleppte ich Wasser aus dem Brunnen im Hof heran und schrubbte die abgestoßenen Bodenfliesen, während sich der Morgenhimmel rosa färbte. Heute schien Tante Chava geradezu endlos lange zu schlafen. Als sie endlich wach wurde, bedrängte ich sie, bis sie den alten Mordecai losschickte. Er sollte herausfinden, ob Scheherazade die Nacht überlebt hatte. Mich würde sie nie allein nach draußen lassen.

Tante Chava hielt mir die Tugend der Geduld vor, aber daran, dass sie selbst Mordecai früh hinausschickte, erkannte ich, dass auch sie sich Sorgen machte. Ich schleppte noch mehr Wasser heran, machte Feuer im Kohlenbecken, stellte einen Topf Linsen aufs Feuer, goss Öl in die Lampen und knetete Brotteig.

Wo steckte dieser Mordecai bloß?

Endlich hörte ich, wie quietschend das Tor zum Hof aufging. Ich erstarrte, plötzlich hatte ich Angst vor der Wahrheit. Tante Chava tauchte im Torbogen zu ihrem Wohnbereich auf; Onkel Eli stellte sich neben sie.

»Und?«, fragte Onkel Eli.

Der alte Mordecai lächelte sein zahnloses Lächeln, warf die Arme in die Luft und sagte: »Sie lebt.«

Danach tanzte ich.

Ich tanzte beim Lampenputzen. Ich tanzte beim Auffüllen des Linsentopfes. Ich tanzte beim Getreidesieben und sogar beim Spinnen.

Ich tanzte unbeholfen, klar, mit meinem armen Fuß, der plump herumstampfte. Aber ich tanzte ja auch nicht, um anderen zu gefallen. Ich tanzte aus lauter Ausgelassenheit und Freude.

»Jetzt beruhige dich, Marjan!«, sagte Tante Chava immer wieder. »Du machst noch was kaputt. Du tust dir noch weh. *Ich* tue dir noch weh. Du machst mich wahnsinnig!«

Aber ich wollte mich gar nicht beruhigen.

Sie lebt! Die schönsten Worte, die ich je gehört hatte!

Im Geiste ließ ich Julnars Geschichte wieder und wieder abspulen und stellte mir dabei die Reaktion des Sultans vor – wie er wohl hier- und darüber gelacht hatte, wie er vor lauter Spannung die Luft angehalten hatte, wie er vor lauter Staunen nach Luft geschnappt hatte.

Die Geschichte war einfach großartig! Schon immer hatte ich diese Geschichte toll gefunden!

Ich stellte mir vor, dass der Sultan noch mehr solche Geschichten hören wollte. Dass Scheherazade nach mir schicken würde. Nein – keinen Boten. Sie würde selbst herkommen! Mit ihrem ganzen Gefolge: eine wahre Karawane von Eunuchen mit seidenen Turbanen und juwelengeschmückten Dienerinnen. Es würde ans Tor klopfen und der Eunuch würde eintreten – der goldgewandete, der sie zum Sultan geführt hatte. Ich sah ihn vor mir, was er anhaben würde, sah den Glanz seiner goldenen Gewänder vor dem stumpfen Braun der Hofmauern. Er würde Scheherazade ankündigen und sie würde hereinschweben und alle würden niederknien und den Boden küssen. Dann würde sie meine Schulter berühren und mich bitten mich zu erheben. Sie würde mich um eine weitere Geschichte bitten, und wenn ich sie erzählt hätte, würde sie ihre Geldbörse öffnen und die würde Goldmünzen spucken – so viele Goldmünzen, dass Onkel Eli und Tante Chava für immer ihre Steuern bezahlen könnten!

Ich war so in meine Tagträume vertieft, dass mich Tante Chava, nachdem ich zum dritten Mal Öl in der Küche verschüttet hatte, zum Wäscheausbessern ins Hinterzimmer schickte.

»Und stich dich nicht!«, rief sie mir hinterher. »Konzentriere dich auf die Arbeit!«

Deshalb hörte ich auch das Klopfen nicht.

Das Erste, was ich hörte, war Tante Chavas erhobene Stimme. Ich legte die Stopfarbeit nieder und lauschte. Da waren noch andere Stimmen. Onkel Elis – scharf, widersprechend – und noch eine, die ich nicht kannte. Eine Männerstimme? Oder eine Frauenstimme? Ich konnte es nicht sagen.

Ich stand auf, warf meinen Schleier über und ging in Richtung der Stimmen – durch die Küche ins helle Morgenlicht des Hofes, am Brunnen vorbei. Die Stimmen kamen aus Onkel Elis Privatbereich. Inzwischen waren sie leiser geworden, ich konnte nicht hören, was sie sagten.

Ich bemerkte die Duftlampe erst, als ich dagegen trat und sie scheppernd über die Fliesen flog. Die Stimmen verstummten. Tante Chava sah mit ernstem Blick zu mir hinaus. Dann kam er hinter ihr hervor, ging in den Hof und sah mich an. Ich erkannte ihn an seinem juwelengeschmückten Kopfschmuck, an seinem glatten, unnahbaren Gesicht, an seinem golddurchwirkten Gewand: Scheherazades Eunuch.

Jetzt hatte ich ein komisches Gefühl im Bauch. Ich hatte mir gewünscht, dass er kam, und da war er nun und stand vor mir. Und trotzdem, jetzt . . . Ich schloss die Augen und wünschte, er wäre weg. Als ich sie aber wieder öffnete, war er immer noch da. Er starrte meinen Fuß an.

»Ist sie von Geburt an so?«

»Nein«, sagte Onkel Eli, »es war . . . ein Unfall.«

Ein Unfall. Da war sie wieder, die Scham, die tiefe Scham, so tief, dass sogar Onkel Eli, der nie log, gelogen hatte. Die bekannte Wut schlug wie eine Welle über mir zusammen. Ich blieb ruhig stehen und wartete, dass es vorbeiging.

»Ein Unfall?« Der Eunuch wandte sich um und schaute Onkel Eli mit hochgezogener Augenbraue an.

»Das war«, sagte Onkel Eli, »bevor sie zu uns kam.« Er sah mich nicht an. Sein Blick mied den meinen.

Der Eunuch ließ ein Geräusch hören, ein Hmm, das alles bedeuten konnte. Dann sagte er zu mir: »Komm mit.«

Tante Chava kam zu mir und drückte mir etwas in die Hand. Es war ein Kamm, ein juwelengeschmückter Kamm für die Haare. Es war ihr Kamm – das Einzige, was sie für sich behalten hatte. »Ich möchte, dass du ihn hast«, sagte sie. »Ich wollte ihn dir später geben, wenn . . .« Sie hörte auf zu reden und warf plötzlich die Arme um mich und hielt mich umschlungen. Ich atmete ihren Duft ein: Kreuzkümmel und Zitrone und ihren ureigenen Geruch. Über ihre Schulter hinweg sahen Onkel Eli und ich uns an. Er sah müde aus und traurig. Seine Augen waren gerötet.

»Aber wohin denn?«, fragte ich und wich zurück. Ich sah Tante Chava an. »Wo will er mich hinbringen?«

»Du sollst von jetzt an dort leben, Marjan«, sagte sie. »Im Harem des Sultans. Scheherazade will dich bei sich haben und ihr darf man nichts abschlagen.«

»Aber da will ich nicht leben. Ich will bei euch bleiben.«

Eigentlich hätte ich Schelte erwartet, denn ich hatte hier nichts zu sagen. Stattdessen nahm sie mich am Ärmel und sagte: »Wünsche spielen hier keine Rolle, Marjan – außer denen der Königin. Was hier geschieht, wollen wir ebenso wenig wie du.«

Ich sah mich wie betäubt im Hof um, sah die fadenscheinigen Teppiche, die kaputten Fliesen, die verblichenen Kissen an der Mauer. Hier war es nicht annähernd so schön wie im Harem des Sultans. Außerdem musste ich hier hart arbeiten, jeden Tag. Aber das Leben war in Ordnung so. Tante Chava und Onkel Eli sorgten sich um mich. Liebten mich, auch wenn sie es nie gesagt hatten. Auch wenn ich als Dienerin in ihrem Hause war.

Ich dachte an meinen Tagtraum, an die Vorstellung, dass Scheherazade mich noch mal um Hilfe bitten würde. Was nun geschehen war, entsprach dem Traum nicht ganz, kam ihm aber ziemlich nahe. Der Eunuch . . . In meiner Vorstellung hatte ich ihn gesehen, wie er in unserem Hof stand, genau wie jetzt. Jetzt aber wollte ich nichts mehr zu tun haben mit dem Traum, und schon gar nicht mit dem brutalen Leben im Harem.

Tante Chava schlang den Schleier um mich. Wie gelähmt hielt ich ihn unterm Kinn fest. Sie sah mich einen Moment lang an und strich mir dann sanft mit den Fingern über die Augenbrauen.

»Sieh zu, dass du selbst überlebst, mein Kind«, flüsterte sie.

Kapitel 4
Scheherazades Krüppel

Über das Leben und das Geschichtenerzählen

Meine Tante Chava hat mir immer gesagt, ich solle die Wörter kauen, bevor ich sie herauslasse. »Sieben Mal, Marjan«, sagte sie, »kaue sie sieben Mal durch.« Wenn man die Wörter wie Bienen aus dem Mund heraussummen lässt, so sagte sie immer, kommen sie zurück und stechen einen.

Das Problem war, ich konnte nicht anders. Sie machten einen Aufstand in meinem Mund, bis ich sie herausließ. Manchmal kam es auch vor, dass sie mir zwischen den Lippen hindurchflutschten, bevor ich sie hatte kommen hören. Und überhaupt wusste ich durch Scheherazade und ihre Geschichten, dass Wörter große Macht haben.

Trotzdem hatte Tante Chava Recht. Auch die Stille ist mächtig.

Kaum hatte ich die Tore zum Harem durchschritten, als mich der Eunuch auch schon einer knochigen Frau mittleren Alters übergab. Sie hatte eine Hakennase und sagte nur knapp: »Folge mir.« Dann marschierte sie eine breite glasierte Treppe hinunter, die zu einem der Badezimmer führte. Als sie mir die Kleider auszog, schlitterte plötzlich Tante Chavas Kamm, den ich in die Schärpe gesteckt hatte, über den Marmorboden. Wir gingen beide in die Knie, um ihn aufzuheben, aber die Frau mit dem Zinken war schneller. Sie drehte den Kamm in ihren spindeldürren Fingern und schoss mir Blicke zu, als hätte ich ihn gestohlen. Schließlich gab sie ihn mir widerwillig zurück und wollte wieder aufstehen, als ihr etwas auffiel. Mein Fuß.

Sie zog mir die Sandale aus und glotzte. Zum zweiten Mal an diesem Tag brannte mein Gesicht vor Scham. Ich weiß, dass die Leute geschockt sind, wenn sie meinen Fuß zum ersten Mal sehen. Weil er so nach unten und innen verdreht und verwachsen ist, dass ich nur auf der Innenseite meines großen Zehs laufen kann. Weil die Haut vorne überall faltig und voller Narben ist.

»Du bist verkrüppelt«, sagte die Frau. Ihre Stimme klang dünn und gemein. »Was kann sie bloß von dir wollen?«

Ich gab keine Antwort. Ich wusste nicht, was sie von mir erwartete. Nach einer Weile zog sie mich weiter aus und brachte dann meine Kleider weg. Sie hielt sie zwischen Daumen und Zeigefinger wie eine tote Ratte.

Wie ein gerupftes Huhn stand ich mitten in diesem großen Badezimmer und fühlte mich schrecklich allein. Weiter hinten konnte ich mehrere handtuchumwickelte Figuren erkennen. Sie ruhten auf den Liegen. Mit den Händen versuchte ich meine Nacktheit zu verbergen und ich drehte und wendete mich im Bemühen, meinen Fuß zu verstecken – obwohl mich die umhüllten Frauen gar nicht beachteten.

Es war still bis auf ein gelegentliches Plätschern. Säulen gleich strömte das Sonnenlicht durch runde Löcher im hohen Kuppeldach. Das Licht vermischte sich mit dem Rauch der brennenden Räuchergefäße und schwamm auf dem Marmorboden wie flüssiges Gold. An den Wänden hingen leuchtend bunte Wandteppiche, die über und über mit Perlen verziert waren. Inmitten eines blauen Mosaikbrunnens sprudelten Wolken von glitzernden Wasserspritzern aus den Mäulern von vier goldenen Löwen.

Ich war mit Tante Chava zwar schon oft in jüdischen Badehäusern gewesen, aber die waren mit diesem hier nicht zu vergleichen. Sie waren nicht annähernd so groß, nicht annähernd so reich geschmückt.

Ich sah mir den Kamm an. Er war aus Silber mit einer Reihe von kleinen Granaten obenauf. Ich hatte ihn oft an Tante Chava gesehen. Ich schloss die Hand um den Kamm – ganz fest. Den würde mir keiner wegnehmen!

Dann hörte ich das hohle Klopfen von Stelzenschuhen auf Marmor und beobachtete, wie die Frau zurückkam. Sie hatte einen Korb und noch ein Paar Stelzenschuhe dabei. Damit habe ich immer Probleme wegen meines Fußes. Diese hier waren noch nicht einmal besonders hoch – eine Handbreit vom Boden, wie fußförmige Holztischchen. Aus Erfahrung beschloss ich sie lieber anzuziehen. In den inneren Kammern des Bades waren die Fußböden heiß. Ich zog einen Stelzenschuh an meinen guten Fuß und fummelte unter dem kalten neugierigen Blick der Frau an den Schuhbändern des zweiten herum, bis ich ihn über den Boden ziehen konnte, ohne ihn zu verlieren. »Komm«, sagte sie und führte mich in den nächsten Raum.

Warmer dichter Dampf erfüllte die Luft. Die Frau machte sich an die Arbeit: Sie schmierte Enthaarungscreme auf alle Haare unterhalb meines Nackens und zupfte unerwünschte Augenbrauenhaare, indem sie das Haar jeweils überkreuz zwischen zwei Fäden nahm und dann fest (!) zog, bis mir die Tränen kamen. Die ganze Zeit über machte sie mit dem Gaumen leise Geräusche der Missbilligung. Sie holte Wasser aus dem nächstgelegenen Brunnen, wusch die Creme wieder ab und schrubbte meine Kopfhaut und meine Haare. Dann plagte sie mich mit einem rauen Handschuh, bis ich das Gefühl hatte, dass sie mir die Haut abzog.

Im dritten Raum war die Luft glühend heiß und so voller Dampf, dass man eher Wasser als Luft einatmete. Ich hörte Gemurmel um mich herum und sah Schatten, die sich in diesem Nebel bewegten. Die Frau führte mich zu einer dampfenden Wanne und ertränkte mich beinahe in fast kochend heißem Wasser. Schließlich wickelte sie mich in ein Badetuch aus Musselin und scheuchte mich zurück in die erste Kammer.

Normalerweise geht man langsam durch die Bäder. Normalerweise ruht man sich auch aus, wenn man mit dem Waschen fertig ist. Wenn ich mit Tante Chava in die jüdischen Bäder ging, massierte ich ihr die Verspannungen aus Nacken und Schultern und dann durfte ich mich hinlegen. Diese Frau jedoch hatte mich von einem Raum in den nächsten gehetzt und jetzt ließ sie mich noch nicht einmal ruhen. Sie setzte mich auf eine Holzbank und schubste mich hin und her, um mich zu schminken, zu pudern, einzuparfümieren und einen Kamm durch meine Haare zu zerren. Meinen Kamm aber nicht. Ich ließ nicht zu, dass sie ihn anfasste.

Warum hatte sie es bloß so eilig? Wo würde sie mich von hier aus hinbringen?

Ich hatte so viele Fragen, dass ich sie unmöglich zu einer einzigen zusammenfassen konnte. Sie strömten in einen Quell von Fragen, der klein anfing, dann überlief und mich für den Rest meines Lebens beschäftigen würde: Würde ich Scheherazade bald treffen? Würden sie ein Arbeitstier in der Küche aus mir machen oder eine geehrte Dienerin?

Musste ich für immer hier bleiben oder würden sie mich nach einer Weile wieder gehen lassen? Würde ich Tante Chava und Onkel Eli jemals wiedersehen?

Ich hatte schon den Eunuchen gefragt, leider vergebens. Auf dem langen Weg zum Harem hatte ich außer seinem Rücken nur wenig von ihm zu sehen bekommen, und wenn ich einen Blick auf sein Gesicht werfen konnte, war es ausdruckslos wie ein Stück Holz. Er sagte kein Wort, nicht einmal, als ich meine Frage wiederholte. Nicht mal, als ich ganz laut fragte. Und auch jetzt brannten mir die Fragen wieder im Mund, aber ich kaute sie. Ich ließ sie nicht heraus.

Ein grünes Kleid aus Seide flog über meinen Kopf. Ich streckte die Arme durch die Ärmel, und die Frau band eine Schärpe aus rosa Brokat um meine Taille, in die ich meinen Kamm steckte. Und noch ein bernsteinfarbenes Gewand um meine Schultern. »Mach den Mund auf.« – »Ausatmen.« Sie kam näher, schnüffelte meinen Atem, zuckte zusammen, nahm ein paar Blätter aus ihrer Schärpe und sagte: »Kau das.« Ich kaute: Minze explodierte auf meiner Zunge.

Die Frau trat einen Schritt zurück und begutachtete mich kritisch. Der Stoff glitt über meine Haut, er war schmeichelnd glatt und viel leichter als der raue Musselin, an den ich gewöhnt war. Ich fühlte mich sauber und weich und hübsch. Dann schaute die Frau jedoch weiter an mir herunter bis zu meinem verkrüppelten Fuß, der in einem weichen Lederpantoffel steckte und unter dem Kleid hervorsah. Ich unterdrückte den Impuls, meinen verdrehten Fuß hinter dem gesunden zu verstecken.

Die Frau zog die Mundwinkel nach unten. »Nun«, sagte sie, »besser geht's nicht.«

Sie ging zur Tür. Die Frage kam mir hoch und ließ sich nicht mehr unterdrücken. »Wohin?«, fragte ich und rührte mich nicht vom Fleck. »Wo bringst du mich jetzt hin?«

Die Frau wollte schon etwas sagen, dann presste sie ihre schmalen Lippen aufeinander und dachte nach. Schließlich sagte sie etwas: »Ich bringe dich zur Khatun.«

Die Khatun.

Ich hatte sie vergessen. Aber es machte Sinn, dass sie mich erst zu ihr brachten.

Die Khatun Sultana war die Mutter des Sultans. Die Krone der Verschleierten. Jeder wusste, dass sie die mächtigste Frau im Harem war. Viel mächtiger als Scheherazade. Viel mächtiger als je eine Frau des Sultans gewesen war – selbst bevor er anfing sie umzubringen.

Wie sagt man so schön? Ein Mann kann viele Frauen haben, aber nur eine Mutter.

Was wusste ich noch über sie? Sie hatte drei Söhne gehabt. Der älteste war vergiftet worden – ermordet – von einer eifersüchtigen Nebenfrau der Khatun. Außerdem hatte ich gehört, dass der dritte Sohn der Khatun – der jüngere Bruder dieses Sultans, der Herrscher über Samarkand – auch jede Nacht eine Frau umbrachte, weil auch ihn seine erste Frau betrogen hatte. Aber er hatte keine Scheherazade.

Ich überlegte, was ich noch über die Khatun gehört hatte. Aber mir fiel nichts ein. Man sprach nicht über sie.

Bis zu diesem Moment war mir das gar nicht aufgefallen.

Ihr Gemach glich einer Höhle, es war ziemlich dunkel. Es roch nach Verfaultem, ekelhaft süßlich. Ich versuchte mein Hinken zu verbergen und ging hinter der Hakennase her über zwei dunkle Teppiche auf jemanden zu, der im Lichtschein einer Lampe vor mir saß. Auf beiden Seiten sah ich

Bewegung im Schatten und erkannte die Gestalten zweier Sklavinnen, die mit langen Straußenfedern fächelten. Als wir näher kamen, kniete die Frau mit der Hakennase nieder und küsste den Boden. Ich tat es ihr nach, direkt hinter ihr.

»Erhebt euch.« Die Stimme war barsch, heiser und gewohnt zu befehlen.

Die Frau mit der Hakennase stand auf und trat zur Seite. Dann konnte ich sie richtig erkennen.

Die Khatun.

Sie war unglaublich fett. Es schien, als walle sie über die Seiten des dicken Kissens, auf dem sie saß. Ihr Hals wälzte sich in Rollen über ihre Perlen und unter ihrem Gewand sah ich wogende Fleischberge. Obwohl ihr Gesicht aufgedunsen und unförmig war, bewahrte es noch Spuren vergangener Schönheit – den Bogen einer Braue, den Schwung der Lippen. Zwischen weichfleischigen Hautsäcken funkelten schwarze Augen.

Als sie ihre geschwollene, beringte Hand ausstreckte, um mich heranzuwinken, hörte ich ein klingelndes Geräusch. Ihr Gewand war von oben bis unten, vom Mieder bis zum Saum mit Juwelen bestickt: Rubine, Perlen, Smaragde, Diamanten – eine umwerfende Zurschaustellung ihres Reichtums.

Sie schaute an mir herauf und herunter. Es kam mir vor wie eine Ewigkeit. Dann sagte sie mit ihrer heiseren Stimme: »Aha. Das ist also die, von der man mir erzählt hat – Scheherazades Krüppel.«

Ich zuckte zurück, als hätte sie mich geschlagen. Hinter ihr unterdrückte jemand ein Kichern. Ich spähte in die Dunkelheit und sah dort eine junge Frau stehen – eine schöne Frau mit heller Haut und kupferroten Haaren.

»Was genau will Scheherazade von dir«, fragte die Khatun, »dass sie meinen Sohn bittet dich zu kaufen?«

Meine Nase war voll von diesem Geruch, den die Fächer aus Straußenfedern mir zuwedelten – dem süßen Geruch von Verfall. Überall brannten Räucherstäbchen, aber nichts konnte den Gestank überdecken. Ich verschloss meine Nasenlöcher von innen, ich atmete durch den Mund, aber der Ekel kroch mir die Kehle hinunter.

»Ich, ich weiß nicht, hohe Herrin.«

Ich wollte es ihr nicht erzählen. Ich wusste nicht genau, warum nicht; ich konnte nur schwer denken, es war, als watete ich durch einen tiefen Teich. Aber ich wollte nichts erzählen.

Die Khatun sah mich unverwandt an. Eine lange Zeit sprach niemand. Ich war nahe daran, etwas zu sagen – zu plappern –, nur um die unangenehme Stille zu unterbrechen, aber wieder dachte ich an Tante Chavas Worte: *»Kau die Wörter, bevor du sie herauslässt.«*

»Aber du musst dir doch irgendetwas dabei denken«, sagte die Khatun endlich. »Du warst gestern zum ersten Mal hier und jetzt – heute – wirst du hierher beordert und sollst hier leben. Da musst du dir doch Gedanken machen.«

Ich schluckte. Hatte Scheherazade ihr nichts von der Geschichte von der Meermaid erzählt? Würde ihr Gefahr drohen, wenn die Khatun Bescheid wüsste? Ich hatte das Gefühl, mit verbundenen Augen durch ein Labyrinth verborgener Fallen zu tappen.

»Ich – ich habe zugehört, wie sie ihre Geschichte für die Nacht geprobt hat«, sagte ich vorsichtig. »Und einmal, als sie sagte, dass etwas so und so passiert war, und beim nächsten Mal sagte sie es anders, habe ich sie darauf hingewiesen.«

Das stimmte. Und die anderen Frauen, die Scheherazade angezogen hatten, waren dabei gewesen.

Die Khatun kniff die Augen zusammen. Sie verschwanden fast in den Falten ihres aufgedunsenen Fleisches. »Aha, du glaubst also, Scheherazade will dich wegen deines Gedächtnisses haben?«

Ich zuckte mit den Schultern und versuchte recht erstaunt auszusehen. Ihre Schlussfolgerung kam der Wahrheit unangenehm nahe.

»Du bist doch nicht etwa selbst eine – Geschichtenerzählerin?«, fragte die Khatun, als wäre das eine völlig absurde Vorstellung.

Sie wusste Bescheid.

Es waren so viele dabei gewesen, als ich den Kindern im Hof die Geschichte erzählt hatte. Irgendwer hatte es ihr gesagt. Und sie konnte sich selbst zusammenreimen, dass ich zu Scheherazade beordert war, um ihr Geschichten zu erzählen.

Plötzlich erschien tief in mir drin ein Bild von der Khatun, wie sie mitten in einem Spinnennetz saß, einem riesigen Spinnennetz, das den gesamten Harem umspann. Jede Störung – jedes außergewöhnliche Geschehnis – erschütterte das Netz. Ließ es zusammenzucken. Und sie merkte alles.

Wenn ich meine Fähigkeiten als Geschichtenerzählerin herunterspielen würde, wüsste sie, dass ich etwas zu verbergen hätte. Sie würde hinter meinem Leugnen nach der Wahrheit suchen.

Also musste ich die Wahrheit übertreiben. Sie unerhört erscheinen lassen. Lächerlich. Sodass man sie unmöglich glauben konnte.

Stolz richtete ich mich auf. »Ich bin die größte Geschichtenerzählerin in der ganzen Stadt«, sagte ich. »Viel besser als Scheherazade. Wenn ich Königin wäre, würde der Sultan den Unterschied zwischen einer gewöhnlichen und einer herausragenden Geschichte bald erkennen.«

Das Mädchen mit den Kupferhaaren kicherte. Sie war auf meinen Trick hereingefallen. Die Khatun aber nicht. Sie starrte mich an und die Stille zwischen uns hielt noch länger an als zuvor. Schließlich ergriff sie das Wort.

»Ich glaube«, sagte sie langsam, »dieser Krüppel von Scheherazade – ist schlauer, als wir denken.«

Kapitel 5
Sie braucht dich

Über das Leben und das Geschichtenerzählen

*Das Großartige an Scheherazade war, dass sie nicht auf-
gab. Als der Sultan jede Nacht eine neue Ehefrau tötete
und es in der Stadt kaum noch unverheiratete Mädchen
gab und die Leute immer mehr den Verstand verloren wegen all dem, was ihren Töchtern angetan wurde, und es
ganz nach einem Aufstand aussah, hob Scheherazade
nicht einfach die Hände und fügte sich. Sie tat etwas dagegen.*

*Ich glaube, deshalb bewunderte ich sie so. Natürlich war
sie auch klug und gebildet und schön und sie konnte
nachts all diese Geschichten erzählen. Dafür bewunderte
ich sie auch. Aber das Wichtigste war, dass sie nie aufgab.
Im Gegensatz zu meiner Mutter, zum Beispiel.*

Die Khatun entließ mich mit einem Wink und das rothaari-
ge Mädchen führte mich hinaus. Wortlos führte sie mich
durch einen säulengeschmückten Gang zu einer Holztreppe. Ihr Gang war aufreizend, sie schwang lebhaft die Hüften. Ihre Fußkettchen klimperten und ihre langen Haare
wehten locker hin und her.

Ich folgte ihr über die Treppe hinauf durch einen engen
Flur, vorbei an einem Labyrinth kleiner Zimmer. Bei einigen
war der Eingang verhängt, bei anderen nicht. Plötzlich blieb

sie stehen und zeigte auf einen verblichenen blau gemusterten Vorhang. »Dein Zimmer«, sagte sie, »Kleider sind in der Truhe.« Sie drehte auf dem Absatz um und verschwand.

Ich blieb einen Augenblick lang dort stehen und lauschte ihren Schritten, wie sie die Holztreppe hinunterklapperten und dann verhallten.

Still. Es war so still. Wahrscheinlich hatten sich die meisten Leute nach dem Mittagsgebet hingelegt. So mutterseelenallein hatte ich mich nicht mehr gefühlt, seit man mich fortgebracht hatte, nachdem meine Mutter . . .

Nein. Daran durfte ich jetzt wirklich nicht denken.

Ich klemmte den Vorhang in die Nische neben dem Eingang und ging hinein. Das Zimmer war schmal und dämmerig. Ein dicker blauer Teppich bedeckte fast den gesamten Boden und auf einem niedrigen Tisch neben einer kleinen Holztruhe flackerte eine Öllampe. An einer Wand stand geduckt ein Kohlenbecken aus Kupfer auf den Fliesen. Im Dunkel der hintersten Ecke erspähte ich einen Haufen Damastkissen und eine zusammengerollte Matratze. Hoch oben an den Wänden fast schon an der Decke steckten Haken im Putz. Dort hatten wohl früher Wandteppiche gehangen.

Ich kniete neben der Truhe nieder und hob den knarrenden Deckel hoch. Heraus kam ein Hauch von alten, getrockneten Rosen. Es waren wirklich Kleider darin – gefaltete Röcke und Schleier und Hosen aus feiner Seide, Musselin und Leinen. Ich holte sie heraus und strich zart mit den Fingern über den Stoff; mit der rauen Haut meiner Hände zog ich Fäden am Gewebe. Vorsichtig hielt ich mir die Kleidungsstücke an.

So schön. Sie waren so schön.

Ganz unten in der Truhe, zwischen verstreuten Rosenblättern, fand ich einen abgewetzten Gebetsteppich, eine Gebetskette aus einfachen schwarzen Perlen und einen kleinen Gebetsstein.

Was für schlichte Dinge, verglichen mit den Kleidern! Schlichter als alles, was ich bis jetzt im Harem gesehen hatte. Es war mir ein Rätsel.

Aber plötzlich verstand ich. Dies waren Mitbringsel von zu Hause. Irgendein armes Mädchen war verkauft, hierher in den Harem gebracht und mit schönen Kleidern ausgestattet worden. Der Teppich, die Perlenschnur und der Gebetsstein, das war alles gewesen, was sie an ihr Zuhause erinnert hatte.

Es schnürte mir die Kehle zu. Ich selbst hatte nicht genug Zeit gehabt, um meine Gebetskette zu holen, als der Eunuch mich abholte. Von zu Hause hatte ich nur Tante Chavas Kamm. Ich holte ihn aus meiner Schärpe und drehte ihn hin und her, bis die Granate in dem Licht funkelten, das vom Eingang ins Zimmer fiel. Bedächtig legte ich ihn unten in die Truhe zu den Sachen des anderen Mädchens.

Des toten Mädchens. Sie war bestimmt umgebracht worden.

Plötzlich lief mir das Herz über vor Sehnsucht nach meinem alten Leben, nach meinem Zuhause, nach Tante Chava und Onkel Eli. Warum hatte Scheherazade mich hergeholt? Konnte ihr sonst keiner Geschichten erzählen?

Diese feinen Leute! Sie spielten mit unserem Leben wie mit Schachfiguren. Als wäre unser Leben nur etwas wert, wenn es ihnen zu Diensten war.

Ich holte den Kamm wieder heraus und steckte ihn mir in die Haare. Wenigstens etwas, das vertraut war. Etwas aus meinem alten Leben. Von nun an würde ich ihn tragen – und zwar ständig.

»Marjan?«

Ich klappte schnell den Deckel der Truhe zu. Als ich mich umdrehte, stand Dunyazad im Türrahmen. Ich fühlte mich besser und schämte mich, weil ich nur an mich gedacht hatte.

Sie kam herein und blieb stehen. »Ich habe dich gesucht. Ich wusste nicht, wo sie dich unterbringen würden. Warst du bei der Khatun?«

Ich nickte.

»Hat sie . . .?« Dunyazad hielt inne. »Scheherazade wartet. Jetzt aber schnell. Sie braucht dich!«

Scheherazades Söhne waren bei ihr. Der erste war fast zwei, der nächste gut ein Jahr alt. Das Baby lag auf ihrem Schoß, während die beiden anderen sich an sie schmiegten wie Schwanenjunge in die Schwingen einer Schwanenmutter.

Sie erzählte ihnen eine Geschichte.

Scheherazade schaute auf und lächelte, als wir hereinkamen. Sanft und leise erzählte sie weiter. Hinter ihr standen drei Frauen – zweifellos die Kinderfrauen.

Dunyazad blieb stehen, ich verharrte direkt hinter ihr. Wir schauten zu, wie Scheherazade die Geschichte zu Ende erzählte. Dann ging Dunyazad zu ihr. Mir bedeutete sie zu warten. Nun fingen die Schwestern und die drei Kinder an sich zu küssen, zu umarmen, zu gurren, zu kitzeln und zu kichern, bis Scheherazade ihre Söhne einen nach dem anderen seiner Kinderfrau übergab. Der Einjährige fing an zu heulen. Die Kinderfrauen fegten an mir vorbei durch die Tür, und als das Heulen sich langsam entfernte, ging ich nach vorn und küsste den Boden vor Scheherazade.

»Schon gut, das reicht, setz dich«, sagte sie. Sie wies mich auf ein Kissen zu ihren Füßen und drängte mir eine Hand voll honiggesüßter Mandeln und Datteln auf. »Dem Sultan hat deine Geschichte gut gefallen, Marjan«, sagte sie. »Hast du ihr das schon gesagt, Schwester? Wie gut sie ihm gefallen hat?« Scheherazade schaukelte auf ihrem Kissen vor und zurück, mit ihren schlanken Armen umarmte sie ein weiteres Kissen und drückte es an ihre Brust. Sie strahlte mich an. »Nein, habe ich nicht.« Als auch Dunyazad es sich auf einem Kissen bequem machte, war ich wieder einmal überrascht von dem himmelweiten Unterschied zwischen ihr und ihrer anmutigen älteren Schwester. Dunyazads Gesicht war breiter und kantiger; wie sie so dasaß, wirkte ihr Körper fest und kompakt.

»Er kannte die Geschichte aus seiner Jugend«, erzählte Scheherazade. »Und sie gefiel ihm schon damals so gut. Sie war eine seiner Lieblingsgeschichten!«

»Das freut mich sehr«, sagte ich, »aber ich dachte . . .«

»Was denn, Marjan? Was hast du gedacht?«

»Ich dachte, der Sultan will keine Geschichten hören, die er schon kennt.«

»Er will nicht, dass *ich* mich wiederhole«, sagte Scheherazade. »Das findet er ermüdend. Aber es stört ihn nicht, wenn er einige Geschichten schon von früher kennt. Im Gegenteil, seine alten Lieblingsgeschichten hört er besonders gern. Und deshalb wünscht er sich bestimmt, wenn ich mit dem Teil fertig bin, den du mir erzählt hast, dass ich ihm den Rest erzähle.«

Den Rest?

»Von Julnars Sohn . . . was geschah, als er erwachsen wurde. Shahryar weiß seinen Namen nicht mehr. Er kann sich nur noch daran erinnern, dass er aus zwei Wörtern besteht, die mit demselben Buchstaben anfangen. Einem D oder einem B – es fiel ihm nicht mehr ein. Er wird sich freuen, wenn ich es ihm erzähle.«

Mir blieb das Herz stehen. Den Rest. Ich wusste gar nichts von einem Rest. Ich kramte in meinem Gedächtnis und versuchte mich an den Namen von Julnars Sohn zu erinnern – versuchte mich an irgendetwas anderes von Julnars Sohn zu erinnern als das, was ich schon erzählt hatte, nämlich, wie man ihn als Baby mit hinunter ins Meer genommen hatte, wie der Zauber bewirkte, dass er unter Wasser atmen konnte. Ich war ganz sicher, dass ich seinen Namen noch nie gehört hatte.

Scheherazade lächelte mich noch immer an. Sie wirkte so voller Eifer, so glücklich – ganz anders als am Tag zuvor. Ich wollte ihr nicht sagen, dass ich gar nichts von dem wusste, was sie hören wollte. Ich wollte ihr nicht ins Gesicht sehen und zuschauen, wie es sich verwandelte.

»Marjan?« Sie sah verwirrt aus.

Ich holte tief Luft. »Hohe Herrin, es tut mir schrecklich Leid. Wirklich. Aber ich weiß nicht mehr von Julnars Sohn als das, was ich schon erzählt habe. Weder seinen Namen, noch was ihm zugestoßen ist, nachdem sein Onkel ihn aus dem Meer zurückgebracht hat.«

Ein Windstoß säuselte in dem Vorhang, der das Gitter verzierte. In der Ferne hörte ich Glöckchen klingeln. Scheherazades Gesicht verwandelte sich nicht, es erstarrte eher, als wäre die Zeit stehen geblieben.

Ich warf Dunyazad einen Blick zu, auch sie war starr vor Schreck.

Nach einem langen, langen Augenblick beugte Scheherazade sich vor und sah mir ins Gesicht. »Bist du ganz sicher?«, fragte sie. »Vielleicht hast du es nur vergessen und es fällt dir wieder ein.«

Ich dachte zurück an jenen Tag im Basar, als ich kurz hinter Tante Chava zurückgeblieben und sie dann verloren hatte, wie ich von Stand zu Stand gelaufen war, bis ich bei dem blinden Geschichtenerzähler ankam. Ich hatte ihm lange zugehört und dann hatte Tante Chava mich gefunden, hatte mit mir geschimpft und mich fortgezogen. Mir war es so vorgekommen, als wäre die Geschichte gerade zu Ende gewesen, als sie gekommen war. Aber vielleicht stimmte das gar nicht. Vielleicht hatte er noch mehr erzählt, als ich schon weg war.

»Ich würde mich daran erinnern, wenn ich es gehört hätte. Ich habe mich schon oft gefragt, was aus Julnars Sohn geworden ist, als er größer wurde. Ob er jemals ins Meer zurückgegangen ist, wo er doch dort atmen konnte. Aber . . .«

Dunyazad sprang auf. »Die Khatun hat sie in die Mangel genommen«, sagte sie zu Scheherazade. »Ich wusste, dass sie das tun würde.« Sie wandte sich zu mir. »Ich glaube, du weißt alles. Du erzählst es uns nur nicht. Sie hat dir gedroht, stimmt's? Was hat sie gesagt?«

Ich war wie gelähmt. Wie konnte Dunyazad das von mir denken? Ich hatte gedacht, dass sie mich mochte.

»Sie . . . sie hat mir nicht gedroht.« Ich stockte. »Nicht wirklich. Sie wollte wissen, was Scheherazade von mir wollte.«

»Und du hast es ihr gesagt, nicht wahr?«

»Nein! Ich wusste es doch selbst nicht genau. Aber – es hat alles nichts genützt. Ihr nichts zu erzählen, meine ich. Sie wusste es schon.«

Dunyazad kam auf mich zu. Ich wich zurück, stand ungeschickt auf und stolperte rückwärts. Dabei fielen mir die Mandeln und Datteln auf den Teppich. Aber Dunyazad folgte mir und blieb erst stehen, als ihr Gesicht nur noch einen Fingerbreit von meinem entfernt war. »Du wirst uns alles erzählen, ist das klar? Alles, was du über Julnars Sohn weißt. Ist das klar? Ist das klar?«

»Hör auf, Schwester«, sagte Scheherazade streng.

»Aber sie weiß es!«

»Ich glaube nicht, dass sie etwas weiß.«

»Du hast zu viel Vertrauen!«, heulte Dunyazad. »Du hast immer schon zu viel Vertrauen gehabt!«

»Setz dich, Dunya!«, befahl Scheherazade. »Du auch, Marjan. Wir klären das jetzt. Alle beide! Hinsetzen!«

Dunyazad presste die Lippen aufeinander, bis links und rechts die Grübchen erschienen. Aber sie gehorchte, und zwar überraschend sanftmütig. Ich setzte mich auch hin und zog sorgfältig den Rock über meinen schlechten Fuß. Dann musste ich ihnen alles erzählen, von dem Moment an, in dem ich Tante Chava im Basar verloren hatte. Von dem blinden Geschichtenerzähler und wie Tante Chava mich von ihm weggezogen hatte. Ich spürte genau, dass Dunyazad mir immer noch nicht glaubte, dass ich das Ende der Geschichte nicht gehört hatte. Sie saß reglos da, mit verschränkten Armen und sah mich unverwandt an.

Scheherazade aber glaubte mir – das wusste ich. »Wenn Geschichtenerzähler im Basar von Julnar erzählen«, dachte sie laut, »dann müssten doch viele Leute die Geschichte kennen. Und doch habe ich nie von ihr gehört. Sie steht in keinem meiner Bücher . . .«

»Bist du ganz sicher?«, fragte Dunyazad. »In deinen Büchern stehen tausende von Geschichten.«

»Ich würde mich daran erinnern – genau wie Marjan«, sagte Scheherazade. »Ich habe alle gelesen, und auch wenn es bei einigen Jahre her ist, klingt die Geschichte von Julnar nicht im Mindesten vertraut. Außerdem: Meine Bücher nach einer bestimmten Geschichte zu durchsuchen wäre ungefähr so wie den Wüstensand durchzusieben, um einen Zuckerkristall zu finden. Und wir brauchen sie schnell.«

»Wo hat der Sultan sie gehört?«, fragte Dunyazad. »Hat er dir das gesagt?«

»Nein. Als er ein kleiner Junge war. Seine Amme ist längst gestorben. Und die Khatun können wir nicht fragen.«

»Das möge Allah verhindern!«, sagte Dunyazad.

»Von den jetzigen Eunuchen war damals keiner hier. Unser Vater . . .«

»Vielleicht weiß er es!«

»Vielleicht. Aber ich weiß nicht, wann er wiederkommt. Da er mit dem Bruder des Sultans reist, machen sie wahrscheinlich mehrmals Halt, um in den verschiedensten Teilen des Reiches seine Minister zu treffen.«

Ihr Vater war der Wesir des Sultans. Er hatte neue Frauen heranschaffen müssen. Tante Chava hatte mir früher einmal erzählt, dass er das nur ungern tat, dass er überhaupt nicht damit einverstanden war. Aber den ehemaligen Wesir hatte der Sultan verbannt, weil er sich geweigert hatte ihm neue Frauen zum Ermorden zuzuführen. Dieser Wesir – der alte, meine ich – war schon unter dem Vater des Sultans Wesir gewesen und hatte den Sultan von Geburt an gekannt. Der Sultan hatte ihm mehr vertraut als allen anderen Menschen. Das war allen eine Lehre gewesen.

Am wenigsten gefiel dem neuen Wesir die Idee, dem Sultan seine eigene Tochter zur Frau zu geben. Aber sie hatte so sehr um die Erlaubnis gebettelt – zu versuchen, das Morden zu beenden. Schließlich hatte er ihr seinen Segen gegeben.

»Den Teil, den Marjan mir erzählt hat, kann ich über drei weitere Nächte strecken«, sagte Scheherazade jetzt, »aber dann . . .«

Dunyazad seufzte. »Nun, wenn sie dir nicht mehr erzählt« – sie warf mir einen Blick zu – »musst du dem Sultan eben sagen, dass du nicht weißt, wie es weitergeht. Er wird doch nicht . . .« Sie schluckte. »Das ist bestimmt in Ordnung so. Er hat dich lieb gewonnen, Schwester, das weiß ich. Lenke ihn einfach mit einer anderen Geschichte ab. Marjan weiß sicher noch eine. Es sei denn, sie erzählt dir gar nichts mehr, aber dann wissen wir auch genau, wessen Geschöpf sie ist.«

»Ich würde euch so gerne alles erzählen . . .«, stotterte ich. »Ich kenne viele Geschichten und ich habe nachgedacht. Ich kenne vier, fünf seltsame Geschichten, die ihr vielleicht nicht kennt, und ich würde sie gerne . . .« Ich sah Scheherazade an und hörte auf zu reden.

Sie hörte nicht zu. Sie hatte den Kopf gesenkt und umarmte ihr Kissen. Sie biss sich auf die Lippen.

»Was ist los?«, fragte Dunyazad.

Scheherazade schüttelte den Kopf.

»Schwester, was ist los?«

»Ich . . . ich habe ihm gesagt, dass ich weiß, wie es weitergeht.«

»Was hast du?« Dunyazad konnte nur noch flüstern.

»Nicht so direkt. Aber er sagte mir, wie schön er die Geschichte von Julnars Sohn fand und ob ich sie ihm erzählen würde, und er war so begeistert, so glücklich. Wie ein Kind. Wie ein unschuldiges Kind.« Sie seufzte, lachte leise und traurig und wandte sich mir zu. »Ich war mir einfach sicher, dass du sie kennst. Das hört sich jetzt komisch an. Und ich ließ ihn in dem Glauben, dass ich die Geschichte kenne. Dass ich sie als nächste erzähle.«

Ich hatte ein ganz merkwürdiges Gefühl, als breche mir das Herz in der Brust, als zerbrösele es wie getrockneter Lehm.

Der Sultan hasste Täuschung und Betrug. Dafür war er berüchtigt. In der Stadt sagte man: *wie den Sultan anzulügen.* Gift zu nehmen war wie den Sultan anzulügen. In ein Kobranest zu treten war wie den Sultan anzulügen. Sich einen Dolch ins Herz zu stoßen war wie den Sultan anzulügen.

Ich hätte Scheherazade so gern geholfen, das Gefühl, ihr zu helfen, war so schön gewesen. Aber durch mich war alles nur noch schlimmer geworden.

Dunyazad brach das Schweigen. »Wann? Wann hast du ihm das alles gesagt? Nicht beim Erzählen der Geschichte. Nicht solange ich dabei war.«

»Heute am späten Vormittag, als er mich kommen ließ. Ich sollte ihm unseren jüngsten Sohn bringen.«

»Aber wie konntest du das nur sagen? Dass du die Fortsetzung kennst?«

Scheherazade zuckte mit den Schultern. »Er wirkte so zufrieden mit mir und dem Baby. Außerdem sprach er noch mal über die Geschichte. Er fragte mich geradeheraus, ob ich sie kennen würde. Ich wollte ihm nicht missfallen. Ich wagte es nicht! Du weißt genau, Dunyazad, wie vorsichtig ich sein muss.« Sie wandte sich mir zu. »Wenn ich ihm bestimmte Geschichten erzähle, muss ich ganz besonders aufpassen, muss diese Geschichten in andere Geschichten verpacken, damit er etwas lernen kann, ohne zu merken, dass ich ihm etwas beibringe. Oder zumindest so, dass keiner von uns es offen zugeben muss. Und nie zuvor hat er mich um etwas gebeten. Wenn ich ihm seine erste und einzige Bitte abschlagen würde . . .«

»Seine einzige Bitte!«, rief Dunyazad. »Ist das etwa nichts, dass du ihn jede Nacht bis zum Umfallen unterhältst, ohne jemals das Gleiche zu erzählen, egal, ob du an diesem Tag ein Kind geboren hast oder nicht oder er . . .«

»Psst! Sprich leiser, Schwester! In den Wänden hier gibt es Ratten und diese Ratten haben Ohren!«

Ich räusperte mich und beide sahen mich an. »Vielleicht«, wagte ich zu sagen, »es ist doch so lange her, dass der Sultan die Geschichte gehört hat, vielleicht hat er vergessen, wie sie genau ging. Ich könnte doch eine Geschichte von Julnars Sohn erfinden.«

Scheherazade sah mich nachdenklich an. »Das kannst du, einfach so? Eine ganz neue Geschichte erfinden?«

Ich zuckte mit den Schultern. »Das kannst du auch.«

»Mir fällt das sehr schwer. Und die Geschichten sind nicht besonders gut.«

»Aber natürlich sind sie das!«

Scheherazade lachte. »Ich bin auch nur ein Mensch, Marjan, genau wie du. Manche Dinge kann ich besser als andere. Aber es wäre unklug von uns beiden, eine Geschichte von Julnars Sohn zu erfinden. Der Sultan würde die richtige Geschichte in dem Moment erkennen, in dem er sie hören würde. Genau wie den Namen, den Namen mit den beiden D oder B. Wenn du in dieser Weise einen Namen vergisst, vergisst du ihn nicht wirklich, weil du ihn sofort erkennst, wenn du ihn hörst. So ist es auch mit dieser Geschichte. Wenn du etwas erfinden würdest, das mit der eigentlichen Geschichte nur entfernt zu tun hat – wie es wahrscheinlich der Fall wäre –, würde er misstrauisch werden. Böse.«

»Und was ist mit den anderen Frauen im Harem?«, fragte ich. »Eine von ihnen kennt sie bestimmt.«

Dunyazad schnaubte. »Die würden uns nicht helfen.«

»Sie haben alle Angst vor der Khatun«, sagte Scheherazade. »Sie leben und sterben nach ihrem Gutdünken. Deshalb sind sie sehr vorsichtig, was mich angeht.«

»Und das, obwohl meine Schwester ihnen ständig das Leben rettet«, sagte Dunyazad. »Jedenfalls den jungen Mädchen. Was für Feiglinge!«

Scheherazade seufzte. »Nun, auch für sie ist es gefährlich.«

»Ich verstehe aber immer noch nicht«, sagte ich, »warum die Khatun . . .«

»Sie hasst meine Schwester!«, unterbrach Dunyazad. »Sie ist eine Hexe!«

»Psst!« Scheherazade legte einen Finger auf die Lippen.

»Stimmt doch!«

»Wenn ich nur hier rauskäme«, sagte ich. »Ich würde diesen Bettler finden, ich weiß es. Sie bleiben normalerweise jahrelang am selben Platz.« Vorausgesetzt, dass er noch lebte, dachte ich bei mir selbst.

»Du kannst nicht raus«, sagte Scheherazade. »Niemand kann hier raus.«

Dunyazad sprang auf und wandte sich ihrer Schwester zu. »Sie kann nicht raus, aber . . .«

Scheherazade und ihre Schwester sahen sich lange an. Ich konnte sehen, dass sie dasselbe dachten. Aber was? Ich hatte keine Ahnung.

»Erzähl's ihr nicht«, sagte Dunyazad warnend und schaute mich an. »Geh auf Nummer sicher.«

Scheherazade nickte. »Manchmal ist es gefährlich, zu viel zu wissen«, sagte sie – dabei war ich sicher, dass Dunyazad etwas anderes gemeint hatte. Als Scheherazade sich erhob, stand ich ebenfalls auf.

»Danke, Marjan, für alles, was du getan hast. Findest du allein in dein Zimmer zurück?«

»Ich denke schon.« Dunyazad hatte mich direkt zu ihr gebracht, ohne geheime Gänge zu benutzen. Es war viel einfacher als beim letzten Mal.

»Wir sprechen uns später«, sagte Scheherazade.

Ich war wieder allein.

Kapitel 6
Die Terrasse

Über das Leben und das Geschichtenerzählen

Es gibt Geschichten, die man nicht laut erzählt, die man sich ausdenkt und leise nur sich selbst erzählt. Man kaut sie immer wieder durch, bis man sie nicht mehr braucht.
Ich hatte so eine Geschichte, in der es um meine Mutter ging. In dieser Geschichte wurde sie vor den Ghazi gebracht, der Gericht über sie halten sollte. Er stellte ihr Fragen – peinliche Fragen.
Es gefiel mir, sie schwitzen zu sehen.

Ich machte mich auf den Rückweg zu meinem Zimmer. An einem Wasserbecken hielt ich an, verrichtete meine Waschungen und holte das Mittagsgebet nach, das ich versäumt hatte. Noch immer Stille. Alle noch in der Mittagsruhe. Es kam mir vor, als hätte ich mich schon vor einer Woche von Tante Chava trennen müssen, dabei war es gerade mal heute Morgen gewesen. Ich rollte die Matratze auseinander und versuchte zu schlafen. Ich war müde. Mein Gesicht schmerzte wie immer, wenn ich nicht gut oder nicht genug geschlafen habe. Aber ich konnte nicht einschlafen. Der Schweiß lief mir von den Schläfen in die Haare. Dieses Zimmer war so weit von jeder Luftzufuhr entfernt, es war schier erstickend.
Ich erzählte mir die Geschichte von meiner Mutter;

manchmal kann ich danach schlafen. Aber sie wühlte mich nur auf. Außerdem machte ich mir weiterhin Sorgen um Scheherazade. Wie wollte sie an die Fortsetzung der Geschichte kommen? Würde der Sultan sie wirklich töten, wenn sie es nicht schaffte? Was hatten Scheherazade und Dunyazad bloß vor? *Sie kann nicht raus,* hatte Dunyazad gesagt, *aber . . .*

Dachte sie daran, dass jemand anderer aus dem Harem herausgehen konnte? Aber wer? Vielleicht ein Eunuch? Oder eine Frau, die hier hereinkam und billige Schmuckstücke und Stoffe verkaufte? Oder ein Mann, der Lebensmittel in die Küche brachte?

Es kann gefährlich sein, zu viel zu wissen, hatte Scheherazade gesagt.

Wegen der Khatun.

Waren alle im Harem ihre Geschöpfe, wie Dunyazad es ausgedrückt hatte?

Zerstreut schaute ich in die Zimmerecke, wo im Schatten die Truhe stand. Die Truhe mit den Sachen des toten Mädchens. War sie ein Geschöpf der Khatun gewesen? Und was war mit den hunderten von Frauen im Harem, die hier gelebt hatten und hier getötet worden waren – waren sie auch alle ihre Geschöpfe gewesen?

Wie war es hier wohl gewesen, damals in den alten Zeiten vor dem Morden? Als der Harem voller Frauen war? Ich stand auf, öffnete die Truhe, befühlte den feinen Stoff der Gewänder und rollte den Gebetsstein des toten Mädchens in der Hand. Ich hörte förmlich das Flüstern, das Tapsen von Pantoffeln auf dem Boden. Ich spürte die schwache wirbelnde Brise vorbeirauschender Seidenröcke. Und ich roch den Schwindel erregenden Wind des Parfüms.

Ich warf den Stein in die Truhe und schlug den Deckel zu. In diesem Zimmer spukte es! Ich musste hier raus!

Den Harem konnte ich nicht verlassen, aber in diesem Zimmer musste ich auch nicht bleiben. Luft. Ich brauchte frische Luft.

Ich schob den Vorhang zur Seite und schlich auf Zehenspitzen den Gang hinunter. Vielleicht fand ich ja einen Hof, der nach oben offen war. Oder eine Dachterrasse. Irgendwo würde es doch eine Terrasse geben.

Ich wusste nicht, ob ich den Harem weiter für mich entdecken durfte, aber es hatte mir auch niemand verboten. Was sollte daran auch schlecht sein?

Ich lief durch ein Labyrinth stiller Gänge mit engen, vorhangbewehrten Eingängen. Ich konnte nicht widerstehen, durch einen dieser Eingänge hindurchzuspähen. Langsam zog ich den Vorhang zur Seite.

Leer. Spinnennetze schmückten die Ecken, die Kissen am Boden und die Truhe waren voller Staub.

Geister.

Wenn man eine Dachterrasse sucht, sollte man nach Treppen Ausschau halten. Ich fand einen offenen Hof und lief eine breite glasierte Treppe hinauf. Dann verirrte ich mich zwischen den verschiedensten Gängen, Treppen und Höfen. Ab und zu vernahm ich ein Murmeln hinter einem Vorhang, einmal hörte ich ein Kind weinen. Dann ging ich um eine weitere Ecke und stand direkt vor zwei Eunuchen in rotem Gewand, die einen Torbogen bewachten. Den Eingang der Khatun! Sie starrten mich an. Ich wirbelte herum und eilte davon.

Einerseits war ich erleichtert, dass die Wachen mich nicht verfolgten, andererseits fühlte ich mich plötzlich schrecklich einsam. Ich war hergekommen um Scheherazade zu helfen, aber ich hatte alles viel schlimmer gemacht und jetzt konnte ich nichts mehr tun. Keinem helfen, mit niemandem sprechen. Noch nicht einmal mit irgendjemandem im selben Zimmer sitzen, der die stehende, parfümierte Luft mit lebendigem Atem füllte.

Luft. Ich brauchte frische Luft.

Am Ende eines weiteren Ganges lief ich eine Treppenflucht hinunter und landete mal wieder in einem Hof mit einem schönen Brunnen. Inzwischen hatte ich so viele schöne Brunnen und schöne Torbögen und schöne Teppiche und schöne Friese gesehen, dass ich sie langsam langweilig fand.

Aber dann sah ich einen hellen Lichtstrahl hinter einem breiten vergitterten Fenster am oberen Ende einer kurzen Treppe. Eine Steinbrüstung, und dahinter blauer Himmel. Ich rannte die Stufen hinauf, laut klappernd, ohne Rücksicht auf Stille und Anmut. Jetzt sah ich sie durch das Gitterwerk: eine Terrasse. Eine schwere Holztür war in die Mauer eingelassen. Ich zog heftig an dem Riegel, aber sie war verschlossen.

Ich spähte noch mal durch das Gitterwerk. Im Licht der Nachmittagssonne leuchteten die Bodenfliesen in einem hübschen Muster, ich sah blühende Topfpflanzen und dahinter Bäume im Dunst. Der für mich einsehbare Teil der Terrasse war quadratisch, aber es schien einen weiteren Gang zu geben, der am Geländer nach links verlief. Vor nicht allzu langer Zeit war noch jemand hier gewesen. Auf dem Boden war ein Teppich ausgebreitet, Damastkissen lagen darauf verstreut. An einer Ecke stand ein Silbertablett mit Trinkgefäßen, Krümeln und Körnern.

Vielleicht war es eine private Terrasse. Aber jetzt in der heißen Zeit des Tages kam sicher niemand hier heraus. Ich roch geradezu die frische Luft!

Im Gitterwerk des Fensters waren drei Bogenöffnungen direkt über dem Sims. Sie sollten Licht und Luft hereinlassen – und nicht etwa Leute herauslassen. Aber vielleicht passte ich ja doch hindurch.

Ich raffte meine Röcke, warf ein Bein über das Sims durch einen der Bögen und versuchte Bein, Kopf und Schultern gleichzeitig durchzuzwängen.

Zu eng.

Ich zog mein Bein wieder heraus, schlüpfte mit dem Kopf und den Schultern hindurch, indem ich die Schultern so verdrehte, dass es passte. Langsam schlängelte ich mich wie ein Wurm vorwärts und landete mit einem letzten Abstoßen der Füße unsanft auf dem harten Boden.

Die Hitze traf mich wie ein Schlag, aber die Luft hatte nichts mehr von dem klebrig süßen Parfüm des Harems. Ich atmete tief ein und roch den Duft von Zypressen, Jasmin und Rosen. Eine sanfte Brise spielte in hängenden Glockenspielen und den raschelnden Blättern einer Topfpalme.

Ich stand auf und ging zu dem Teppich. In den Trinkgefäßen waren noch Reste eines Scherbetts. Noch vor kurzer Zeit war hier jemand gewesen. Ich trat ans Geländer und überblickte den engen Terrassengang. Im Moment war niemand zu sehen.

Unter mir erstreckte sich ein großer Garten mit Blumen, Obstbäumen und blühenden Sträuchern. Fußwege führten zu vergoldeten Lauben und Brunnen mit schwimmenden Wasserlilien. Der Garten war umrahmt von Zypressen- und Buchsbaumhainen, die flirrende Schatten auf die Erde warfen.

Bestimmt war dies der Garten, in dem der Sultan seine erste Frau beim Turteln mit ihrem Liebhaber erwischt hatte. Er hatte das Tor zum Harem versiegeln lassen, sodass ihn jetzt nur noch Männer betreten konnten.

Ein trauriger Schrei zerriss die Stille. Unter mir wanderte ein Pfau um einen Teich herum.

Der Garten war sehr hübsch, aber ich sehnte mich danach, über die Stadt zu blicken. Ich sehnte mich nach den vertrauten Gerüchen der Stadt. Nach Schweiß und Gewürzen und Mist. Nach dem scharfen Geruch der Gerberbottiche.

Ich sehnte mich nach einem Blick auf mein früheres Zuhause.

Aber der Blick auf die Stadt war versperrt. Vielleicht gab es noch mehr, höher gelegene Terrassen.

Egal. Ich war an der frischen Luft, fort von den Geistern. Ich nahm ein Kissen vom Teppich mit auf den schmalen Terrassengang. An der dem Geländer gegenüberliegenden Mauer rankte blühender Wein aus einem glasierten Topf an einem Spalier empor. Weiter oben gurrten leise einige Tauben. Ich legte das Kissen in den Mauerschatten, lehnte mich an das Spalier und atmete tief den Duft von Jasmin ein.

Meine Augen wurden schwer, aber ich durfte nicht einschlafen. Nur einen Moment ausruhen.

Mit einem Ruck wurde ich wach. Ich war eingeschlafen! Wie lange schon?

Der Schatten war über den Boden gewandert und begann an dem steinernen Geländer emporzukriechen.

Stimmen. Zwei: eine ältere und eine jüngere. Die eine gehörte unverwechselbar der Khatun.

War dies etwa ihre private Terrasse?

Was würde sie mit mir machen, wenn sie mich hier fand?

Ich war wie gelähmt, unfähig zu handeln. Dann hörte ich ein Knirschen: Der Schlüssel drehte sich im Schloss. Ich sprang auf und rannte zum hinteren Ende des Terrassenganges. Sie konnten mich erst sehen, wenn sie ans Geländer traten. Aber ich müsste mich jetzt sehen lassen. Es war bestimmt keine schlimme Sünde, hierher zu kommen. Niemand hatte es mir verboten.

Quietschend ging die Tür auf. Ich wollte schon darauf zugehen, als die Stimmen plötzlich lauter wurden. ». . . was sie wohl vorhat«, sagte die Khatun, »mit dieser Marjan.«

Wie versteinert blieb ich stehen.

»Ihr fallen bestimmt keine Geschichten mehr ein. Was sollte sie sonst von diesem verkrüppelten Äffchen wollen?« Jetzt erkannte ich auch die jüngere Stimme. Sie gehörte dem Mädchen mit den kupferroten Haaren.

Die Khatun lachte und sagte dann leiser: »Oh, es gibt noch mehr Möglichkeiten. Ich werde es herausfinden, alles zu seiner Zeit. Mein Sohn will mir nichts verraten – oder er weiß es selbst nicht. Er möchte sie glücklich machen, sagt er. Das gefällt mir nicht.«

»Sie kann mit diesem Geschichtenerzählen doch nicht ewig weitermachen, oder? Irgendwann fällt ihr nichts mehr ein.«

Die Khatun gab ein grollendes Geräusch von sich. Dann sagte sie: »Wenn du erst Königin bist, werde ich dich immer gut mit Geschichten versorgen.«

Dann quietschte die Tür wieder, Schritte und Stimmen waren zu hören und klingendes Silber oder Glas. Jetzt konnte ich nicht mehr hervorkommen. Es war zu spät, ich hatte zu viel gehört. *Wenn du erst Königin bist, werde ich dich immer gut mit Geschichten versorgen.*

Das Herz schlug mir bis zum Hals. Ich spähte über das Geländer, in der Hoffnung, einen überragenden Teil des Daches zu finden, an dem ich herunterklettern konnte, bis ich mich sicher genug fühlte auf dem Weg zurückzukehren, auf dem ich gekommen war.

Nichts. Es fiel gerade zum Garten ab.

»Psst!«

Was war das?

»Psst! Hier oben!«

Ich schaute hoch und verdrehte den Hals, bis ich sie sah: Eine alte Frau mit vielen Falten im Gesicht sah vom Dach hinab zu mir hinunter. »Das Spalier!«, zischte sie und zeigte auf das hölzerne Spalier an der Mauer. »Klettere da rauf! Jetzt!«

Mit offenem Mund sah ich zu ihr hinauf. Sie lächelte schüchtern und fuchtelte wütend herum, damit ich endlich hochkam. Wer mochte das sein?

»Beeil dich!«, flüsterte sie. »Gleich sehen sie dich!«

Sie würden kommen und mich finden, wenn sie sie hörten. Ich sah mir das Spalier an: zerbrechlich aussehende Holzlatten, überkreuz und voller Weinranken. Stabil sah es nicht aus. Und die Mauer war hoch. Wenn ich hier bleiben und mich nicht rühren würde, würde mich auch keiner sehen. Ich kannte die alte Frau nicht. Warum wollte sie mir helfen? Und wollte sie es wirklich oder war das Ganze nur ein Trick?

Etwas bewegte sich. Eine Bedienstete, die um die Mauer herumkam. Ich drängte mich an das Spalier. Sie sagte etwas und ihr Blick ging über mich hinweg. Dann ging sie wieder außer Sichtweite.

Hatte sie mich gesehen?

Ich wartete lange. Mein Herzschlag dröhnte mir in den Ohren.

Nichts.

Ich schaute wieder hoch; die alte Frau war vom Dach verschwunden. Aber ich konnte nicht länger dort bleiben. Man würde mich entdecken, es war nur eine Frage der Zeit.

Ich raffte meine feinen Seidenröcke und stopfte den Saum in meine Schärpe. Dann klammerte ich mich am Gitterwerk fest, trat mit dem Fuß zwischen die Verstrebungen und zog mich hoch. Es hielt.

Ich versuchte schnell zu klettern, aber der Winkel der Verstrebungen tat meinem schlechten Fuß nicht gut und meine Röcke hingen zwischen meinen Füßen und dem Gitterwerk. Sie rauschten in den Blättern. Hinten vom quadratischen Teil der Terrasse konnte ich die Khatun reden hören. Das Geschirr klirrte und die Glockenspiele klingelten und ich betete, dass mich niemand hörte.

Ich war fast oben, als ich ein sprödes Knacken hörte und mein schlechter Fuß in der Luft hing. Auch meine Hand war vom Holz abgerutscht und weit unter mir schwebte der Garten. Ich griff wieder zu. Die Kanten des Gitters schnitten mir in die Finger. Mein Fuß suchte neuen Halt. Hier. Aber würde es halten? Mit einer Hand suchte ich am Dachfirst nach etwas, an dem ich mich festklammern könnte.

Plötzlich war die alte Frau wieder da, hielt meinen Arm fest und wuchtete mich auf einen flachen Teil des Daches. Bei dem Aufprall machte mein Knie ein dumpfes Geräusch.

»Was war das?«, hörte ich von unten.

Schritte. Sie kamen näher, sie waren auf dem Balkon, direkt unter uns.

»Krieche hinter mich«, flüsterte die alte Frau. »Sie dürfen

dich nicht sehen.« Ich krabbelte hinter sie, dann sagte sie mit einer hohen, vollen, trällernden Stimme: »Nicht doch, Liebes, schlage nicht so laut mit den Flügeln, sonst hören dich noch die Geister.« Sie beugte sich vor, das Gesicht zu mir, den Rücken der Terrasse zugewandt und hielt die Hände zusammen, als würde sie schützend etwas darin halten.

War sie vielleicht verrückt?

»Gut, Liebes. Nicht mit den Flügeln schlagen. Keiner tut dir was.«

Dann rief eine Stimme von unten: »Zaynab! Verschwinde. Du weißt doch, dass du dieser Terrasse nicht zu nahe kommen sollst.«

Die Frau machte ein leises schnalzendes Geräusch mit der Zunge. Sie schubste mich vor sich her über das Dach.

»Spricht wieder mit ihren Vögeln«, hörte ich von weiter unten. »Die verrückte alte Zaynab!«

Kapitel 7

Die verrückte Zaynab

Über das Leben und das Geschichtenerzählen

Wenn man – wie Scheherazade – alte Geschichten erzählt, wahrt man die Tradition. Man sammelt die Weisheit der Welt und behält sie im Gedächtnis. Dann staubt man sie ab, bügelt sie glatt und flickt vielleicht hier und da noch ein bisschen. Erst dann verteilt man die alten Geschichten wie Geschenke an seine Zuhörer. Außerdem kann man den Zuschnitt einer Geschichte ändern oder sie mit eigenen Verzierungen ausschmücken. Aber alle Geschichten haben bereits eine Geschichte, die über den Erzähler hinausgeht.

Es gibt auch noch eine andere Art, Geschichten zu erzählen. Wie eine Spinne kann man einen feinen Faden aus dem eigenen Leben spinnen – aus dem Schatten seiner Träume. Dann muss man ihn verweben, zurechtschneiden und vernähen. Am Ende zieht man das kümmerliche Gewand an und trägt es draußen in der Welt.

Das Dach war riesig und Furcht einflößend. Der größte Teil war flach, aber es waren eigentlich hunderte von einzelnen kleineren Dächern: hier ein kleines, flaches Stück, weiter oben ein weiteres; ein großes, rechteckiges Loch, das ohne Geländer, ohne Warnung tief hinunter in einen Hof fiel; dahinter eine Kuppel, ein Minarett. Bei den meisten Häusern hier wird auch das Dach ständig genutzt, aber dieses Dach war eindeutig nicht dafür gemacht. Die ebenen Flächen hatten kein Geländer und alles war schmutzig und nicht im Geringsten verziert oder geschmückt.

Vor mir bewegte sich Zaynab wie eine Katze – eine dicke, runde Katze, die über die ebenen Flächen schlich, über die Spalten sprang und klapperige Leitern erklomm, um von einer Ebene auf die nächsthöhere zu gelangen. Eine Katze, die an den Simsen entlangtänzelte und unten um die Kuppeln herumging. Sie war unglaublich flink. Ihr Gang war federnd, dennoch hatten ihre Füße die nötige Schwere, um ohne zu schwanken dort zu landen, wo sie wollte.

Ich hatte Angst. Der Boden war tief unter mir und manchmal war nichts mehr zwischen ihm und mir.

»Schau nicht nach unten!«, rief Zaynab mir zu.

Leicht gesagt. Ich wollte meine Füße sehen, wollte wissen, wo ich hintreten sollte, aber oft ging es direkt neben ihnen nur noch runter. Runter in einen gefliesten Hof oder runter auf ein tiefer gelegenes Dachstück oder runter in den Garten unter uns.

Ich hatte ihr gar nicht folgen wollen. Sie hatte mich von der Terrasse der Khatun fortgescheucht, bis uns niemand mehr sehen konnte. Dann war sie über eine Leiter auf ein höher gelegenes Dach gestiegen und verschwunden. Und ich stand da und starrte auf die wacklige Leiter, auf den Fleck, wo ich sie zuletzt gesehen hatte. Da war sie wieder – über mir.

»Psst! Hier hoch!«

Ich konnte nicht zurück. Ich konnte auch nicht den ganzen Tag hier oben bleiben, auf dem schmutzigen Dach über der Terrasse der Khatun. Also folgte ich ihr, indem ich möglichst meinen guten Fuß vorschickte, ihn auf die engen Streben der Leiter setzte, mit ihm am Sims entlangrannte und um die Abgründe herumlief, über die Zaynab einfach drübersprang.

Aber Zaynab schien meinen schlechten Fuß gar nicht zu bemerken, auch nicht, dass ein Fehltritt meinen Tod bedeuten konnte. *Schau nicht nach unten,* war ihr einziger Rat.

Was machte ich hier eigentlich? Warum lief ich hinter einer Verrückten her über dieses gefährliche Dach?

Aber dann dachte ich an die Khatun und lief weiter.

Endlich, als ich wieder eine von den vielen Leitern hochkletterte, tauchte vor mir am Ende des Daches ein kleiner, runder Pavillon auf einer gefliesten Dachterrasse auf. Er war aus gelben Ziegeln, hatte ein Kuppeldach und rundherum lief eine Reihe schmaler Bogenfenster. Daneben standen mehrere Tontöpfe mit blühenden Sträuchern und kleinen Bäumen. Vogelmist bedeckte den Boden, immer dichter und dichter bis zum hinteren Ende der Terrasse, wo ich drei Taubenschläge entdeckte: kegelförmige Behausungen aus Lehm mit einem Strohdach darüber. Darin waren viele kleine Löcher, unter denen Stäbe hervorschauten. Durch die Löcher schauten Tauben, Tauben hockten auf den Stäben, Tauben putzten sich auf den Dächern der Taubenschläge und Tauben stolzierten an der niedrigen Mauer herum, die die Terrasse umfasste. Aus den Taubenschlägen ertönte das volle, friedliche Gegurre vieler zufriedener Vögel.

Als ich mich umdrehte, sah ich in Zaynabs Augen. Sofort schaute sie weg. Eine Taube saß auf ihrer Schulter und pickte in ihrem grauen Haar. Ihre Kleider hatten überall verräterische weiße Streifen. »Möchtest du . . .« Ein neuer Anfall von Schüchternheit. »Möchtest du eine Schale Scherbett?«

Nein zu sagen wäre grob unhöflich gewesen. Ich folgte ihr in den Schatten des Pavillons.

Die über den Boden verstreuten Teppiche waren ausgeblichen, zerschlissen und mit Federn übersät. Die Fliesen waren voller weißer Spritzer. Es roch muffig. Nach Vogel. Und doch war es ein schönes Zimmer: Die Fliesen an der hohen Decke waren dunkelrot und blau, die Bodenfliesen grünbraun gemustert. Wie Himmel und Erde.

Zaynab summte fast geräuschlos vor sich hin. Sie schüttete Wasser in eine Schüssel und wusch schnell zwei Tonschalen ab. Das Spülwasser wurde kreideweiß. Von Vogeldreck in den Schalen? Das war mehr als wahrscheinlich, zumal gerade zwei weitere Tauben hereinflogen und sich zu der gesellten, die in Zaynabs Haar pickte. Misstrauisch sah ich zu, wie sie aus einem irdenen Gefäß Scherbett in die Schalen füllte. Alles in allem schien sie nicht richtig verrückt zu sein – mal abgesehen von der Hetzerei über die Dächer und den Vögeln auf der Schulter und dem unsichtbaren Vogel, mit dem sie vorgegeben hatte zu sprechen. Sollte man sie wegen des schlechten Zustands ihres Haushalts für verrückt erklären? Tante Chava hätte das bestimmt getan.

Wer mochte diese Zaynab sein? Ich überlegte. Was machte sie hier? Warum hatte sie mich vor der Khatun gerettet? Oder? Hatte sie mich wirklich gerettet?

»Bitte schön, Liebes«, sagte Zaynab und reichte mir eine Schale Scherbett.

Liebes. So hatte sie auch den erfundenen Vogel genannt. Aber das Scherbett sah recht sauber aus. Ich hatte schon befürchtet eine Feder darin zu finden – oder Schlimmeres. Ich schlürfte ein wenig: Es war süß und lecker.

Ich lächelte Zaynab an. »Es schmeckt köstlich«, sagte ich. »Danke.«

Sie nickte, lächelte, zog den Kopf ein, drehte sich schnell um und streute Körner auf den Fliesenboden. Die Vögel flatterten von ihren Schultern und fingen an zu picken; durch die Fenster flogen vier oder fünf weitere Vögel hinein und pickten mit. Zaynab saß da, starrte die Tauben an und summte leise vor sich hin. Plötzlich hörte sie auf und sah mich an.

»Magst du Aussichten?«

»Aussichten?«

»Die Aussicht«, sagte sie. »Von da. Wir können gucken. Wenn du Lust hast. Nur wenn du Lust hast.«

»Ja, gern.«

Wir gingen zum Fenster und schauten schweigend hinaus. Die ganze Stadt lag vor uns – beigefarbene Gebäude mit Flachdach, hellen Kuppeln und zierlichen Minaretten. Die tief stehende Sonne warf lange Schatten und die höchsten Punkte der Stadt badeten in ihrem goldenen Licht. Im Osten lag der Fluss wie ein dunkelblauer Seidenschal. Noch weiter hinten am Horizont erstreckten sich die grünen Hügel. Plötzlich fiel mir ein, dass meine Mutter hinter jenen grünen Hügeln aufgewachsen war.

Die Boote, die Karren und die Häuser sahen von hier oben ganz klein aus. Wie Spielzeug. Viel kleiner als von Tante Chavas Terrasse aus. Drängelnde Spielzeugmenschen auf der Straße. Spielzeugesel und Spielzeugkamele. Ein Spielzeughirte mit seiner Schar Spielzeuggänse.

Ich versuchte einen Weg durch die Stadt zu finden, der mich zum Haus von Onkel Eli und Tante Chava zurückführen würde. Aber alles sah so anders aus. Ich erkannte einige

Wahrzeichen wie die Gerbergruben, die Kuppeldächer des Basars und das Minarett der nahe gelegenen Moschee, aber es gelang mir nicht, das Puzzle der Stadt zusammenzufügen und zu verstehen.

Auch das Dach des Palastes verstand ich nicht. Ich wusste, dass der Harem in der Mitte lag, aber wo genau? Ich fand den Garten mit den Zypressen und den Buchsbäumen, aber sosehr ich auch versuchte die Hubbel und Löcher im Dach bekannten Orten zuzuordnen – ich schaffte es nicht.

Zaynab sah in die Ferne; sie summte immer noch. Vergeblich wartete ich darauf, dass sie etwas sagte, irgendwas.

Durch das Fenster konnte ich eine Ecke der Taubenschläge sehen. Ich hatte doch mal etwas gehört . . .

»Hältst du die Brieftauben?«, fragte ich.

Zaynab hörte schlagartig auf zu summen. »Ja, und vor mir mein Großvater.«

Ich schlürfte mein Scherbett und überlegte, was ich noch sagen könnte. Ich hoffte, dass sie etwas sagen würde, aber sie summte wieder vor sich hin. Dann sagte sie wohl eher zu sich selbst: »Mit Tauben ist es einfacher als mit Menschen.«

Was sollte ich dazu sagen? Ich neigte mein Scherbett und trank es aus. »Es wäre wohl besser, wenn ich in den Harem zurückginge. Gibt es noch einen anderen Weg hinunter außer – äh, außer . . .« Jetzt hörte ich mich an, als wäre ich verrückt. Aber Zaynab rettete mich.

Sie nahm meine Schale und führte mich auf die Terrasse hinaus. »Hier entlang.« Sie zeigte auf eine lange schmale Wendeltreppe, die in die Dunkelheit hinunterführte. »Du kommst in der Nähe der Haremküche heraus. Die Tür ist offen.« Zaynab machte eine Pause und fügte dann hinzu: »Ich würde mich freuen – wenn du mich noch mal besuchen kommst.«

»Vielen Dank«, sagte ich, aber wahrscheinlich würde ich es doch nicht tun. Zaynab war wirklich merkwürdig.

Ich war schon fast hinter der ersten Windung verschwunden, als Zaynab zu mir hinunterrief: »Marjan?«

Ich drehte mich um. Um sie herum glitzerte das Sonnenlicht, das in den dämmrigen Treppenschacht fiel.

»Hüte dich vor der Khatun. Sie ist dir nicht wohlgesinnt.«

Erst als ich in den Harem zurückgekehrt war, fiel mir ein, dass ich ihr meinen Namen gar nicht gesagt hatte.

Nach dem Abendgebet besuchte mich Dunyazad in meinem Zimmer. Es fiel mir schwer, mit ihr zu reden. Sie war vorsichtig und höflich. Aber von der Wärme oder Zuneigung, die sie vorher ausgestrahlt hatte, war nichts mehr zu spüren.

Sie wollte wissen, wie sie den Geschichtenerzähler im Basar finden konnte, und ich sagte es ihr, so gut es ging, obwohl ich nicht mehr genau wusste, wo er gewesen war. Irgendwo in der Nähe des Teppichbasars, an einem Brunnen. Es war sehr lange her. Ich hatte mich verirrt. Außerdem war er jetzt vielleicht woanders. Oder war in eine andere Stadt gezogen. Oder gestorben.

Ich wollte ihr gern erzählen, was ich gehört hatte, von der Khatun, die das Mädchen mit den kupferroten Haaren darauf vorbereitete, Scheherazades Aufgaben zu übernehmen. Aber ich wusste nicht, wie. Dunyazad würde sich fragen, woher ich das wusste, und die Wahrheit klang so seltsam, dass sie wahrscheinlich misstrauisch werden würde. Trotzdem erzählte ich es ihr.

Sie sah mich nur an. Dann sagte sie: »Da kann ihm auch gleich ein Esel Geschichten erzählen.«

Ich hatte also richtig geraten, dachte ich, als Dunyazad gegangen war. Sie und Scheherazade wollten jemanden ausschicken, der den Geschichtenerzähler suchen sollte. Jemanden, der im Harem aus und ein ging. Jemand mit einem guten Gedächtnis – hoffte ich jedenfalls. Man kann nicht jeden losschicken Geschichten zu sammeln und einfach erwarten, dass er seine Sache auch gut macht.

Aber wenn er den Geschichtenerzähler nicht finden konnte …

Ich spürte eine ekelhafte, bodenlose Furcht. Er musste ihn finden.

Wehe, wenn nicht …

Dunyazad würde meinen, ich sei schuld. Sie würde denken, dass ich gelogen hatte, um mich vor der Khatun zu schützen. Sie würde denken, es wäre mir egal, was aus Scheherazade wurde, weil der Sultan mich sowieso nie heiraten würde.

Sie kannte mich kein bisschen.

Am nächsten Morgen zündete ich sofort nach dem Morgengebet meine Lampe an und machte mich auf den Weg zu dem Gang, der von Scheherazades Gemächern zum Schlafgemach des Sultans führte.

Ausnahmsweise war ich nicht allein. Ein seltsamer, stiller Pilgerzug: Durch die düsteren Gänge und Flure bewegten sich flackernde Lichter, alle in dieselbe Richtung. Ich erkannte die Frau mit der Hakennase, die mich durch die Bäder gescheucht hatte, und eine Frau, die eine von Tante Chavas Broschen gekauft hatte, und einige Kinder, die mir zugehört hatten, als ich die Geschichte von den Fischen erzählt hatte. Ich ging ihnen nach bis zu einer Hoftreppe, die zu dem Alabasterflur führte, den ich am ersten Tag gesehen hatte. Eine Menschentraube aus fünfzehn oder zwanzig Personen saß oder stand in einem Lichtermeer auf den Marmorstufen. Das Gazellenmädchen war da, mit seinem Haustier, und das Mädchen mit den kupferroten Haaren. Zwei Eunuchen waren auch da: Der eine war alt und sah bitter aus, der andere war jung. Er hatte ein trauriges sanftes Gesicht.

Man sollte meinen, dass Frauen, die sich so versammelten, miteinander sprechen oder schwätzen würden, sich Geheimnisse anvertrauten oder die Zeit totschlugen. Man sollte meinen, den Kindern würde es schwer fallen, ihre Zunge im Zaum zu halten. Aber diese Gruppe war seltsam still.

Ich stand hinten, am unteren Ende der Treppe. Keiner schien mich zu bemerken. Aber dann drehte sich der junge Eunuch mit dem sanften Gesicht zu mir um und sah mich an. Und lächelte.

Hielt er zu Scheherazade? Würden sie ihn auf die Suche nach dem Geschichtenerzähler schicken?

Nun rührten sich die Menschen, ein Raunen ging durch die Gruppe. Als ich hochschaute, sah ich den goldgewandeten Eunuchen durch den Torbogen auf uns zukommen. Hinter ihm kamen Scheherazade und ihre Schwester.

Sie lebt! Mein Herz hüpfte vor Freude.

Scheherazade drehte sich um und lächelte. Ein Lächeln für die Öffentlichkeit. Das Lächeln einer Königin. Ihr Blick glitt über die Menge, es schien, als sähe sie niemanden wirklich. Ich hoffte, sie würde ganz besonders mich anlächeln. Ich hoffte, ja was denn? Dass sie mir vor allen anderen dankte? Mich in ihre Gemächer bestellte?

Nichts dergleichen.

Sie ging mit ihrer Schwester durch den Torbogen in ihre Zimmer.

Als ich mich wieder umsah, waren die Stufen leer. Nur wenige Leute blieben im Hof. Dann gingen auch sie durch den einen oder anderen Torbogen davon, bis nur noch die Gazelle da war. Sie schnüffelte, tat einen zögernden Schritt und tänzelte dann leichtfüßig über den Platz. Als sie durch einen Torbogen verschwand, stand ich immer noch da und lauschte dem Echo ihrer klappernden Hufe auf den Fliesen.

An jenem Tag riefen sie mich gar nicht zu sich. Die ganze Zeit machte ich mir Sorgen. Hatten sie den Geschichtenerzähler gefunden? Wenn ja, kannte er die Fortsetzung der Geschichte? Scheherazade hatte gesagt, dass sie den Teil der Geschichte, den ich ihr bereits erzählt hatte, über drei Nächte strecken konnte. Jetzt waren nur noch zwei übrig. Wenn sie die Geschichte nicht bekam . . .

Die Furcht klebte an mir wie ein nasser Rock. Ich wünschte, ich könnte irgendetwas tun.

Um nicht verrückt zu werden, machte ich einen langen Spaziergang durch den Harem. Keiner hielt mich von meinen Entdeckungen ab und schon bald fand ich mich zurecht. Die bewohnten Räume waren über den gesamten Harem verstreut und danach aufgeteilt – das war jedenfalls mein Verdacht –, wie nah die Menschen der Khatun standen. Ihre Lieblingssklavinnen, das Mädchen mit den kupferroten Haaren und die Frau mit der Hakennase, hatten mehrere herrlich eingerichtete Zimmer. Auch Frauen mit Kindern hatten mehr als einen Raum zur Verfügung. Die meisten von uns aber lebten in kleinen Zimmern, obwohl viele schönere leer standen. Und außer der Khatun und ihren Favoritinnen lebten wir anderen weit voneinander entfernt. Als wollte die Khatun verhindern, dass wir uns zu nahe kamen. Die Kinder aber drängte es in meine Nähe.

Nach ihrem Mittagsschlaf kamen drei Kinder und beknieten mich ihnen eine Geschichte zu erzählen. Als ich dann den Faden sponn, erschienen wie durch Zauberei noch mehr Kinder. Es war eine selbst erfundene Geschichte, die ich ausprobieren wollte. Als ich fertig war, bettelte ein Junge, der später gekommen war, um eine weitere Geschichte. Dann bettelten sie alle, auch das Gazellenmädchen. Ich durfte sogar ihre Gazelle streicheln. Ich erzählte ihnen noch drei Geschichten, zwei alte und noch eine erfundene. Dabei probierte ich ein paar von den Dingen aus, die Scheherazade mit ihrer Stimme und ihrem Körper machte, aber es gelang mir nur halb so gut. Die Kinder bettelten immer noch, als ihre Mütter sie fortscheuchten, weil sie meinten, ich bräuchte eine Pause.

Aber es machte mir wirklich nichts aus.

Am nächsten Tag sah ich wieder zu, wie Scheherazade direkt nach Sonnenaufgang aus den Gemächern des Sultans kam. Lebendig! Aber Julnars Geschichte reichte nur noch für eine einzige Nacht.

Sie ließ mich immer noch nicht rufen.

War das ein gutes Zeichen? Oder ein schlechtes?

An diesem Tag fanden mich die Kinder eher und erbettelten sich noch mehr Geschichten. Als ich heiser wurde und sie auf den nächsten Tag vertröstete, ging das Gazellenmädchen, Mitra, hinter mir her. Bis ihre Tante sie rief, erzählte sie von ihrem Haustier, nannte mir die Namen aller Haremsbewohner und vertraute mir an, was sie von ihnen hielt.

Ich hatte an diesem Nachmittag immer noch genügend Zeit, mir Sorgen zu machen. Im Harem passierte nicht viel außer der allmorgendlichen Pilgerfahrt zu Scheherazade. Dreimal am Tag hörte man den Muezzin, der zum Gebet rief. Zweimal täglich stand Essen in meinem Zimmer. Ich hatte nie gesehen, wer es mir brachte; ich war immer unterwegs.

Mein Kopf drehte sich in Gedanken an Scheherazades Schwierigkeiten und ich versank immer mehr in einem Gefühl von Hilflosigkeit und Verhängnis.

Schließlich ging ich nach dem Nachmittagsgebet die Wendeltreppe hoch zu Zaynab.

Ich wusste immer noch nicht, was ich von ihr halten sollte. War sie verrückt oder eine Spionin der Khatun? Aber es zog mich auf ihre Terrasse, fort von den Geistern und Verschwörungen, fort von der parfümgeladenen Luft im Harem.

Sie schien sich nicht zu wundern. Sie sah auf und blinzelte, als ich aus dem Schatten auf sie zukam. Ein Lächeln leuchtete auf ihrem Gesicht. Sie hielt mit beiden Händen eine Taube. Ich sah zu, wie sie sie freiließ und wie der Vogel über die kleine Spielzeugstadt schwebte. Für einen kurzen Augenblick erschienen mir meine Sorgen, meine Furcht und meine Trauer ebenfalls wie Spielzeug und ich hatte das Gefühl, das Leben sei doch friedlich und sicher.

Zaynab sprach wirklich mit den Vögeln. Aber es sah gar nicht verrückt aus.

Es sah aus, als hörten sie zu.

Kapitel 8
Auf der falschen Seite

Über das Leben und das Geschichtenerzählen

Wenn man eine Geschichte hört, begreift man plötzlich, was in der Welt alles möglich ist. Ich meine nicht nur fremde Sitten und weit entfernte Orte, obwohl man auch daraus eine Menge lernen kann. Ich meine, dass man eine neue Vorstellung von den eigenen Möglichkeiten bekommt, an die man nie gedacht hat oder wovon man im wirklichen Leben nicht viel merkt.

Wenn ich Angst habe, denke ich gerne an die tapferen Menschen aus den Geschichten. Und dann denke ich, vielleicht kann ich ja auch so sein.

Am Spätnachmittag meines dritten Tages im Harem kam Dunyazad, als ich den Kindern gerade eine Geschichte erzählte. Sie sollte mich zu ihrer Schwester bringen und ich musste mittendrin aufhören. Die Kinder beklagten sich, aber ich sagte ihnen, dass sie es wie der Sultan halten und bis zum nächsten Tag warten sollten.

Ich konnte Dunyazad nicht ansehen, ob sie die Geschichte gefunden hatten oder nicht. Sie schien auf der Hut zu sein und vermied es, Gefühle zu zeigen. Sie traute mir nicht mehr, aber Scheherazades Anblick sagte alles.

Sie hatten sie nicht.

»Wir haben ihn nicht gefunden, Marjan«, sagte sie, als ich

mich von meinem Kniefall erhob. »Wir wissen nicht, ob wir am richtigen Brunnen gesucht haben oder . . . Könnte er auch den Platz gewechselt haben?«

»Möglich«, sagte ich. Die Leute, die für Unterhaltung sorgten, blieben normalerweise jahrelang am selben Platz, aber manchmal eben auch nicht.

»Meine Schwester hat eine Idee.«

Ich wandte mich Dunyazad zu. Sie schaute nach unten, mied meinen Blick und tat so, als untersuche sie das Muster des Teppichs.

»Sie wollte mit dir gehen«, sagte Scheherazade, »aber ich habe es verboten. Es ist zu gefährlich.«

Sie wartete. Stille. Gefährlich. Als ich ob ich etwas dagegen haben würde, nur weil es gefährlich war. Schließlich hatte sie seit fast drei Jahren allnächtlich der Gefahr ins Auge gesehen.

»Sage mir einfach, worum es geht«, sagte ich, »und ich werde es tun. Ich würde alles für dich tun.«

Am nächsten Morgen kam Dunyazad nach dem Ruf des Muezzins zum Morgengebet und holte mich ab. Ich hatte sie schon erwartet. Am vorangegangenen Nachmittag hatten wir den Plan ausführlich in Scheherazades Gemächern besprochen. Jetzt sagte Dunyazad kein einziges Wort. Sie legte den Finger an die Lippen und spähte hinaus in den Flur. Ich folgte ihr die Treppen hinunter in ein kleines holzgetäfeltes Zimmer. Sanft drückte sie auf eins der Paneele. Ein leises Klicken. Aus dem Paneel wurde eine Tür, die leise in unsere Richtung aufging.

Sie schob mich durch die Öffnung in die Dunkelheit. Ich sah zu, wie sie hinter mir herkam, an einem Riegel zog und die Tür schloss. Dann sah ich gar nichts mehr.

Ich spürte sie hinter mir, roch ihr Parfüm. Es duftete frisch wie Regen. Dann nahm sie mich am Handgelenk und zog mich hinter sich her durch den Gang.

Hoffentlich war mein schlechter Fuß nicht zu laut auf dem harten Steinboden. Hoffentlich würde ich nicht stolpern und hinfallen. Um das Gleichgewicht zu halten, hielt ich immer eine Hand an die Mauer. Ich fühlte Holz, dann Stein, dann wieder Holz. Dunyazad ließ mich los. Mühsam erkannte ich jetzt ihren Rücken vor mir. Wir gingen um eine Ecke; durch eine geschliffene Zwischenwand aus Sandstein schien ein wenig Licht. Als wir daran vorbei waren, wurde es schwächer, dann war es wieder dunkel.

So war es die ganze Zeit in diesem Gang. Pechschwarz oder schwach erleuchtet, wenn wir an Zwischenwänden aus Holz oder Sandstein vorbeikamen, oder an Metallgittern oder seltsamen kleinen Ausschnitten in der Mauer, die meiner Vorstellung nach mit den Mustern auf der anderen Seite zu tun haben mussten.

Ich wünschte, wir hätten eine Lampe, aber das ging natürlich nicht. Das Licht würde durch die Löcher scheinen und uns verraten. Außerdem schienen Dunyazads Füße selbst sich den Weg durch die dunklen Gänge gemerkt zu haben. Im Gegensatz zum ersten Tag, als sie mich auch durch die verborgenen Gänge geführt hatte, gingen wir nicht ständig aus dem Zentrum des Harems heraus und wieder hinein. Aber schnell war Dunyazad immer noch, zu schnell für meinen Geschmack. Aber jetzt nahm sie mich von Zeit zu Zeit am Handgelenk und lenkte mich in die richtige Richtung.

Endlich hielt sie an. Es war mal wieder stockdunkel; ich prallte auf sie, sagte »Uuh« und dann, dass es mir Leid tat. »Psst!«, sagte sie. Ich konnte hören, dass sie etwas machte, dann ein Klicken. Unten sah ich ein Licht schimmern, das immer größer würde. Hintereinander krochen Dunyazad und ich durch den schmalen, niedrigen Eingang in Scheherazades Gemächer.

Scheherazade kam auf uns zu, begrüßte uns und bedeutete uns still zu sein. Ich küsste den Boden vor ihren Füßen. Als ich aufstand, sah ich hinter ihr die Truhe, von der sie am vorangegangenen Tag erzählt hatten. Von der Größe und Form her ähnelte sie einem kleinen Sarg aus dunkel versiegeltem Rosenholz. In den Deckel war ein kompliziertes Muster eingraviert. Ein Scharnier war verdreht und aus dem Holz gezogen worden und ein langer, roher Kratzer verunzierte die Vorderseite.

»Gern habe ich das nicht getan«, sagte Scheherazade und sah sich den Kratzer an. »Ich habe diese Truhe immer gemocht. Aber . . .«

Aber wenn die Truhe nicht beschädigt wäre, könnte sie sie auch nicht zum Reparieren aus dem Harem schicken.

Scheherazade reichte mir Sandalen und einen Schleier – einen feinen körperlangen schwarzen Schleier aus schwerer Wildseide. Ich fühlte mich nicht wohl damit. Dieser Schleier würde mich als reiche Frau auszeichnen. Auch wenn reiche Frauen ab und zu in den Basar gingen, wurden sie doch immer von männlichen Verwandten und Eunuchen begleitet.

»Hast du vielleicht noch einen anderen Schleier? Oder einen gröberen?«

Die Schwestern tauschten einen Blick. »Das ist meiner«, sagte Dunyazad. »Ich habe schon den gröbsten rausgesucht.«

Jetzt umarmte Dunyazad ihre Schwester und ging zu der Geheimtür in der Holzwand. Sie bückte sich, um hindurchzugehen, drehte sich aber noch mal zu mir um und sagte:

»Möge Allah alles Böse von dir fern halten.« Ich konnte ihrer Stimme nicht anmerken, ob sie es ernst meinte. Dann verschwand sie in dem Gang und schloss die Holztür hinter sich.

Scheherazade öffnete die Truhe. »Ich habe Kissen hineingelegt«, sagte sie. »Ich habe selbst ausprobiert, wie es sich darin anfühlt. Du kannst atmen, einige der Schnitzereien im Deckel gehen durch. Schau mal.« Sie zeigte auf ein Lochmuster auf der Unterseite des Deckels. Zuvor, als die Truhe noch verschlossen war, hatte ich die Löcher nicht sehen können. »Ich musste die Beine anziehen«, fuhr sie fort, »aber du bist kleiner als ich. Außerdem ist es ja nicht für lange. Man hat mir versichert, dass es nicht weit ist bis zum Laden des Schreiners. Und denk dran, dass du vor dem Abendgebet wieder abgeholt wirst. Wenn die Abenddämmerung einsetzt, werden die Tore zum Harem geschlossen. Verspäte dich nicht, Marjan – egal, was passiert. Oh! Und . . .« Sie griff in ihre Schärpe. »Beinahe hätte ich es vergessen. Hier.« Sie gab mir drei schwere Golddinare. Ich starrte sie an. »Reicht das nicht?«, fragte sie.

Ich war kurz davor, ihr zu sagen, dass es in Wirklichkeit viel zu viel war. Diese Dinare würden Aufmerksamkeit erregen, ja, sie würden mich verdächtig machen. Kupfermünzen wären besser gewesen, dazu noch ein Silberdirhem oder zwei. Aber bevor ich den Mund aufmachen konnte, ließ sie noch zwei Golddinare in meine Hand fallen und sagte: »Besser zu viel als zu wenig.«

Ein lautes Klopfen an der Tür. Ich zuckte zusammen.

»Beeile dich!«, flüsterte Scheherazade. »Leg dich hinein!« Sanft schob sie mich zu der Truhe.

Ich warf die Münzen in meine Schärpe, kletterte schnell in

die Truhe und zog die Sandalen an. Ich konnte die Beine nicht ausstrecken. Also legte ich mich auf den Rücken, winkelte sie an und stemmte die Füße gegen das Ende der Truhe. Es war ganz bequem so. Scheherazade klemmte ein Kissen zwischen meinen Kopf und die Truhe und deckte mich bis zum Hals mit einem Teppich zu. »Damit dich auch durch die Löcher im Deckel keiner sehen kann«, sagte sie leise. Sie senkte den Deckel und hob ihn noch mal hoch – nur einen Spalt. Ich sah ihr in die Augen. »Danke, Marjan.«

Es klopfte wieder. Der Deckel wurde geschlossen und ich hörte, wie im Schloss der Truhe ein Schlüssel gedreht wurde.

Panik ergriff mich, einen Augenblick lang konnte ich kaum atmen. Ich widerstand dem Bedürfnis, aufzuschreien und den Deckel hochzudrücken.

Dann fiel mir die Geschichte von dem Jungen ein, der durch Zauberei in einer Kupferflasche eingeschlossen war. Er bekam seine Angst mit der Vorstellung in den Griff, dass er eine Seidenraupe im Kokon war. Also stellte auch ich mir vor, ich sei eine Seidenraupe, sicher und geschützt in meinem eigenen gemütlichen Haus. Hier konnte mich keiner sehen. Ich atmete tief ein – die Luft roch nach Sandelholz – und spürte, wie die Panik nachließ.

In der Truhe war es dunkel, aber ich konnte doch ein wenig sehen. Durch das Lochmuster im Deckel sickerte Licht.

Ich hörte leise gedämpfte Stimmen. Ein kaum spürbarer Hauch von Scheherazades Parfüm lag in der sandelholzgetränkten Luft. Dann kamen Schritte auf mich zu.

Ich wappnete mich und drückte den Kopf an das eine, die Füße an das andere Ende und die Hände an die Seiten. »Es ist ganz wichtig, dass du dich nicht bewegst«, hatte Scheherazade am Tag zuvor gesagt, als sie mir den Plan erklärt hatte. Ich hatte sie gefragt, ob die Träger nicht am Gewicht merken würden, dass etwas in der Truhe lag. Sie sagte, die Truhe selbst sei so schwer, dass sie keinen Unterschied spüren würden. Außerdem sollte ich mich nicht bewegen.

Auf einmal wurde die Truhe unter Ächzen, Schwanken und Holpern hochgehoben. Ich hörte, wie Stoff an Holz rieb, hörte jemanden schwer atmen und ein leises Bumsen, als die Truhe irgendwo anstieß. An einem Bein. Dem Bein eines Eunuchen. Keine Haremfrau war stark genug, die Truhe zu tragen, und Händler würden nie in Scheherazades Gemächer vordringen. Ich dachte an den jungen Eunuchen, der mich einmal angelächelt hatte. War er einer der Träger? Vielleicht sogar der, der Bescheid wusste?

Jetzt ging es abwärts, aber sie hielten die Truhe gerade, sie kippte kein bisschen. Wahrscheinlich gingen sie nebeneinander die Treppe hinunter. Dann Geplätscher: Wir waren im Hof.

Kurz darauf wusste ich nicht mehr, wo wir waren. Es ging zu oft rauf und runter, zu oft um diese oder jene Ecke. In der Truhe war es heiß geworden. Bald hörte ich ein lautes Quietschen – von einem Tor? – und dann schlugen die Geräusche der Straße über mir zusammen. Geschrei. Karrengerumpel. Klappernde Hufe auf Pflastersteinen. Über dem Sandelholzduft roch ich den Mischmasch der Straße: Schweiß, Tierfelle und Mist. Plötzlich flogen meine Füße hoch und mein Kopf wurde fest ins Kissen gedrückt. Der Boden der Truhe schrammte gegen etwas – einen Wagen? Ein schrilles Kratzen. Ein dumpfes Geräusch. Dann war es einen Augenblick lang vollkommen still.

Und weiter ging es, aber anders. Unter mir rumpelte es, es

bebte und hüpfte, manchmal ruckelte es plötzlich. Ein Wagen, ganz bestimmt. Inzwischen war es sehr heiß. Schweißtropfen rannen mir von der Stirn in die Haare.

Zunächst versuchte ich noch herauszufinden, wo wir hinfuhren, auf welcher Straße wir gerade waren, aber über kurz oder lang war ich völlig verwirrt. Außerdem wusste ich sowieso nicht, wo der Laden war, in den sie mich hineinschmuggelten.

Schmuggelten. Wie der Geächtete, der Mädchen aus der Stadt schmuggelte, damit der Sultan sie nicht zur Frau nehmen konnte. Er wurde Abu Muslem genannt, niemand kannte seinen richtigen Namen. Meine Mutter hatte von ihm erzählt, aber sie hatte nichts unternommen. Wenn sie das Richtige getan hätte, wäre ich unversehrt und in Sicherheit.

Endlich hielt der Karren an. Wieder hörte ich das schrille Kratzen; das Scharnier der hinteren Wagenklappe, schätze ich. Ich wappnete mich gegen die plötzliche Abwärtsbewegung der Truhe. Jemand atmete grunzend aus, dann wurde die Truhe ein kurzes Stück getragen und auf einer festen Fläche abgestellt.

Schritte entfernten sich. Eine Tür schlug zu. Dann nichts mehr. Ich hörte den Straßenlärm, aber gedämpft, wie aus der Ferne.

Ich wartete.

Heiß. Der Schweiß rann mir vom Gesicht in die Haare. Mein Rücken war völlig durchnässt.

Waren wir im Laden des Schreiners?

Nur wenig Licht schien durch die Löcher im Deckel, die Truhe stand also im Schatten. Ich atmete tief ein, um herauszufinden, wie es an diesem Ort roch. Mir schien, es roch ein bisschen nach Lack.

Plötzlich hörte ich Schritte. Der Schlüssel wurde umgedreht, dann wieder das Geräusch von Schritten. Sie rannten davon.

Scheherazade hatte mir gesagt, dass im Laden des Schreiners jemand kommen und aufschließen würde. Aber sie hatte auch gesagt, dass man mir aus der Truhe heraushelfen und mir den Weg zum Basar zeigen würde.

Ich wartete noch ein wenig. Alles war still.

Warum öffnete denn niemand den Deckel?

War es sicher, hinauszuklettern?

Es war immer noch still.

Schließlich konnte ich es nicht mehr aushalten. Ich schob den Teppich weg und hob langsam den Deckel hoch. Nur einen Spalt. Ich sah einen Haufen Truhen und Kommoden und Schränke und Tische. An der Wand dahinter hingen Werkzeuge zur Holzbearbeitung.

Niemand da.

Ich öffnete den Deckel und kletterte heraus, zog mir den Schleier über den Kopf und hielt ihn unterm Kinn fest. Meine Beine waren steif und ein bisschen taub. Mein armer Fuß tat weh. Ich streckte mich und sah mich um. Der Raum war klein und dunkel, die schweren Vorhänge vor den Fenstern waren zugezogen. Die Tür stand offen.

Immer noch niemand. Warum war hier keiner?

Plötzlich fiel mir auf, dass in der ganzen Zeit vom Harem bis hierhin niemand auch nur ein Wort gesagt hatte, und auch hier im Laden des Schreiners hatte ich noch keine Stimme vernommen. Normalerweise sprachen Leute, die zusammen arbeiteten, auch miteinander. Zumindest Sätze wie »Lass mich vorgehen« oder »Ich nehme das hintere Ende«. Sie würden sagen, wie schwer oder wie leicht die Truhe war, oder sie würden Leute grüßen, denen sie begegneten.

Sie wollten nicht, dass ich sie hörte. Sie wollten nicht, dass ich sie sah. Sie wollten nicht, dass ich wusste, wer sie waren. Niemand wollte mit den geheimen Vorgängen im Harem in Verbindung gebracht werden. Es war lebensgefährlich, auf der falschen Seite zu stehen. Und wer etwas gegen die Khatun unternahm, war automatisch auf der falschen Seite.

Ich schüttelte den Gedanken ab. Ich musste den Geschichtenerzähler finden, nur das zählte. Ich musste ihn finden. Heute. Sonst würde Scheherazade sterben.

Ich kroch zur Tür und blinzelte hinaus in den strahlenden Tag. Ein Hof. Er war leer bis auf den Wagen und eine einsame Palme, die in etwas schmutziger Erde an der Mauer wuchs. Das Tor zur Straße stand offen.

An dem Baum grub ich mit einer Hand ein wenig Dreck aus und rieb ihn in die glänzende Wildseide. So. Jetzt sah der Schleier nicht mehr ganz so fein aus.

Ich lief zum Tor und schlüpfte hinaus.

Kapitel 9
Im Basar

Über das Leben und das Geschichtenerzählen

*Es ist Ansichtssache, wie man am besten eine reife Melone
aussucht. Die Klopfer schlagen einmal kurz darauf und
lauschen, ob es hohl klingt. Die Schnüffler behaupten,
dass sie eine reife Melone am Geruch erkennen. Die Be-
obachter gehen nach der Farbe – einer gelb schattierten
Verfärbung unterhalb des feinen blassen Netzmusters auf
der Melonenschale. (Das funktioniert aber nur bei Honig-
melonen.)*
*Tante Chava hat mir beigebracht die Narbe am Stiel zu
betrachten. Wenn sie richtig schwielig und schön nach innen gewölbt ist, dann ist die Melone gut und süß.*

Ich fand mich in einer verlassenen engen Gasse wieder,
links und rechts Mauern und Türen. Nur wenig weiter links
endete die Gasse in einer Steinmauer. Zu meiner Rechten
sah ich in einiger Entfernung eine Straße, eine Geschäfts-
straße, die diese Gasse kreuzte. Ich prägte mir die Holztür
zum Hof des Schreiners ein: wie sie sich in den Mauerbogen
schmiegte, dass an einer Ecke die weiße Farbe abblätterte.
Es war die dritte Tür vom Ende der Gasse aus gesehen. Das
konnte ich mir merken.
Ich ging zur Straße und strengte mein Gedächtnis weiter
an, merkte mir die Kreuzung, die grüne Tür an der Mauer,

das metallene Gitterwerk eines hoch gelegenen Fensters über der Straße.

Die Menschenmenge lief in breitem Strom nach links, nur wenige Menschen wandten sich rechts. Also ging ich auch links. Ich kannte mich zwar nicht aus, aber ich wusste, dass die meisten Leute Richtung Basar gehen würden. Ich schlängelte mich zwischen Packeseln und Kaufleuten durch, zwischen ganzen Gruppen von Frauen mit Bündeln auf dem Kopf, zwischen Musikern und einem bedeutenden Würdenträger, der auf einer Sänfte getragen wurde. Bald sah ich in geringer Entfernung die hohen, seitlich geöffneten Kuppeln des Basars.

Der Basar war riesig und ich kannte mich nur in bestimmten Teilen aus. Leider nicht ausgerechnet in diesem Teil, in dem ich auf den blinden Geschichtenerzähler gestoßen war. Er war in der Nähe des Teppichbasars gewesen – aber wo? Ich versuchte mir den Brunnen vorzustellen, von dem ich Dunyazad erzählt hatte. So viele Brunnen gab es nicht im Basar. Es konnte nicht so schwer sein, ihn zu finden.

Ich ging schnell durch die engen Ladengassen in Richtung Teppichbasar. Ich wusste noch, dass er in der Nähe der Lebensmittelstände war. Dort kannte ich mich aus, weil Tante Chava mich oft zum Einkaufen mitgenommen hatte.

Ich fand meinen Weg durch die Menge und musste mich vor einem ausschlagenden Ellbogen ducken, in eine andere Richtung springen, um einem schweren Stiefel auszuweichen, und stets in die Lücken schlüpfen, die sich für kurze Zeit vor mir in der Masse auftaten.

Licht und Schatten flackerten über mich hinweg, als ich aus dem heißen Sonnenlicht in kühlen, willkommenen Schatten trat – unter einen überdachten Bogengang, ein steinernes

Tor, das sich über die Straße wölbte, unter ausladende Markisen vor den Geschäften oder ein Dach aus Schals, die über Kopfhöhe über die Straße gespannt hingen.

Überall war Lärm: Händler priesen ihre Ware an, Straßenmusiker spielten auf ihren Trompeten, Lauten und Trommeln. Maultiertreiber fluchten, Frauen feilschten, die Vögel kreischten in ihren Käfigen, die Holzhämmer der Messinghandwerker dröhnten, machten Ping und Bong. Neben dem allgegenwärtigen Schweißgeruch roch es nach Sägespänen, Parfüm, Leder, Färbemitteln, Federn und Mist.

Direkt vor mir sah ich jetzt die Lebensmittelstände: die Obstverkäufer, die Gewürzverkäufer, die Kornverkäufer. Ich drückte mich durch eine Masse von Frauen, Frauen, die Melonen abklopften, Auberginen drückten oder Granatäpfel nach Wanzen untersuchten. Hinter mir ließ ich Eimer mit frischem Fisch, Körbe voll Käse, Berge von Gewürzen in groben Hanfsäcken. Ich atmete die vertrauten Gerüche des Basars ein: reifes Obst und salzige Oliven. Roher Fisch und stinkend reifer Käse. Zimt und Gewürzkümmel, Jasmin und Myrte, Safran und Nelken.

Bisher war ich noch nie ohne Tante Chava hier gewesen, aber die Gerüche beschworen sie geradezu herauf.

Ich schaute mich um, in einem plötzlichen heftigen Anfall von Hoffnung. Sie nur zu sehen . . .

Suchend lief ich durch die Menge. Ich suchte nach ihrem Gesicht, ich beobachtete die schwankenden Bewegungen der Schleier und Gewänder in der Hoffnung, ihren Gang zu erkennen. Ich lauschte in dem Lärm nach ihrer Stimme, die sich darüber beklagen würde, dass die Quitten Dellen hatten oder dass der Preis für die Datteln eine Schande war. Ich würde Tante Chava erkennen. Ich kannte sie in- und auswendig.

Sie war nicht da.

Schließlich blieb ich stehen und ließ die Menge an mir vorbeirauschen. Ich fühlte mich leer. Ich wusste, dass es nicht richtig gewesen wäre, sie zu treffen. Sie hätte sich Sorgen gemacht, wenn sie mich hier getroffen hätte, außerhalb des Harems – und außer sich, wenn sie erfahren hätte, was ich vorhatte. Und dennoch.

Jetzt sah ich hinter den Körben mit Linsen und geschälten Mandeln Teppiche. Eine ganze Reihe Teppiche, die von einer Seite des überdachten Bogengangs zur anderen auf einer Leine über der Straße hingen.

Einmal im Teppichbasar, schaute ich mir jeden Stand an und betrachtete genau alle Bettler, die an den Mauern lehnten. Mein schlimmer Fuß trat laut gegen etwas Hartes, einen Webstuhl aus Holz. Die Teppichweberin fluchte laut, unterbrach das Knüpfen und scheuchte mich davon. Ich humpelte die Straße hinunter, der Fuß tat höllisch weh. Noch dazu schien ich hier nicht richtig zu sein. Die Straße war zu schmal. Der Geschichtenerzähler hatte eine Menschenmenge um sich versammelt gehabt und dafür war hier gar kein Platz.

Endlich erspähte ich durch die Masse von Körpern vor mir einen hohen Wasserstrahl, der in der Sonne glitzerte.

Ein Brunnen.

Ich arbeitete mich durch die Menge, jetzt hatte ich es eilig, bis ich an der Kreuzung zweier Straßen auf einem großen offenen Platz stand. Wie eine Insel im unaufhörlichen Strom der Menschen stand dort eine weitere Menschenmenge. Eine schweigende Menge, am Brunnen.

Lauschten sie einer Geschichte?

Ich drängelte mich durch die Körper, bis ich sehen konnte, was sie sich anschauten.

Ich ließ den Kopf hängen.

Ein Mann führte die Kunststücke eines Affen vor.

Ich betrachtete den Brunnen hinter ihm. Das Wasser spritzte in ein mit blauen und goldenen Fliesen ausgelegtes Becken. Dies war der Brunnen, den ich meinte. Ich war mir ziemlich sicher.

Wo war also der Geschichtenerzähler?

Ich geriet in Panik – und unterdrückte sie. Das hieß ja nicht, dass er gar nicht hier war, beruhigte ich mich selbst. Vielleicht gab es ja noch einen anderen Brunnen im Teppichbasar. Oder er war woanders hingegangen. Es war so lange her. Und damals hatte ich mich verirrt.

Ich schlüpfte rückwärts wieder in die Menge und taumelte dann suchend durch den Teppichbasar. Der schneidende Schmerz in meinem Fuß war verklungen, aber jetzt tat er bei jedem Schritt weh. Ich kam zu einem anderen Platz, wo die Straße ebenfalls breiter wurde. Aber dort stand kein Brunnen. Keine schweigend lauschende Menge. Dann sah ich zu meiner Linken steinerne Stufen, die abwärts führten. Da fiel es mir wieder ein: Unten ging der Teppichbasar weiter.

Ich humpelte die Treppe hinunter, stieß gegen andere Käufer, versuchte das Gleichgewicht zu halten und lief dann durch die kühle, dunkle untere Abteilung des Teppichbasars. Hier und da schien die Sonne durch Löcher des gewölbten Daches und malte gelbe Lichtstreifen auf den Boden.

Nichts. Kein Brunnen. Kein Geschichtenerzähler.

Wieder ergriff mich Panik.

Stufen. Und noch mehr Stufen.

Schließlich humpelte ich wieder nach oben, vorbei an löchrig geschnitzten Holztrennwänden und Männern, die mit den Füßen Drehbänke betätigten. Ich ging um eine Ecke in den Lederbasar, wo es Ekel erregend nach Tierhäuten und ätzenden Gerberbottichen roch.

Überall suchte ich nach dem blinden Geschichtenerzähler. Ich fand Wahrsager und Schlangenbeschwörer und Wasserverkäufer und Lautenspieler. Einmal machte mein Herz einen Satz, als ich etwas von einer Geschichte hörte und eine Menschenmenge sah, die sich um einen sitzenden Mann scharte. Aber sein Gesicht sagte mir sofort, dass er nicht mein Geschichtenerzähler war.

Zu guter Letzt ging ich zurück zu den Lebensmittelständen. Ich war erhitzt und verschwitzt. Mein schlimmer Fuß tat weh und pochte. Die Innenseite meines großen Zehs brannte an der Stelle, wo er mit den Sandalenriemen an den Boden drückte, und die ganze untere Hälfte meines Beins war völlig verkrampft. Ich lehnte mich an eine Mauer und massierte mein Bein. Es war heiß geworden und über den Lebensmitteln schwärmten summende Fliegen in dicken Wolken. Über mir auch. Die schwere Geruchsmischung aus verderbendem Obst, überreifem Käse und dem, was die Tiere so fallen ließen, drehte mir den Magen um. Mein Mund war völlig ausgetrocknet. Sehnsüchtig schaute ich zu dem Wasserverkäufer hinüber, der in einem dünnen Strahl kaltes Wasser in die Messingbecher goss, die er von dem Geschirr nahm, das an seiner Brust hing. Aber ich hatte nur die Golddinare, die Scheherazade mir gegeben hatte. Ein Becher Wasser war viel zu billig, um mit Gold zu bezahlen. Die Leute würden gucken und Verdacht schöpfen. Alle Diebe wären hinter mir her.

Sosehr ich Scheherazade auch bewunderte, langsam merkte ich, dass sie sich in der Welt außerhalb des Harems nicht besonders auskannte. So einen Fehler zu machen . . . Langsam gefiel mir der Plan immer weniger. Ein Plan für die Welt draußen von zwei Leuten, die diese Welt nie gesehen hatten. Alles sollte von dem Geschichtenerzähler abhängen, einem Mann, den ich erst einmal gesehen hatte, und das vor vielen Jahren. Der vielleicht in eine andere Stadt gezogen war. Der vielleicht gestorben war.

Wenn doch bloß Tante Chava hier wäre! Sie kannte den Basar so gut wie ihren eigenen Hof. Sie wüsste bestimmt, wo wir den Geschichtenerzähler finden könnten.

Aber ich konnte sie ja besuchen. Ich könnte sie fragen, wo der blinde Geschichtenerzähler gewesen war. Dann würde ich sie sehen. Mit ihr sprechen.

Ich stellte mir vor, wie es wäre, nach Hause zu gehen. Wie glücklich Tante Chava wäre, mich zu sehen. Der alte Mordecai würde das Tor zum Hof öffnen und sie würde von ihrer Arbeit aufschauen und auf mich zurennen und . . .

Was war das?

Ich erwachte aus meinem Tagtraum. Ein rotes Gewand; die meisten Haremseunuchen trugen so eines. Sie waren zu zweit.

Ich duckte mich und sah zu, wie sie vorbeigingen. Ich konnte ihre Gesichter nicht sehen, sie nicht erkennen. Aber ich wusste, dass sie aus dem Harem kamen.

Suchten sie etwa mich?

Da wusste ich, dass ich nicht zu Tante Chava gehen konnte. Es wäre zu gefährlich für sie, wenn sie wüsste, was ich tat.

Wenn nämlich die Khatun entdeckt hatte, dass ich fort war, würde sie ihre Männer zu Tante Chavas Haus schicken und es durchsuchen lassen. Sie würden Tante Chava verhören. Vielleicht waren sie schon da. Vielleicht stand dort jemand Posten und wartete – auf mich.

Ich drückte mich dicht an die Wand, die Panik war nicht mehr aufzuhalten, einer schweren Woge gleich schäumte sie mir erstickend in die Kehle. Der Geschichtenerzähler war fort! Wie war ich nur auf den Gedanken gekommen, dass er nach all den Jahren noch da sein würde? Ich war einfach zu blöd!

Ich würde die Geschichte nie bekommen und Scheherazade würde dem Sultan beichten müssen, dass sie ihn angelogen hatte, und dann . . .

Dann würde sie sterben. Der Sultan würde das Mädchen mit den kupferroten Haaren heiraten, das Geschichten noch schlechter erzählte als ein Esel, und dann würden noch mehr Frauen sterben. In der Stadt würde alles so werden wie vorher, die unverheirateten Mädchen würden um ihr Leben bangen und ihre Väter und Brüder würden mit der Revolution drohen.

Aber in diesem Moment machte ich mir darum keine Sorgen. In diesem Moment machte ich mir nur Sorgen um Scheherazade.

»Weg da, Mädchen. Weg da.«

Ich stolperte davon und machte einer kleinen, gebückten Frau Platz, die einen kleinen Teppich ausrollte und sich darauf setzte.

Die Wahrsagerin. Ich hatte sie früher schon gesehen, als ich mit Tante Chava hierher gekommen war. Hier war ihr Platz. Die Frau breitete ihre Karten fächerförmig aus und rief den Leuten zu, sie sollten sich ihr Schicksal wahrsagen lassen.

Ich hätte mein Schicksal gern gekannt. Aber ich konnte die Dinare nicht benutzen.

Und dann fiel es mir wie Schuppen von den Augen: Wenn ich hier eher nach der Wahrsagerin gesucht hätte, wäre sie nicht da gewesen. Die Leute kamen zu unterschiedlichen Zeiten. Ich wusste nicht mehr, zu welcher Tageszeit ich den Geschichtenerzähler gesehen hatte, aber vielleicht kam er ja doch noch in den Basar, nur später. Warum war ich nicht früher darauf gekommen?

Mit neuer Hoffnung erfüllt, ging ich zurück zum Brunnen. Ich lief mit gesenktem Kopf, langsam und vorsichtig. Für den Fall, dass die Eunuchen noch in der Nähe waren, bemühte ich mich auch mein Humpeln zu verbergen. Der Mann mit dem Affen war fort und im Moment war niemand da außer der Masse von Menschen, die im harten Sonnenlicht des späten Vormittags durch die Straßen eilten.

Ich setzte mich auf den Brunnenrand und wartete.

Er kam nicht.

Eine Gruppe von Musikern – zwei Hornspieler und ein Trommler – stellten sich hin und spielten eine Zeit lang. Dann führte ein Maultiertreiber seine Tiere zum Trinken an den Brunnen. Ein Wasserverkäufer kam vorbei, klingelte mit seinem Glöckchen und pries sein kaltes, klares Wasser an. Durch den Stoff der Schärpe befühlte ich meine Golddinare. Zu riskant. Also holte ich mit hohlen Händen Wasser aus dem Brunnen – weit entfernt von der Stelle, wo die Maultiere getrunken hatten.

Ein Muezzin rief zum Mittagsgebet. Die meisten Leute verließen den Basar, um zu beten und danach den heißesten Teil des Tages zu verschlafen. Ich suchte mir unten im Schnitzerbasar ein kühles, dunkles Plätzchen hinter einem Haufen Sägespäne. Ich konnte sonst nirgendwo allein meine Waschungen verrichten, also nahm ich Erde dazu und sagte meine Gebete auf. Ich rollte mich zusammen und wollte mich ausruhen, aber ich fand keinen Schlaf. Ich machte mir immer mehr Sorgen.

Als der Basar wieder zum Leben erwachte, lief ich noch mal alles ab, nicht einmal die Gerberbottiche ließ ich aus. Zu meiner großen Erleichterung sah ich keine Haremseunuchen mehr. Als ich zum Brunnen zurückkam, hatte sich die Wahrsagerin dort niedergelassen.

Immer noch kein Geschichtenerzähler.

Die Schatten krochen schon in die Straßen. Über unseren Köpfen war die Sonne nach Westen gewandert. Kostbare Zeit verstrich. Wo war der blinde Geschichtenerzähler?

Mein Herz zog sich vor Angst zusammen.

Ich sah mir die Händler und die Teppichweber an. Nach diesem halben Tag kamen mir ihre Gesichter bereits bekannt vor. Vielleicht kannten sie den Geschichtenerzähler ja.

Ich wollte nicht fragen. Ich wollte keine Aufmerksamkeit auf mich lenken. Aber irgendetwas musste ich tun.

Ich ging zu einem Händler, einem untersetzten Mann mit vollem, lockigem Bart. »Onkel?«

Er sah mich an, wie man einen Käfer ansieht, kurz bevor man ihn vom Ärmel schnipst; dann aber blieb sein Blick an meinem feinen Schleier hängen. Jetzt lächelte er, eine Reihe weißer Zähne erschien inmitten des Buschwerks.

»Weißt du . . . kommt hier jemals ein blinder Geschichtener-

zähler hin?«, fragte ich. »Der seine Geschichten am Brunnen
dort erzählt?«

Das Lächeln verschwand. Er wandte sich ab und strich einen
Haufen kleiner Teppiche glatt. »Weiß ich nicht.«

»Aber du kennst doch bestimmt . . .«

»Weiß ich nicht«, bellte er. »Und jetzt verschwinde, wenn du
nichts kaufen willst!«

Ich fragte viele Leute an den Ständen in der Nähe, und es
war überall dasselbe. Sie sagten nicht Nein, sie wüssten
nichts von einem blinden Geschichtenerzähler. Sie schauten weg und sagten: »Weiß ich nicht.«

»Schwester?«

Ich wirbelte herum: Vor mir stand ein Junge. Nach dem Anblick seines zerschlissenen Gewandes zu urteilen, war er
der Diener eines armen Mannes.

»Ich kenne den Mann, von dem du sprichst«, sagte er. »Er ist
heute nicht da. Er fühlt sich nicht so gut. Für sieben Kupfermünzen bringe ich dich zu ihm.«

Kapitel 10
Ein Name aus zwei Wörtern

Über das Leben und das Geschichtenerzählen

*Tante Chava hat mir beigebracht, niemanden im Voraus zu
bezahlen. Gib dem Träger nichts, bevor du angekommen
bist. Gib dem Ölhändler nichts, bevor der Krug innerhalb
deiner Mauern steht. Wenn du etwas in Auftrag gibst – eine Truhe oder einen Stall für dein Maultier –, kann es passieren, dass du ein paar Münzen anzahlen musst. Aber auch
dann, sagte Tante Chava, musst du immer etwas in der
Hinterhand behalten.*

*So ungefähr machte es ja auch Scheherazade. Sie bezahlte
mit den Geschichten für ihr Leben, aber sie hatte immer
noch etwas in der Hinterhand.*

Der Junge grinste mich an, schief und schelmisch. Er war
größer als ich, aber schätzungsweise in meinem Alter. Sein
Gesicht war schmutzig, aber er hatte bemerkenswerte Au-
gen: groß und dunkel mit langen dichten Wimpern.
Die Typen kannte ich. Ein Blender.
»Woher soll ich wissen, ob du ihn wirklich kennst?«, fragte
ich misstrauisch.
»Er trägt eine Pfauenfeder am Turban.«
Tatsächlich, jetzt sah ich sie vor mir, diese Feder, wie sie hin
und her wippte, während der Geschichtenerzähler sprach.
Ich wurde ganz aufgeregt. »Gut. Bring mich hin.«

Der Junge streckte die Hand aus. »Bezahlung im Voraus.«

»Nein. Ich zahle nicht im Voraus.«

»In Ordnung. Dann eben die Hälfte.«

»Die Hälfte kann ich dir nicht geben. Ich werde dich gut bezahlen, wenn ich ihn sehe.«

Der Junge rührte sich nicht. »Woher soll ich wissen, dass du wirklich Geld hast?«

Ich wollte hochmütig klingen. »Glaub mir. Ich habe Geld.«

Er sagte nichts – streckte nur weiterhin die Hand aus.

Ich seufzte. Ich musste ihm wohl oder übel eine Goldmünze zeigen. Also griff ich in meine Schärpe und holte eine heraus. Mit großen Augen grabschte er danach. Ich nahm sie ihm schnell wieder weg und verstaute sie wieder. »Gehen wir.«

Der Junge schüttelte den Kopf. »Ich kenne dich nicht«, sagte er. »Woher soll ich wissen, dass du mich auch wirklich bezahlst?«

»Ich kenne dich doch auch nicht!« Meine Stimme klang schrill, das merkte ich selbst. Ich schaute mich schnell um. Einige Leute hatten sich umgedreht und starrten uns an. Leiser fragte ich ihn: »Woher soll ich wissen, ob du nicht einfach wegläufst und mich hier stehen lässt?«

Der Junge grinste sein ihm eigenes Grinsen. »Das weißt du eben nicht. Du musst mir schon vertrauen.«

Wenn ich ihm die Münze gab, würde er verschwinden und ich würde ihn nie wiedersehen. Ich blieb standhaft und schüttelte den Kopf.

Der Junge zuckte mit den Schultern, aber ich sah die Gier in seinen Augen. Gier nach dem Golddinar. »Na gut, komm mit«, sagte er.

Ich behielt seinen schmutzigen, zerlumpten Rücken im Auge, während er sich durch die Menge auf der Straße schlängelte. Es war nicht so einfach, mitzuhalten, weil ich versuchte nicht zu humpeln für den Fall, dass die Eunuchen noch hier waren.

Zwischen uns drängten sich Leute. Ich lief in eine Frau hinein und trat einem Mann auf den Fuß. Sie schimpften mit mir und drohten mit der Faust. Immer, wenn ich dachte, ich hätte den Jungen verloren, entdeckte ich ihn wieder an einer Säule, wo er auf mich wartete. »Hier entlang«, sagte er und war wieder weg.

Ich folgte ihm durch den gesamten Basar und weiter in einen mir unbekannten Teil der Stadt. Die Hofmauern waren bald nicht mehr aus Ziegeln, sondern aus Lehm, die Straßen wurden schmaler und die Passanten weniger. Die Pflastersteine wichen gestampfter Erde. Unsere Schritte wirbelten Staubwolken auf, die meine Atemwege verstopften.

Ich gab es auf, mein Humpeln verbergen zu wollen. Es war schon lange her, seit ich die Eunuchen zuletzt gesehen hatte, und mein Fuß tat wieder weh. Der Junge war immer weiter voraus, bis er plötzlich beim Zurückschauen verwundert guckte. Von da an ging er langsamer. Obwohl ich keinen Wert auf sein Mitleid legte, war mir die langsamere Gangart lieb.

Ich klammerte mich an die Hoffnung. Der Geschichtenerzähler hatte arm ausgesehen, bestimmt lebte er in diesem Teil der Stadt.

Wir liefen so weit und so lange und so verschlungene Wege, dass ich den Jungen langsam im Verdacht hatte, mich im Kreis zu führen – wie gewisse Träger den längstmöglichen Weg nehmen, weil sie mehr bekommen, je weiter sie die Waren des Käufers tragen.

Nun, dieser Junge würde mehr als reichlich bezahlt werden! Dann war er weg.

Ich blieb stehen und wartete darauf, dass er hinter irgendeiner Ecke wieder auftauchte. Die Hoftore, die eng aneinander in die Erdmauern gebaut worden waren, hingen in ihren Scharnieren, überall war die Farbe abgeblättert. Die Wohnungen waren sicher sehr klein. Niemand war zu sehen außer drei dreckigen Kindern und einem mageren Hühnchen, das im Staub pickte. Ich hatte keine Ahnung, wo er geblieben war.

»Du, Junge?«, rief ich.

Nichts.

Er hatte mich verlassen.

Ich konnte wirklich nicht glauben, dass er auf den Dinar verzichtete, und doch . . .

»Junge!«, rief ich noch mal.

Ein Kind zeigte auf meinen armen Fuß und die anderen kicherten. Ich wandte mich ab, ich war wütend auf die Kinder, wütend auf den Jungen. Er wusste gar nicht, wo der Geschichtenerzähler lebte, er wollte nur mein Geld. Und weil ich es ihm nicht gegeben hatte, bestrafte er mich durch eine Irrfahrt, bis ich überhaupt nicht mehr wusste, wo ich war.

Wieso war es ihm gelungen, mich derart hereinzulegen? Mich, die ich mich in der Stadt so gut auskannte? Mich, die ich bei Tante Chava genau gelernt hatte mich von niemandem übervorteilen zu lassen.

Wahrscheinlich war der alte Bettler längst gestorben und seine Geschichte mit ihm.

In meinem armen Fuß pochte es wie wild. Meine Knie wurden schwach, ich sank nieder. Ich war wie gelähmt. Nichts wollte ich lieber als irgendwie zu Tante Chavas Haus zurückzufinden und mich in ihre Arme zu werfen.

Aber das konnte ich nicht.

»Schwester?«

Ich kam unbeholfen auf die Füße. Da war er wieder, der Junge.

»Ich bitte vielmals um Entschuldigung, Schwester. Wenn ich dir damit die Augen verbinden dürfte ...« Er zeigte mir ein rotes Taschentuch und kam auf mich zu.

Meine Erleichterung verwandelte sich in Wut. Eine Augenbinde!

»Du hast keine Ahnung, wer mich schickt. Wenn du es wüsstest, würdest du mich nicht so demütigen«, sagte ich.

»Ist mir egal, wer dich geschickt hat. Ich bringe dich erst zum Geschichtenerzähler, wenn du dir die Augen mit dem Taschentuch verbinden lässt.«

Ich wäre am liebsten gegangen. Aber ich brauchte diese Geschichte.

Der Junge drehte sich um und schickte sich an zu gehen.

»In Ordnung«, sagte ich schnell. »Bring mich zu ihm! Und trödle nicht herum!«

Während er mir mit dem Tuch die Augen verband, sagte ich zu mir selbst, dass ich verrückt sein musste, um so etwas mit mir machen zu lassen. Viel verrückter als Zaynab. Wahrscheinlich gehörte er zu einer Räuberbande. Sie würden mich schlagen, ausrauben und in einer verrotteten Bruchbude krepieren lassen.

»Versuch bloß nicht mich auszurauben. Meine Freunde würdest du dir nicht als Feinde wünschen.«

Ich hörte etwas – es klang wie ein Schnauben. Lachte er mich aus? Keine Ahnung. Trotz allem, obwohl ich wusste, dass ich etwas Verrücktes tat, hatte ich noch immer Hoffnung. »Die Hoffnung macht aus uns allen Idioten«, sagte Tante Chava manchmal.

Mit meiner freien Hand hielt ich durch den Stoff die Münzen fest. Der Junge führte mich sanft am Ellbogen. Wir gingen langsam und er warnte mich, wenn es um die Ecke ging oder wenn Stufen hinauf- oder hinunterführten oder wenn ich Gefahr lief, in Tierkot zu treten. Schließlich hörte ich Scharniere knirschen, dann führte mich der Junge ein paar Schritte vorwärts und knirschend schloss sich das Tor hinter uns. Jemand machte sich an dem Taschentuch zu schaffen, es fiel herunter und da saß, auf einem zerschlissenen Teppich am anderen Ende eines kleinen, leeren Zimmers mit Wänden aus Lehm, der Geschichtenerzähler.

Ich erkannte sein Gesicht sofort. An jenem Tag hatte ich es lange Zeit intensiv betrachtet: die hohe Stirn, die buschigen Augenbrauen, die sich zugespitzt wölbten, den wilden lockigen Bart, der inzwischen eher weiß als grau war, und die durchscheinend papierene, faltige Haut rund um die Augen. Aber irgendetwas war anders als damals, ich brauchte einen Moment, um zu merken, was es war. Die Pfauenfeder fehlte. Aber das war es nicht.

Seine Augen. Als ich ihn das letzte Mal gesehen hatte, wanderte sein Blick ziellos umher. Blind, hatte ich gedacht. Jetzt aber war der Ausdruck seiner Augen bohrend scharf und intelligent.

»Ich kenne dich nicht«, sagte er. »Wer bist du?«

Diesen Teil hatten wir geprobt, Scheherazade, Dunyazad und ich. Ich durfte ihm gar nichts sagen, sollte nur um die Geschichte bitten.

»Es spielt keine Rolle, wer ich bin. Ich suche nach einer Geschichte. Einer ganz bestimmten Geschichte. Ich habe gehört, wie du den ersten Teil im Basar erzählt hast, es ging um eine Meermaid namens Julnar. Jetzt möchte ich etwas von ihrem Sohn hören.«

»Julnar«, sagte der Mann und ein Lächeln spielte um seinen Mund. »Wann hast du von Julnar gehört?«

Ich wollte schon antworten, überlegte es mir dann aber anders. »Es spielt keine Rolle, wann ich von ihr gehört habe. Ich will keine Fragen beantworten, aber ich werde dich gut bezahlen.«

»Das bezweifle ich nicht«, sagte der Mann.

»Hier.« Ich holte einen Dinar aus meiner Schärpe. »Der ist für die Geschichte. Und noch einer, wenn du fertig bist.«

Ich erwartete, dass er ihn mir aus den Fingern reißen würde. Aber er machte keinerlei Anstalten, ihn an sich zu nehmen; er ließ mich einfach da stehen, mit ausgestreckter Hand. Ich fühlte mich wie eine Närrin.

»Erinnerst du dich an die Geschichte?«, fragte ich.

»Ja.«

Ich legte die Münze auf den Teppich. Der Mann nahm sie noch immer nicht. Sie lebten hier in einer Bruchbude, das sah man dem Teppich an, den Wänden und dem kleinen Hof aus festgestampfter Erde, den man durchs Fenster sah. Von dem Dinar konnte sich der Geschichtenerzähler ein Jahr lang etwas zu essen kaufen. Länger noch. Ich dachte daran, wie er im Basar seine Erzählung unterbrach, bis er das Klingen einer Münze in seinem Becher gehört hatte. Jetzt aber interessierte ihn das Geld nicht. Er schaute nur hinter mir in die Ferne und kämmte mit den Fingern durch seinen Bart.

Das machte mir Angst. Ich hatte ihn für einen armen, blinden, harmlosen Geschichtenerzähler gehalten. Langsam dämmerte mir aber, dass nichts davon stimmte.

»Schwester?« Der Junge sah die Münze an wie ein Verhungernder eine Lammkeule. Ich hätte beinahe gelacht. Er drehte sich um und streckte die Hand aus. »Wo ist mein Dinar? Du hast ihn mir versprochen.«

Ich schnaubte ärgerlich und holte noch eine Münze heraus. Er schnappte sie sich, biss hinein, um zu prüfen, ob sie echt war, und steckte sie weg.

»Soso«, sagte endlich der Geschichtenerzähler, »du willst also etwas von Badar Basim hören.«

Ein Name aus zwei Wörtern, die beide mit einem B anfingen!

Ich nickte und versuchte ruhig zu wirken. Badar Basim, sagte ich zu mir selbst. Badar Basim. Ich rückte näher heran, ich wollte kein einziges Wort verpassen.

Kapitel 11
Ich finde alles heraus

Über das Leben und das Geschichtenerzählen

Ich höre immer gern Geschichten, in denen es um Gerechtigkeit geht. Geschichten, in denen die richtigen Leute ihre verdiente Strafe bekommen. In meinen Lieblingsgeschichten geschieht nur denen Böses, die es wirklich verdienen. Tante Chava hat immer gesagt, im richtigen Leben ginge es anders zu, ich sollte keine falschen Erwartungen haben. Das wusste ich doch schon. Schließlich hatte ich nicht um einen verkrüppelten Fuß gebeten und nichts getan, um ihn zu verdienen.

Es wurde langsam spät. Die Schatten legten sich über den Hof, aber der Geschichtenerzähler sprach immer weiter.

Badar Basim hatte bei dem Versuch, nach Hause zu kommen, Schiffbruch erlitten. Jetzt schwamm er im Meer und klammerte sich an ein Brett.

»Ich bitte tausendmal um Entschuldigung«, unterbrach ich seinen Redefluss. »Aber ich muss zurück – nach Hause. Zu Sonnenuntergang muss ich da sein. Bist du fast am Ende?«

Der Geschichtenerzähler zog die buschigen Augenbrauen hoch. »Es gibt noch viel zu erzählen«, sagte er.

Ich brauchte alles und doch musste ich Scheherazade wenigstens einen kleinen Teil übermitteln, damit sie ihn noch lernen und heute Nacht erzählen konnte.

»Dann muss ich noch mal wiederkommen«, sagte ich. »Finde ich dich am Brunnen? Morgen? Oder übermorgen?«

Der Mann kämmte mit den Fingern seinen Bart und schien nachzudenken. »Ayaz« – er wies mit einer Kopfbewegung auf den Jungen – »wird morgens und nachmittags dort vorbeischauen. Warte auf ihn, dann findet er dich.«

Ayaz grinste gerissen und hob sein verwünschtes Taschentuch hoch.

Er nahm es an ebendem Ort ab, wo er mir zuvor die Augen verbunden hatte, auf der Straße bei den eingesunkenen Mauern. Je näher wir dem Basar kamen, umso mehr Menschen trafen wir, bis sie sich wieder ebenso drängelten wie am Morgen. Ayaz ging langsamer als vorher. Die Sonne glitt am Himmel hinab und die Straßen versanken langsam im Schatten.

Er brachte mich bis zu dem Brunnen, wo er mich getroffen hatte. Ich beobachtete ihn, wie er sich durch die Menge schlängelte und verschwand. Dann drängelte ich mich selbst so schnell ich konnte durch die engen Gassen.

Im Rhythmus meiner Schritte sang ich vor mich hin: Badar Basim, Badar Basim. Dann lief ich durch den Torbogen des Schnitzerbasars hinaus auf die Straße.

Mein Fuß tat wieder weh. Ich hatte Seitenstechen und atmete schwer und hechelnd.

Endlich sah ich sie, erst das hoch gelegene Metallgitter, dann die grüne Tür. Ich drängte mich durch die Menge und kam fast unter die Hufe eines Kamels, dann sauste ich in die Gasse und rannte zum Tor des Schreiners.

Ich klopfte, aber niemand öffnete. Ich drückte, das Tor gab nach, es war offen.

Der Hof lag verlassen da. Still.

Ich überquerte ihn und schlüpfte durch die offene Tür in den Laden. Auch im Dämmerlicht fand ich sie sofort unter all den sperrigen Kommoden, Schränken und Regalen: meine Truhe.

Sie stand offen.

Ich kletterte hinein, richtete die Kissen und den Teppich und zog den Deckel über mir zu. Selbst als ich schon im Dunkeln lag, war ich noch außer Atem. Sandelholz. Es roch gut.

Beeilt euch, dachte ich. Gleich geht die Sonne unter.

Einen Augenblick später hörte ich Schritte von der Tür. Ich hörte, wie der Schlüssel sich im Schloss drehte, dann wurde ich hochgehoben.

Ein Grunzen. Stiefelstampfen auf Fliesen. So ein scheuerndes Gefühl, als unter meinem Rücken die Truhe über Holz gezogen wurde, dann das schrille Quietschen und Zuschlagen der Wagenklappe. Und rüttelnd und holpernd ging es wieder los.

Ich hörte das Quietschen der Räder, das »Klopp« eines Maultierhufs, Stimmen auf der Straße – aber alles gedämpft. In der Truhe herrschte eine seltsame Stille. Ich dachte über die Geschichte des Geschichtenerzählers nach und versuchte sie in meinem Gedächtnis zu verankern. Wie Badar Basim sich in Prinzessin Jauharah verliebt hatte und wie sie ihn wegen eines Familienzwistes in einen schönen weißen Vogel mit orangefarbenen Beinen und rotem Schnabel verzaubert hatte. Wie die Prinzessin ihrer Sklavin befohlen hatte Badar Basim auf eine karge Insel zu bringen, damit er dort stürbe; wie aber das Mädchen Marsinah Mitleid mit ihm empfand und ihn auf eine andere Insel voller Bäume und Früchte brachte. Wie eine andere Zauberin ihm seine ursprüngliche Gestalt zurückgab und der König dieses Landes ihn mit einem Schiff und seiner Mannschaft ausstattete. Dann kam der Schiffbruch, wo der Geschichtenerzähler abgebrochen hatte.

Ich musste aufpassen, dass ich mir alles genau so merkte, wie der Geschichtenerzähler es erzählt hatte, und nicht etwa die Geschichte in eine andere Richtung abdriften ließ. Es war eine vollblütige, spannende Geschichte. Aber mich störte an ihr, dass Prinzessin Jauharah den armen Badar Basim betrogen hatte, obwohl er sie so sehr liebte. Es kam dem viel zu nahe, was der Sultan mit seiner untreuen Frau erlebt hatte.

Und wenn die Geschichte ihn in dem Glauben bestätigte, dass alle Frauen Betrügerinnen waren? Wenn er nun ärgerlich wurde, weil er wieder daran denken musste? Wenn er Scheherazade dafür büßen ließ?

Es ging noch weiter, hatte der Geschichtenerzähler gesagt. Es gab noch jede Menge zu erzählen. Der blinde Geschichtenerzähler – der doch nicht blind war. Hatte mich meine Erinnerung wirklich so getrogen?

Außerdem war es sehr merkwürdig, dass er sich überhaupt nicht für das Gold interessiert hatte. Ein armer Mann wie er. Und noch etwas. Wo hatte er die Geschichte her? Eine Geschichte, die Scheherazade noch nie gehört hatte und die in keinem ihrer Bücher stand. Die der Sultan aber seit seiner Kindheit kannte.

Wahrscheinlich war es eine Geschichte, die nur unter Männern erzählt wurde, dachte ich bei mir. Vielleicht war sie nicht so verbreitet, dass auch die Frauen sie kannten oder dass sie in Büchern geschrieben stand.

Was mich am allermeisten beunruhigte, war die Frage, ob

es die richtige Geschichte war. Diejenige, die der Sultan hören wollte?

Das würde ich erst erfahren, nachdem Scheherazade sie ihm heute Nacht erzählt hatte.

Andererseits hatte sie den richtigen Anschein. Sie passte zu Julnars Geschichte.

Auch der Name stimmte: Badar Basim. Ich wiederholte die Geschichte im Geiste immer wieder und klammerte mich an sie wie an einen Talisman.

Endlich blieben wir stehen. Mir war wieder heiß. Ich schwitzte. Ich hörte Stimmen, dann klatschte jemand in die Hände. Weitere Stimmen, die Stimmen von Eunuchen. Ich hörte, wie das Tor sich quietschend öffnete, dann ging es weiter. Die Truhe scheuerte über die Ladefläche des Wagens, dann wurde ich hochgehoben und in aller Stille weitergetragen. Diesmal machte ich mir nicht mehr die Mühe, mir vorzustellen, welche Treppe wir gerade hinaufstiegen oder welchen Brunnen ich plätschern hörte. Bald würde ich Scheherazade berichten können, dass ich den alten Geschichtenerzähler gefunden hatte. Ich konnte es kaum erwarten, ihr Gesicht zu sehen, wenn ich ihr den Namen verriet: Badar Basim.

Die Truhe wurde geräuschvoll abgestellt. Ich hörte, wie sich Schritte entfernten und dann schwach, aber nah ein ratterndes Geräusch. Dann ging wieder jemand fort.

»Wer ist da?« Scheherazades Stimme, weit entfernt. Dann: »Dunya! Komm her! Die Truhe!«

Wieder Schritte, diesmal leise, leicht kamen sie näher.

»Wo ist der Schlüssel?«, fragte Scheherazade, »Der Schlüssel ist nicht da.«

Ein Schatten ging über die Löcher im Deckel. »Marjan?«, fragte Scheherazade, »bist du da drin?«

»Ja. Ich habe den Geschichtenerzähler gefunden.«

»Oh! Allah sei Dank, Marjan! Aber wo ist der Schlüssel?«

»Ich weiß nicht. Ich habe gehört, wie abgeschlossen wurde, das war noch im Laden des Schreiners. Und dann . . .«

Da fiel mir das Rattern wieder ein, das ich eben gehört hatte. »Ich glaube, einer der Eunuchen hat ihn mitgenommen.«

»Einer der Eunuchen?«

»Einer von den Trägern. Ich habe ein Rattern gehört und danach ist er direkt gegangen.«

Der Schatten über dem Deckel verschwand. »Lass ihn holen!«, sagte Dunyazad. »Er muss ihn dir zurückgeben!«

»Aber warum hat er ihn genommen?«, fragte Scheherazade. »Außer . . .«

»Die Khatun!« Das war Dunyazads Stimme. »Er bringt ihn zu ihr.«

Schritte, die aus dem Zimmer gingen. Wieder fiel ein Schatten über die Löcher im Deckel. »Wir holen dich gleich da raus«, sagte Scheherazade. »Keine Angst.«

Dabei schien sie selbst Angst zu haben. Ich fürchtete mich und mein Atem ging immer schneller. Mir war inzwischen so furchtbar heiß. Die Luft in der Truhe war zum Ersticken.

»Hast du den Namen rausgekriegt?«

»Ja. Julnars Sohn hieß . . . Badar Basim.«

»Badar Basim!« Sie flüsterte den Namen, als wäre er der Name eines geliebten Menschen. »Ein Name aus zwei Wörtern, die beide mit demselben Buchstaben anfangen, einem B oder einem D. Badar Basim!«

Schritte. »Dunya ist da, Marjan. Gleich bist du draußen.«

Hektisches Rattern im Schloss. »Wir konnten den Schlüssel

nicht kriegen, Marjan. Dunya versucht es mit einem Midak. Die Khatun ist auf dem Weg hierher.«

Das Rattern ging weiter. Beeile dich, dachte ich. Beeile dich!

»Sie kommen! Sie sind schon oben an der Treppe!«

Es machte Klick und der Deckel sprang auf. Licht strömte herein, Hände streckten sich mir entgegen, halfen mir auf, zogen den Teppich weg, den Schleier, strichen meinen Rock glatt. Ich stolperte mit steifen Beinen über den Truhenrand. Dunyazad zog mich neben sich in die Höhe und dann waren sie da: Ashraf, die Frau, die mich ins Bad begleitet hatte. Soraya, das Mädchen mit den Kupferhaaren. Der goldgewandete Eunuch, noch strenger als sonst. Und hinter ihnen allen, auf einer Sänfte, die von vier schwer atmenden Eunuchen getragen wurde, die Khatun.

Schwitzend und schnaufend, setzten die Eunuchen die Sänfte ab. Ashraf und Soraya halfen der Khatun, die ihre massige Gestalt aus dem Stuhl wuchtete.

Da war er wieder, der Gestank. Der Gestank von Verwesung.

Scheherazade ging auf sie zu und begrüßte sie. »Hohe Herrin«, sagte sie und neigte sich zum Kuss über die geschwollene Hand der Khatun. Scheherazade war so gelassen, so erhaben, man hätte nie gedacht, dass sie noch wenige Augenblicke zuvor verzweifelt gewesen war. Die Khatun watschelte um sie herum und beäugte die Truhe. Sie griff nach dem Teppich, den wir auf den Boden geworfen hatten und schnipste dann mit den Fingern. Daraufhin durchsuchten die Eunuchen Scheherazades Gemächer, sie suchten hinter den Vorhängen und unter den Kissen, öffneten Schränke und Kommoden, aber zu meiner großen Erleichterung nicht die geheime Tür in der Holzwand. Die Khatun sah zu, mit ihren kleinen, harten Augen, die zwischen all dem Fleisch kaum zu erkennen waren. Als die Eunuchen fertig waren, wandte sie sich Scheherazade zu. »Wie hast du es geschafft, die Truhe zu öffnen?«, krächzte sie.

»Es scheint so, als wäre irgendwas mit dem Schlüssel passiert. Ich wollte dich nicht belästigen, deshalb . . .« Scheherazade nahm den Midak vom Boden. »Wir haben sie hiermit geöffnet.«

Tante Chava hatte auch einen Midak, ein langes, nadelförmiges Werkzeug, mit dem man eine Schärpe durch einen Hosenbund zog. Ihrer war aber nicht aus vergoldetem Elfenbein.

»Sie haben sie gut wieder hingekriegt, findest du nicht?« Scheherazade deutete auf die Stelle, wo der Kratzer gewesen war. Da war nichts mehr zu sehen. Der Schreiner musste stundenlang daran gearbeitet haben.

Die Khatun funkelte Scheherazade wütend an. Dann richtete sie ihren erzürnten Blick auf Dunyazad und dann auf mich. Der Schweiß rann mir übers Gesicht, unübersehbar.

Sie wandte sich wieder Scheherazade zu. »Du brauchst nicht zu lügen«, sagte sie, »ich finde doch alles heraus. Ich finde immer alles heraus.«

Kapitel 12

Ich verbiete es!

Über das Leben und das Geschichtenerzählen

Wenn man eine Geschichte erzählt, kann man über Dinge reden, die einen in Schwierigkeiten bringen würden, wenn man sie als die eigene Meinung vertreten würde. Man kann sogar noch weitergehen, wenn man eine Geschichte in eine andere packt. Wenn man zum Beispiel die Geschichte eines Händlers erzählt, der wiederum eine Geschichte über einen Barbier erzählt, und der Barbier erzählt die Geschichte eines Fischers . . . Dann kann man in der Geschichte des Fischers die provokantesten, gewagtesten Wahrheiten sagen. Weil die Geschichte so wenig mit einem selbst zu tun hat.

Genau das tat Scheherazade. Sie verpackte kleine Fetzen der Wahrheit in miteinander verstrickten Geschichten, die sie dem Sultan Nacht für Nacht servierte. Sie hoffte, dass nach einer gewissen Zeit die Wahrheit nicht mehr rebellisch aussehen würde, sondern einfach nur noch – wahr.

»Glaubst du, dass sie Bescheid weiß?«, fragte Dunyazad, nachdem die Khatun mit ihren Dienerinnen gegangen war. Wir saßen auf Kissen am Boden. Scheherazade legte ihre Arme um ein anderes Kissen und schaukelte vor und zurück. Dabei biss sie sich auf die Lippen. Sie dachte nach. Zuckte mit den Schultern. »Sie konnte sich nicht sicher sein.«

»Aber sie hatte einen Verdacht.« In Dunyazads Blick lag etwas, das ich nie zuvor bei ihr gesehen hatte. Sie hatte Angst.

»Musste sie ja wohl, sonst wäre sie nicht hergekommen. Es ist ewig her, seit sie zum letzten Mal ihre Gemächer verlassen hat.« Scheherazade seufzte. »Und wir sahen bestimmt verdächtig genug aus. Aber sie kann uns nichts nachweisen.«

»Wenn sie gesehen haben, wie Marjan aus der Truhe geklettert ist . . .«

»Das glaube ich nicht. Ich glaube, sie war gerade draußen, als die Khatun zur Tür hereinkam.« Scheherazade fragte mich: »Was glaubst du, haben sie gesehen, wie du da rauskamst?«

»Keine Ahnung. Ich habe mich so beeilt, ich kann es dir nicht sagen.« Jetzt, als die Khatun wieder weg war, fühlte ich mich ein wenig schwach. Ein wenig durcheinander. Sie machte mir Angst.

»Ich wüsste gern, wonach sie gesucht hat«, sagte Scheherazade bedächtig, »als sie die Eunuchen in den Basar geschickt hat. Und ich wüsste auch gern, warum ihr der Eunuch – oder egal, wer – überhaupt den Schlüssel gegeben hat.« Sie schaute Dunyazad und mich an und zog die Augenbrauen hoch, als erwarte sie eine Antwort.

Wir hatten keine. Wir wussten es auch nicht.

Plötzlich wurde Scheherazade wieder fröhlich und sagte zu Dunyazad: »Marjan hat die Geschichte! Wir sollten lieber anfangen.«

»Nicht die ganze Geschichte«, sagte ich. »Ich hatte nicht genug Zeit.«

»Sie geht noch weiter?«, fragte Scheherazade und ihr Lächeln schwand dahin.

Ich fühlte mich furchtbar. Hätte ich doch bloß schon vor

dem Mittagsgebet nach dem Geschichtenerzähler gefragt, hätte doch Ayaz von mir gehört und mich zu ihm gebracht, bevor es so spät geworden war! Ich erzählte Scheherazade und Dunyazad die ganze Geschichte und dass ich zumindest genug von der Geschichte gehört hatte, dass sie für noch eine Nacht reichte.

»Also müssen wir das Ganze noch mal machen«, sagte Dunyazad zu ihrer Schwester. »Nur wird es jetzt schwieriger, wo die Khatun Verdacht geschöpft hat. Sie hat dich immer schon gehasst, aber jetzt . . .«

»Wieso . . .«, wollte ich fragen. Wie konnte jemand Scheherazade hassen?

Sie sah hoch. »Wieso was, Marjan?«

»Wieso hasst sie dich?«

»Weil meine Schwester kein Püppchen ohne Rückgrat ist«, sagte Dunyazad.

Scheherazade zuckte mit den Schultern. »Die Khatun mag Menschen, die sie unter Kontrolle hat. Aber ich glaube, da ist noch etwas anderes, das zurückreicht in die Zeit, als ihre Söhne aufwuchsen. Sie lebten in der Gefahr, von den anderen Frauen ihres Gatten ermordet zu werden, damit deren Söhne Sultan werden konnten. Ihr ältester Sohn wurde vergiftet – hast du davon gehört?«

Ich nickte. Es war lange her, da war ich noch gar nicht geboren. Aber alle kannten die Geschichte.

»Sie haben zerstoßenes Glas in seine Milch gemischt. Es war entsetzlich. Und deshalb wurde die Khatun zur Tigerin. Sie wurde wild. Sie beschützte ihre beiden verbliebenen Söhne in jungem Alter gegen so viele Frauen, dass sie bis heute keiner Frau traut, die in ihre Nähe kommt. Überall sieht sie eine Verschwörung.«

»Du bist zu barmherzig, Schwester. Diese Frau ist böse.«

»Das Wichtigste ist jetzt«, antwortete Scheherazade, »dass Marjan weiß, wie die Geschichte weitergeht. Erzähl, Marjan! Uns läuft die Zeit davon!«

Sie beugte sich vor, während ich erzählte. Ich sah den Eifer in ihren Augen. Dunyazad lief wie ein Tiger durchs Zimmer. Als ich fertig war, übte Scheherazade die Geschichte selbst ein, wie am ersten Tag. Sie lernte sie schnell auswendig.

»Die Geschichte ist wunderbar«, sagte sie. »Und sie reicht für zwei Nächte. Vielleicht sogar für drei.«

»Und was ist mit dem Vertrauensbruch?«, fragte ich. »Wo Prinzessin Jauharah Badir Basim betrügt? Könnte das nicht . . .«

»Nein, das ist gut so. Aber ich brauche die Fortsetzung. Dieser blinde Geschichtenerzähler. Findest du ihn wieder?«

Ich nickte. Ich wollte ihr gerade erzählen, wie Ayaz mich zu ihm gebracht hatte, aber Scheherazade unterbrach mich mittendrin: »Dunya, was ist los?«

»Und wenn . . .« Wieder stand die Angst in Dunyazads Augen. »Und wenn das doch nicht die Geschichte ist, die der Sultan hören will?«

Scheherazade war verwirrt. »Warum nicht?«

Dunyazad fragte mich: »Dieser Geschichtenerzähler war doch nicht da, wo du ihn vorher angetroffen hattest, oder?«

»Nein, aber ich habe ihn erkannt.«

»Es ist sechs Jahre her, aber du bist sicher, dass dich die Erinnerung nicht trügt? Könnte es nicht ein anderer Mann sein, der nur so tut, als sei er blind?«

»Du grübelst zu viel, Schwester! Warum sollte er das tun?«

»Wegen des Goldes! Marjan hat nach dieser Geschichte gefragt und der Junge hat die Chance gesehen, sie um ihre Dinare zu erleichtern. Also hat er sie zu jemandem gebracht, der behauptete, der blinde Geschichtenerzähler zu sein.«

»Aber er war doch gar nicht blind«, sagte ich. »Er . . .«

Jetzt lasteten beide Augenpaare schwer auf mir. »Ich dachte nur, dass er damals blind gewesen wäre. Aber es war derselbe Mann. Ich habe sein Gesicht genau erkannt.« Ich beschwor Scheherazade: »Wie der Sultan den Namen Badar Basim erkennen wird, sobald er ihn hört.«

Ich hoffte, dass Scheherazade mir zustimmen würde, weil wir genau darüber schon einmal gesprochen hatten. Darüber, dass man Dinge vergessen konnte, die man aber sofort wieder erkannte, sobald man sie wieder sah oder wieder von ihnen hörte.

Sie nickte, wirkte aber verunsichert. »Jedenfalls passt diese Geschichte zu der anderen.«

»Aber nicht besonders gut, Schwester. Die Geschichte ist ganz anders als die von Julnar. Eigentlich haben sie nur das Meervolk als gemeinsame Grundlage.«

»Du meinst also, dass der alte Mann die Geschichte nur erfunden hat, damit Marjan ihm das Geld gibt. Dass diese Geschichte nicht die sein könnte, an die sich der Sultan erinnert?«

»Und der Name«, sagte Dunyazad. »Das war's doch, was er wollte, oder? Den Namen.«

»Badar Basim. Du glaubst, der stimmt nicht?«

Dunyazad zuckte mit den Schultern. »Weiß ich nicht. Hast du ihm vorher gesagt, dass du nach einem Namen suchst, der mit B oder D anfängt?«

»Nein. Beziehungsweise, ich glaube nicht.« Sie brachte mich durcheinander. Ich versuchte mich zu erinnern. Meiner Meinung nach hatte ich davon nichts gesagt.

»Der Sultan hat es mit den Namen«, fuhr Dunyazad fort. »Das hat mit Vernunft nichts mehr zu tun. Weißt du noch, wie du diesen einen Namen vergessen hast, direkt nach Nasims Geburt? Wie du dich gerade noch rechtzeitig daran erinnern konntest? Er sah verärgert aus. Wenn es eine ganz andere Geschichte ist und der Name auch ganz anders ist, könnte er denken, dass du sie nie wirklich gekannt hast, oder? Dass du ihm erzählt hast, dass du sie kennst und dann irgendwas erfunden hast. Es ist einfach so, dass die richtige Geschichte sein Vertrauen in dich bestärken würde. Aber die falsche ...«

»Würde ihn an mir zweifeln lassen. Aber du hast den Mann wieder erkannt«, sagte Scheherazade zu mir. »Es war der Geschichtenerzähler. Du erinnerst dich an ihn. Stimmt das wirklich?«

Ich zögerte. Ich hatte geglaubt, dass es so war, aber dann hatte Dunyazad nachgefragt. Und jetzt ...

Trotzdem, ich hatte ihm bestimmt nichts von den beiden Wörtern und dem B oder D gesagt. Ich war ganz sicher, dass ich das nicht getan hatte. Und als ich ihn sah, hatte ich diesen Schub der Erinnerung gespürt. Ich hatte es gewusst.

Ich nickte.

»Herrin?«

Scheherazades Damen standen in der Tür, die Frauen, die sie für die Nächte mit dem Sultan schmückten.

»Geh jetzt, Marjan«, sagte Scheherazade sanft. »Ich habe die Geschichte hier drin.« Sie tippte sich an die Schläfe. »Bis morgen früh.«

Ja, hoffentlich!

Die ganze Nacht lang war ich völlig aufgewühlt. Immer wieder dachte ich über alles nach, was ich mit Ayaz und dem

Geschichtenerzähler erlebt hatte, vor allem über den Augenblick, in dem mir der alte Mann den Namen Badar Basim verraten hatte. Ich hatte nichts über die beiden Wörter und die D und B gesagt – da war ich mir sicher. Na ja, jedenfalls so gut wie sicher. Und doch – Ayaz wollte die Münzen offenbar unbedingt haben. Und er war verschwunden und hatte mich in der Gasse allein gelassen, bevor er mich abgeholt und den letzten Teil des Weges geführt hatte. Er hatte genügend Zeit gehabt, den alten Mann vorzubereiten.

Außerdem war da noch etwas, das schon die ganze Zeit an mir nagte, das mir aber noch nicht richtig zu Bewusstsein gekommen war. Im Basar hatte ich nach dem blinden Geschichtenerzähler gefragt. Aber niemand hatte gesagt: »Es gibt gar keinen blinden Geschichtenerzähler hier.« Alle hatten nur weggesehen und gesagt: »Ich weiß nicht.« Als hätten sie Angst. Und Ayaz, auch der hatte sicher gehört, wie ich »blind« gesagt hatte, aber er hatte mich zu einem Mann gebracht, der sehen konnte.

Wenn Ayaz und der alte Mann mich hätten betrügen wollen, warum hatte er dann nicht so getan, als wäre er blind? Aber wenn er nun doch mein blinder Geschichtenerzähler war, warum konnte er dann sehen?

Am nächsten Morgen war ich bereits wach, als der Muezzin zum Morgengebet rief. Sein Ruf erschien mir dünn und traurig, ich hatte schreckliches Heimweh. Nach dem Beten zog es mich zu der Treppe, an der Scheherazade erscheinen würde.

Als ich den Flur entlangging, hatte ich das Gefühl, das Getrippel nackter Füße hinter mir zu hören. Ich blieb stehen und drehte mich um. Der Flur war leer. Aber der Vorhang zu einem der Zimmer bewegte sich, als wehe eine geheimnisvolle Brise darin.

Mit einem unangenehmen Gefühl ging ich schnell weiter zur Treppe.

Die übliche Versammlung fand auch heute statt: ein Haufen Kinder, sechs, sieben Frauen und einige Eunuchen. Soraya, das Mädchen mit den Kupferhaaren, war nirgends zu sehen. Als ich hinten bei der Gruppe stehen blieb, kam die kleine Mitra auf mich zu. Ihre Gazelle schnupperte an meinen Fingern und ich kraulte sie an der knochigen Stelle zwischen den Hörnern. Eins nach dem anderen kamen alle Kinder von der Treppe hinunter zu mir.

Ich überlegte, ob außer mir noch jemand wusste, dass dies kein Morgen wie die anderen war, dass die vergangene Nacht für Scheherazade noch gefährlicher gewesen war. Ich schaute den jungen Eunuchen an, aber er stand mit dem Rücken zu mir. Dann bewegte sich etwas am anderen Ende des Hofes. Soraya tauchte in dem Torbogen auf, kam die Stufen hinauf und setzte sich neben Ashraf.

Jetzt ging endlich die Tür auf. Ich hielt den Atem an. Da war sie, sie ging mit ihrer Schwester hinter dem goldgewandeten Eunuchen her.

Scheherazade.

Ein Seufzer ging durch die Menge. Mit einem erleichterten Stöhnen sank ich geradezu in mich zusammen.

Scheherazade schaute zur Treppe hinüber. Als sie mich sah, blieb sie stehen, lächelte und winkte mir: Komm.

»Es war alles genau so, wie er es in Erinnerung hatte«, sagte Scheherazade. Sie lächelte immer noch, sie strahlte. Dunyazad musste etwas besorgen, Scheherazade hatte ihre Dienerinnen fortgeschickt und saß jetzt neben mir auf einem Kissen am Boden.

»Er hatte die Geschichte nicht mehr zusammenbekommen, aber als ich sie erzählte, sagte er, es sei, als träfe er einen alten Freund. Und Badar Basim! Der Sultan machte sich mit mir darüber lustig, dass ich ihn gequält hatte, weil ich ihn diese paar Nächte auf die Aufklärung des Namens hatte warten lassen. Aber er nahm es mir nicht übel – schließlich hatte ich ja den Namen.«

Ich versuchte mir den Sultan vorzustellen, wie er mit Scheherazade scherzte. Es gelang mir nicht. So weit konnte ich nicht denken. Ich hatte ihn gesehen, wie er mit finsterer Miene bei Prozessionen durch die Straßen ritt, und zweimal hatte ich ihn im Harem gesehen, als er einen Hof überquerte. Sein Gesicht war hart. Tot. Wie aus Stein. Und bei all dem anderen, was ich über ihn wusste . . . scherzend!

»Ich habe mir Sorgen gemacht«, gab ich zu, »wegen Prinzessin Jauharah. Weil Badar Basim doch in sie verliebt war und sie ihn betrogen hat.«

Scheherazade sah mich einen Moment lang an. »Und du hast befürchtet, dass die Geschichte den Sultan nur noch mehr in seiner Meinung bestärkt, dass alle Frauen die Männer betrügen, die sie lieben? Und dass er so darauf kommen würde, mich zu töten? Stimmt das?«

Ich nickte.

»Er weiß, dass es auf dieser Welt Frauen gibt, die ihre Männer betrügen, Marjan! Also erzählt ihm die Geschichte nichts Neues. Und wenn ich solche Frauen grundsätzlich aus all meinen Geschichten heraushalten würde, würde er merken, dass ich die Wahrheit verschleiere. Dass ich lüge, auf eine Art. Darüber, wie die Welt ist. Im Übrigen ist Jauharah nicht durch und durch schlecht. Sie belügt Badar Basim, weil sie zu ihrem Vater steht. Außerdem ist da ja auch noch Marsinah, das freundliche Sklavenmädchen, das Badar Basim rettet. Und Julnar selbst, die stark und gut ist.«

»Ich verstehe, was du meinst. Trotzdem . . .«

»Marjan. Ich habe ihm Geschichten von guten und bösen Frauen erzählt, von starken und schwachen Frauen, schüchternen, groben, klugen und dummen Frauen, von ehrlichen Frauen und solchen, die betrügen. Ich hoffe, dass er dadurch, dass er sich während meiner Erzählung in ihre Haut versetzt, mit der Zeit lernt, dass nicht alle Frauen so oder so sind. Ich hoffe, dass er Frauen dann so ansieht wie Männer, dass er uns alle nach unserem Verdienst beurteilt und nicht verdammt oder in den Himmel hebt, nur weil wir einem bestimmten Geschlecht angehören.«

Langsam bekam ich einen Schimmer davon, was Scheherazade gemeint haben könnte, als sie davon sprach, den Sultan etwas zu lehren. Diese Erkenntnis steigerte meine Ehrfurcht nur noch mehr. Sie rettete nicht einfach nur ihr eigenes Leben – und nebenbei das von vielen anderen Frauen –, indem sie unterhaltsame Geschichten erzählte. Nein, sie belehrte den Sultan. Erweiterte seine Weltanschauung. Ließ seiner bitteren, verkrampften Seele Raum zu wachsen. Ließ ihn so wieder menschlich werden.

»Und überhaupt«, fuhr sie fort, »kann man ja schließlich nicht einfach die Teile, die einem nicht gefallen, von einer Geschichte abschneiden und den Rest säuberlich zurechtmachen. Damit tust du dem Geist der Geschichte Gewalt an. Du beraubst sie ihrer Macht. Du – Schwester! Da bist du ja!«

Dunyazad kam herein. Sie lächelte ihr Grübchenlächeln, dann drehte sie sich um und lächelte mich an. Vielleicht traute sie mir ja wieder, jetzt, wo die Geschichte gut angekommen war.

Als sie die Tür fest hinter sich geschlossen hatte, fragte sie: »Hast du es ihr schon erzählt?«

Mit einem Seufzer schüttelte Scheherazade den Kopf. Dann sagte sie zu mir: »Ich habe den Sultan gefragt, wo er die Geschichte gehört hat, aber er sah nur in die Ferne und gab keine Antwort. Wir hatten gehofft, dass wir den Rest irgendwo anders erfahren könnten. Und deshalb – es tut mir wirklich Leid, Marjan, aber du musst noch mal nach draußen.«

»Ich weiß.«

»Aber diesmal verlässt du den Harem besser nicht in einer Truhe. Und du kommst auch nicht genauso herein, wie du herausgekommen bist.«

Ich nickte eifrig.

»Und diesmal«, sagte Dunyazad, »komme ich mit.«

So wie Scheherazade sich verhielt, hätte man meinen können, Dunyazad wollte vom höchsten Minarett der Stadt springen. Die Idee war aber auch wirklich verrückt. Aber Dunyazad war stur, sogar noch sturer als Tante Chava. »Ich verbiete es«, sagte Scheherazade immer wieder. »Ich verbiete es ein für alle Mal.«

»Es gibt Wege, deine Verbote zu umgehen, wie du sehr wohl weißt«, antwortete Dunyazad.

Scheherazade seufzte. »Jetzt nimm doch Vernunft an, kleine Schwester. Wenn die Khatun dir nicht genug Angst einjagt, bedenke dies: Vater hat Feinde. Sie könnten dich dazu benutzen, ihn anzugreifen. Sie könnten dir weh tun, um ihn zu strafen. Du würdest dir auch Vater zum Feind machen, wenn er es jemals herausfände. Wahrscheinlich verheiratet er dich dann an einen zahnlosen alten Tattergreis mit Grundbesitz und dann sehe ich dich nie wieder! Denk doch auch mal an mich! Wenn dir was passieren würde, könnte ich nicht mehr sagen, dass ich meiner kleinen Schwester eine Geschichte erzählen muss. Shahryar müsste zugeben, dass die Geschichten für ihn sind. Es könnte durchaus sein, dass er dazu zu stolz ist.«

»Aber ich habe eine Idee!«

»Natürlich hast du eine Idee! Du hast immer Ideen! Manchmal sind sie ja auch gut, aber das hier ist purer Leichtsinn, Schwester! Wahnsinn! Marjan, sag du ihr, dass sie verrückt ist.«

»Hmm«, sagte ich. Was anderes konnte ich nicht sagen. »Es wäre einfacher, wenn ich allein wäre.«

»Nein, nein, warte!«, sagte Dunyazad. »Für meinen Plan braucht man zwei und außer mir kommt niemand in Frage. So soll es gehen: Ihr kennt doch Prinzessin Budur, die sich als Mann verkleidet hat und niemand hat etwas gemerkt?«

»Prinzessin Budur! Dunya, Prinzessin Budur ist nicht von dieser Welt. Sie ist ein Mädchen in einer Geschichte! Die Leute in den Geschichten machen alle möglichen verrückten Sachen. Sie verwandeln sich in Vögel und Esel. Sie erheben sich mit Spielzeugpferden in die Lüfte und erleiden Schiffbruch. Das heißt nicht, dass du das Gleiche tun sollst.«

»Aber Schwester, du hast mir doch selbst beigebracht, dass unter der Oberfläche der Geschichten die Wahrheit schlummert. Dass sie uns Mut machen können. Dass sie uns lehren können, wie wir leben sollen.«

»Verdrehe mir nicht die Worte im Mund! Das hier ist verrückt, und das weißt du ganz genau. Ich verbiete es.«

»Damit du die Einzige bist, die tapfer und heldenhaft ist. Tapfere Scheherazade. Die Retterin aller Frauen. Und ich soll geduldig und gehorsam sein. Die kleine geduldige Dunya. Ist es nicht ein Glück für sie, dass sie so eine tapfere, heldenhafte ältere Schwester hat?«

Scheherazade musste ein Lächeln unterdrücken, dann gab sie auf und lachte laut. »Niemand würde auf die Idee kommen, dich als geduldig zu bezeichnen.«

Zur Antwort leuchtete ein Grübchenlächeln über Dunyazads Gesichts. »Na ja, vielleicht nicht, aber wenn wir das hier nicht machen, wird der Sultan ärgerlich und hackt dir den Kopf ab und meinen gleich hinterher. Wenn ich dich beschütze, rette ich mich selbst.«

»Aber nicht, indem du dich zuerst töten lässt. Ich verbiete es.«

»Schwester, ich mache das! Mit oder ohne deine Erlaubnis. Was willst du denn dagegen machen? Vater holen, damit er mich an einen zahnlosen alten Tattergreis verheiratet . . .«

»Du bringst mich in Versuchung!«

». . . oder hilfst du uns, damit wir nicht erwischt werden?«

Kapitel 13

Sie hätte stark sein sollen

Über das Leben und das Geschichtenerzählen

Ich kenne ein Sprichwort: Unter dem Flügel einer Fliege zu leben ist immer noch besser als im Grab zu schlafen. Ich habe immer daran geglaubt, dass man das Leben unter dem Flügel der Fliege wählen sollte, wenn man denn die Wahl hätte.

Das gilt umso mehr für Mütter.

An Dunyazads Plan musste noch ordentlich gefeilt werden. Da war einerseits der Teil, dass wir uns als Jungen verkleiden sollten. Dunyazad war ganz begeistert von dieser Idee, aber es funktionierte einfach nicht. »Da draußen kommen Mädchen genauso gut klar wie Jungen«, sagte sie. »Prinzessin Budur hat es bewiesen. Sie hat sich als ihr eigener Ehemann verkleidet und keiner hat etwas gemerkt. Sie hat sogar regiert, ohne dass jemand Bescheid wusste.«

»Ich freue mich wirklich, dass du so gut zugehört hast«, sagte Scheherazade, »aber sie war in einer anderen Situation als du. Erstens ist sie nicht echt. Zweitens sollte man von dir so wenig wie möglich sehen, das heißt, du musst verschleiert sein. Also gehst du als Frau und nicht als Mann.«

Schließlich nahm Dunyazad Vernunft an und gab die Idee auf. Ich war froh. Ich wollte nicht unverschleiert durch die Stadt spazieren.

Dann beschäftigten wir uns mit den Schritten, die ich am Morgen gehört hatte, als ich auf dem Weg zu Scheherazade war. »Bist du sicher, dass dir jemand gefolgt ist?«

»Ich glaube schon.«

»Weißt du, wer es war?«

»Ich habe sie nicht gesehen, aber ich glaube, es war Soraya.« Dunyazad sprang auf, riss die Tür auf und ging hinaus. Sie kam sofort wieder. »Es ist Soraya. Als sie mich sah, lief sie die Treppen hinunter und tauchte in einem der Zimmer unter.«

»Hmmm.« Scheherazade biss sich auf die Lippe und dachte nach. »Dagegen müssen wir etwas tun.«

Die nächste Frage war, ob wir beide den Harem verlassen sollten. In diese Idee war Dunyazad sogar noch verliebter als in die, sich als Junge zu verkleiden. Aber Scheherazade wollte es nicht, bis wir zum nächsten Problem kamen.

Und zwar: Wie konnten wir sicher sein, dass dies das letzte Mal war, dass eine von uns den Harem verlassen musste? Einmal war schon gefährlich genug. Aber gleich zweimal. Zumal die Khatun Verdacht geschöpft hatte. Das nächste Mal musste unbedingt auch das letzte Mal sein.

»Wie lang ist die Geschichte denn noch?«, fragte Scheherazade. »Hat er etwas gesagt?«

»Er hat gesagt . . .« Ich versuchte mich zu erinnern. »So was wie: Es gibt noch viel zu erzählen.«

»Mehr als an einem Morgen zu schaffen ist, an einem Tag?«

»Das weiß ich nicht. Ich hätte wohl genauer nachfragen sollen.«

Scheherazade schaukelte auf ihrem Kissen hin und her, in den Armen hielt sie ein kleines Satinkissen. »Das macht die Sache schwierig.«

Einen Augenblick lang sprach niemand. Nicht einmal Dunyazad hatte eine Idee.

Dann dachte ich an Zaynab und ihre Tauben. Sie waren dazu dressiert, Botschaften zum Palast zurückzubringen. Wenn der Geschichtenerzähler ein paar Palastbrieftauben hätte, könnte er Teile der Geschichte auf diesem Weg verschicken.

»Ah!«, sagte Scheherazade, als ich ihr von dieser Idee erzählte. Sie wandte sich Dunyazad zu und sie tauschten einen langen bedeutungsvollen Blick. Ich fühlte mich von dieser Art der Unterhaltung ausgeschlossen. So wie vor ein paar Tagen, als sie den Plan ausgeheckt hatten, mich in der Truhe aus dem Harem zu schmuggeln.

»Gut. Das müssen wir nicht jetzt entscheiden«, sagte Scheherazade. »Komm morgen früh wieder, dann reden wir weiter. Und, Marjan, kein Wort zu niemandem!«

Kurz nachdem ich die beiden verlassen hatte, hörte ich wieder Schritte hinter mir. Als ich mich umdrehte, sah ich den Zipfel eines grünen Gewandes hinter einem hohen Krug verschwinden. Soraya.

Das war wirklich unerträglich! Ich blieb einen Moment lang stehen und dachte nach.

Ich konnte ja versuchen sie abzuschütteln. Aber selbst wenn das klappte, was sollte ich dann machen? Mich den ganzen Tag vor ihr verstecken?

Ich konnte auch so tun, als merkte ich nichts, aber das fiel mir schwer.

Ich überlegte: Was würde sie wohl machen, wenn ich auf das Dach ginge und Zaynab besuchen würde?

Ich würde es herausfinden!

Ich machte einen Umweg zur Küchenwendeltreppe und hoffte immer noch, dass Soraya aufgeben und mich in Ruhe lassen würde. Tat sie aber nicht. Ich hörte ein leises Rauschen hinter mir, manchmal auch das schnelle Tapsen nackter Füße auf den Fliesen. Als ich oben auf dem Dach herauskam, sah ich die Treppe hinunter. Der obere Teil der Wendeltreppe war frei, aber ich hatte es im Gefühl, dass Soraya weiter unten stand und heraufsah. Auf dem Dach konnte sie sich jedenfalls nirgends verstecken. Sie konnte nur da unten bleiben und mir auflauern.

Ich blieb den ganzen Morgen oben auf dem Dach bei Zaynab.

Ich durfte dabei sein, als sie sich um die Tauben kümmerte, sie fütterte, hier ein trübes Auge auswischte, dort einen verletzten Fuß verband. Sie brachte mir bei, wie man sich inmitten der Tauben bewegt, wie man sie respektvoll anschaut, wenn man sich ihnen nähert. Das erwarten sie von dir, sagte sie. Reine Höflichkeit. Sie erzählte, dass die Tauben merkten, in welcher Stimmung man war, ob man glücklich, krank oder ärgerlich war. Sie zeigte mir, wie man die Botschaften aus Papier wickelte – ganz fest! – und wie man sie in das kleine Holzröhrchen schob und am Bein einer Taube befestigte. Das muss man unbedingt richtig machen. Es durfte nicht zu fest sein, damit es der Taube nicht das Blut abschnürte, aber eben fest genug, damit sie es nicht verlor. Sanft, ganz sanft, sagte Zaynab. Danach ließ sie mich eine Taube in die Luft werfen.

Zaynab strahlte etwas Beruhigendes aus, auch ihr Pavillon hoch oben über dem Palast und das Gurren der Tauben. Sie kannte jede beim Namen und ging so zärtlich mit ihnen um, dass ich, warum auch immer, an meine Mutter denken musste. Inzwischen fiel es uns leichter, miteinander zu reden, und sie schien vor Freude zu summen, nicht weil sie nervös oder seltsam war.

Ich hätte mich ihr gern anvertraut, hätte ihr gern von dem Geschichtenerzähler und meiner Idee mit den Tauben erzählt. Aber Scheherazade hatte es mir verboten. Also ließ ich es sein.

Nach dem Mittagsgebet aßen wir zusammen: Käse und Rosinen und frisches Brot, das Zaynab über einem Kohlenbecken buk. Ständig hockten mehrere Vögel auf ihrer Schulter, aber diesmal musste sie nicht spülen. Diesmal standen mehrere saubere Schalen und Becher auf einem Holzbrett. Sie hatte sogar den Boden gewischt.

Als wir gerade mit dem Essen fertig waren, kam der junge Eunuch mit dem sanften Gesicht und rief Zaynab zu Scheherazade.

Er muss es sein, dachte ich.

Zaynab sagte, ich könnte dort bleiben, aber ich wollte nicht. Ich machte ein Schläfchen in meinem Zimmer. Von Soraya war nichts zu sehen, aber kurz bevor ich einschlief, glaubte ich vor meinem Zimmer das Klicken loser Bodenfliesen zu hören.

Am nächsten Morgen rief Scheherazade mich wieder zu sich, genau wie am Tag zuvor. Als ich in ihr Gemach trat, hörte ich Tauben gurren. Ich sah mich um und entdeckte in einer Ecke zwei hohe Vogelkäfige. Durch das Korbgeflecht konnte ich sehen, dass darin auf drei Etagen jeweils ein Vogel hockte.

Scheherazade erklärte mir den neuen Plan. Noch immer war er voller Abwägungen und Ungereimtheiten. Klar und

durchführbar war nur, was innerhalb des Harems geschehen sollte. Zumindest galt das für die Dinge, die sie mir erzählte. Wir hatten Hilfe, aber sie sagte mir nicht, von wem.
Das, was außerhalb des Harems passieren sollte, war nebel-
haft und voller Fallen. »Ich bitte tausendmal um Entschuldigung«, sagte ich, »aber es gibt viele Teppichhändler im Basar. Wir müssen genau wissen, welcher es ist.« Und: »Die
Händler transportieren ihr Öl nicht in Keramikkrügen. Sie
nehmen lederne, weil sie leichter sind.« Außerdem sagte ich
Scheherazade, dass Silberdirhems und Kupfermünzen besser waren als Golddinare – weniger auffällig. Ich bat um
gröbere Schleier. »Dunyazad muss ihre Ringe abnehmen.
Alle. Sie soll doch arm aussehen.« Meinen eigenen Silber-
granatkamm konnte ich trotzdem tragen, weil der Schleier
ihn verbergen würde.
Ich fühlte mich immer unwohler. Scheherazade und ihre
Schwester hatten so wenig Ahnung von der Welt da draußen wie ich vom Harem. Sie hatten keinen Schimmer!
Und doch hatte der Plan eine Chance – wenn ich erst mal
genug daran gefeilt hatte.
Vorausgesetzt, wir hatten Glück.

Ich ging zurück auf das Dach.
An diesem Tag war Zaynab gerade dabei, einen verschlosse-
nen Korb mit Tauben an der Seite herunterzulassen. »Der
Taubenjunge wartet«, sagte sie.
»Was macht er mit ihnen?«
»Er bringt sie zu einem Karawanenführer, der sie weit ins
Königreich hinein mitnimmt, damit die Menschen dem Sul-
tan Botschaften schicken können.«
Am Rand des Daches hing eine Art Tonne auf der Seite. Da-

rum war ein Seil geschlungen, das man mit einem Griff wie
einen Spieß drehen konnte. Eine Winde nannte Zaynab das.
An einem Ende des Seils war ein Haken, den Zaynab an dem
Ring oben am Korb befestigte. Ich warf mir den Schleier
über und sah nach unten, während Zaynab die Winde an-
warf und den Korb unter lautem Quietschen herunterließ.
Der Junge stand auf der Straße und sah zu uns hinauf. Ich
sah zu, wie er den Haken vom Ring nahm und davonschlen-
derte. Der Korb baumelte an seiner Hand.
Ich blieb den ganzen Tag auf dem Dach bei Zaynab und ihren Vögeln. Ich fand es schön, die weichen Körper der Tauben an mich zu drücken, die kostbaren Botschaften abzu-
machen und sie in die kleine Silberschatulle zu legen, die
Zaynab den Wachen des Sultans übergab. Ich mochte den
staubigen Geruch der Federn und das Gurren der Vögel,
wenn ich ihnen über den Kopf strich. Langsam kannte ich
auch ihre Namen und konnte sie an der Farbe der Federn
und ihrem Verhalten unterscheiden. Zweimal erwischte ich
mich selbst dabei, wie ich mit ihnen sprach, und einmal flog
eine Taube auf meine Schulter und pickte in meinen Haaren.
Wenn ich so über die Stadt zu den grünen Hügeln am Horizont hinübersah, ging mir die Seele auf und ich dachte über
Dinge nach, die ich in meiner fiebrigen Suche nach den Geschichten verdrängt hatte. Was lag hinter diesen Hügeln?
Wo waren all die Frauen und Mädchen nach ihrer Flucht aus
der Stadt hingekommen? In den Geschichten war die Welt
hinter den grünen Hügeln voller Wunder: Dort gab es geschnitzte Holzpferde, die fliegen konnten, Inseln, deren Erde aus Diamanten bestand oder große Königreiche, die von
Frauen beherrscht wurden.

Bei Sonnenuntergang lagen Zaynab und ich auf dem Rücken und sahen zu, wie die rosa und purpurroten Wolken über den Himmel segelten. Nach dem Abendgebet fragte ich sie, wie es dazu gekommen war, dass sie hier lebte. Sie erzählte mir, dass ihr Großvater vor vielen Jahren Briefmeister gewesen war und dass ihre Mutter, eine geschickte Frau, ihr den Posten gesichert hatte. »Ich habe für den alten Sultan, Shahryars Vater, gearbeitet«, sagte sie. »Der alte Sultan hat meiner Mutter versprochen, meine Arbeit niemals jemand anderem zu geben, aber sein Sohn hat es trotzdem einmal probiert.« Sie lachte leise.

»Was ist daran so lustig?«

»Er stellte einen Mann an, der eine Taube nicht von einer Ente unterscheiden konnte. Er brachte alles durcheinander, also holte Shahryar mich zurück.«

»Warst du während des Mordens auch hier?«

Zaynab nickte, sie war plötzlich sehr ernst. »Früher ging ich manchmal in den Harem hinunter. Ich hatte Freundinnen dort. Aber nach dem . . . Nun, ich gehe nicht mehr hin. Es war schrecklich. Es . . .« Sie wandte sich ab. Ich blieb ruhig liegen und lauschte dem tiefen, traurigen Gesang der Vögel. Einen Augenblick später drehte Zaynab sich wieder um und seufzte. »Heutzutage bekomme ich nicht mehr viel Besuch.« Die Sterne kamen heraus und schimmerten in der tiefblauen Dämmerung und nach einer Weile erzählte ich Zaynab von Tante Chava und Onkel Eli. Das Heimweh überwältigte mich.

Wieder verging sehr viel Zeit und dann fragte mich Zaynab vorsichtig nach meinem Fuß.

Ich hatte noch nie jemandem davon erzählt. In meinem früheren Zuhause, wo ich mit meiner Mutter gelebt hatte, wussten alle Bescheid. Tante Chava wusste es auch, obwohl sie nie ein Wort dazu gesagt hatte. Aber manchmal verzog sie den Mund und schüttelte den Kopf, wenn sie mich humpeln sah. Ich spürte, dass es sie wütend machte.

Ich selbst aber hatte es noch nie erzählt. Ich hätte nie gedacht, dass ich es jemals tun würde. Als ich jedoch so neben Zaynab auf dem Dach lag und in die Sterne sah, hatte ich das Gefühl, dass es gut wäre, ihr alles zu erzählen.

Meine Mutter ruft nach mir.

»Marjan. Komm her.«

Ich habe Angst. Sie klingt so komisch, ihre Stimme ist zitterig und schwach. In ihrem Zimmer ist es dunkel.

»Komm her, Marjan. Setz dich neben mich.«

Auf Zehenspitzen gehe ich in ihr Zimmer. Ich sehe sie vor mir, im fahlen Licht, ihr langes blasses Gesicht, ihre dunklen Augen. Ich setze mich neben sie auf die Pritsche. Sie lächelt und streicht mir mit der Hand durch die Haare. Ihre Finger berühren ganz leicht meine Stirn, meine Augenbrauen und meine Wangen. »Marjan«, sagt sie und ich spüre die vertraute Wärme wieder unter der neuen seltsam dünnen Stimme. Ich lehne mich an sie, sie nimmt mich in die Arme; ich höre ihr Herz schlagen.

»Marjan«, sagt sie noch einmal.

Sie atmet heftig ein und schnieft; ich rücke von ihr ab und schaue in ihr Gesicht. Tränen. Ihre Augen glänzen und Tränen laufen ihr über die Wangen.

»Du wirst es schon schaffen, wenn ich fort bin, mein Liebes. Ich weiß, dass du es schaffst. Du bist stark und du bist klug. Du bist ein Juwel, Marjan. Vergiss das nie. Ein schönes Juwel.«

Fort? Da ist sie wieder, die Angst. »Wo gehst du hin? Nimm mich mit. Ich will mitkommen.«

Sie nimmt mich wieder in den Arm und ich spüre, wie ihr Atem zittert. Und dann nimmt sie meinen Fuß, zieht ihn von meinem Körper weg und verdreht ihn so, dass die eine Seite flach auf dem Boden liegt.

»Halt ihn so.« Ihre Stimme ist so heiser, beinahe nur ein Flüstern. »Nur für einen Moment.«

Ich ziehe den Fuß weg. »Warum? Ich will das nicht.«

Sie legt den Fuß wieder so hin. »Hab Vertrauen, Marjan. Lass ihn so. Nur für einen Moment.«

Jetzt handelt sie, schiebt das Kissen weg. Sie hält mit beiden Händen etwas fest, etwas Schweres, das sie kaum hochheben kann.

»Madar. . .«

»Leg deinen Fuß wieder dahin, so wie ich es dir gezeigt habe.« Ihre Stimme ist härter geworden, härter als eben.

Ich lege meinen Fuß wieder dahin. Jetzt steht sie und hält das Ding in beiden Händen. Einen Topf. Einen schweren Topf. Jetzt ist er hoch oben in der Luft, sie zittert, aber bringt den Topf noch weiter nach oben.

»Nur für einen Moment«, sagt sie und dann bewegt sich der Topf und Madar bewegt sich und Kiesel fliegen überall herum und in meinem Fuß explodiert Schmerz. Jemand schreit, ich höre Schritte und Stimmen und der Schmerz explodiert immer weiter und er ist so hell. Er ist hell. So hell.

»Sie hat es aus Liebe getan. Das verstehst du doch, Marjan, oder? Sie hat es aus Liebe getan.«

Ich wusste gar nicht, wie ich hier hingekommen war, Zaynab hielt mich fest umschlungen. Ich atmete zitternd ein und strengte mich an nicht zu weinen. Noch ein Atemzug. Ich befreite mich und überließ mich dem alten Ärger, der die Tränen verscheuchte.

»Wie kann man jemanden lieben und ihn dann so verletzen? Für das ganze Leben verstümmeln? So, dass die Leute einen auslachen und man nie heiraten wird und immer nur anderen Leuten dienen muss?«

»Marjan! Sie hat es getan, um dich vor dem Sultan zu retten. Er brachte jede Nacht eine neue Frau um. Er schwor für immer so weiterzumachen. Und du warst ihr schönes kleines Mädchen, das sie nicht würde beschützen können.«

Ich wusste, dass sie es getan hatte, um mich zu beschützen. Ich wusste das. Aber wenn sie stark gewesen wäre, hätte sie einen anderen Weg gefunden. Wenn sie schlau und tapfer gewesen wäre wie Scheherazade. Wenn sie nicht aufgegeben hätte. Viele Mütter hatten ihre Töchter mit Abu Muslem fortgeschickt über die grünen Hügel. Viele Mütter waren geflohen und hatten ihre Töchter mitgenommen. Meine Mutter aber verstümmelte mich und trank dann Gift und starb.

Ich wusste, dass sie es getan hatte, um mich zu beschützen. Aber ich würde es ihr nie verzeihen. Das konnte ich nicht.

»Sie hätte stark sein müssen«, sagte ich und hörte selbst, wie kalt meine Stimme klang.

Zaynab schüttelte den Kopf. Tränen rannen über ihre Wangen. »Das ist schwer, mein Liebes«, sagte sie. »Das ist sehr, sehr schwer.«

Kapitel 14

Der Ölschlauch

Über das Leben und das Geschichtenerzählen

Geschichten strotzen nur so vor Bedeutung. Man kann eine Geschichte mögen wegen der Handlung, die man für wichtig hält, aber man wird nie genau wissen, wohin sie die Zuhörer führen wird. Wenn du eine Geschichte in der Absicht erzählst, Kindern Großzügigkeit beizubringen, interessiert sie gerade nur der Teil, in dem dein Held sich in einem Olivenölschlauch versteckt, und sie streiten sich dann den ganzen nächsten Tag darüber, wer es zuerst ausprobieren darf.

Die Leute nehmen sich aus den Geschichten das, was sie brauchen. Die Geschichte weiß oft mehr als der, der sie erzählt.

Ich schlief schlecht in jener Nacht und wurde beim leisesten Geräusch wach: von verhuschten Schritten vor meiner Tür, gedämpften Stimmen, dem Weinen eines Kindes in einem weit entfernten Winkel des Harems. Und dann kam ein leises Klopfen. Erst dachte ich, es gehörte zu dem Traum, den ich gerade träumte, aber es war immer noch da, als sich der Traum schon verflüchtigt hatte.

Schritte entfernten sich, dann war es still.

Ich rollte meine Matratze auf und stolperte durch die Dunkelheit zum Eingang, als ich auf etwas Weiches, Klumpiges trat. Ich ging in die Knie, berührte es und ließ es durch meine Hände gleiten, um die Form zu erfühlen. Ein grober Schleier. Gut.

Dann zog ich mich nach Gefühl an. Nur meine Sandalen behielt ich in der Hand, weil sie zu viel Lärm machen würden.

Als ich den Vorhang beiseite zog, war es gerade hell genug, um den Umriss einer schlafenden Frau am Boden zu sehen.

Sie schlief aber nicht, sie war betäubt. Jemand, vielleicht derjenige, der geklopft hatte, hatte ihr mit Schlafmittel versehenes Scherbett gegeben. Das lief ganz nach Plan.

Ich bückte mich und schaute in ihr Gesicht. Soraya.

Ich stahl mich die Treppe hinunter in den darunter liegenden Hof.

Es war dunkel im Harem, nur der Mond schien milchig durch die vergitterten Fenster. Vor mir lauerten Schatten wie Verdichtungen der Düsternis, bis sie im Näherkommen besser zu erkennen waren als vertraute Säulen, Brunnen, Krüge.

Ich hatte den Weg auswendig gelernt. Erst über den Hof mit dem blauen Brunnen, dann eine Treppe hinunter, durch den Gang mit dem schwarz-weiß gefliesten Boden und wieder hoch in den Hof mit den goldenen Einlegearbeiten an der Decke. Dann weiter durch neue Flure und über andere Treppen, immer weiter runter, bis die Dunkelheit mich blind machte, aber die Düfte aus der Küche meine Nase kitzelten. Rechts durch einen schmalen Eingang, suche nach dem Feuerstein auf dem Tisch, ertaste die Lampe.

Leuchtend erblühte das Licht vor mir und erhellte meinen Standort. Einen Vorratsraum. An drei Wänden stapelten sich Kisten und Körbe und ausgebeulte Säcke aus Sackleinen. An der vierten Wand standen große Keramikgefäße und an einem Ende drei hohe Olivenölschläuche aus Leder. Zwei davon waren mit weißer Kreide markiert.

In den alten Geschichten war es mir schon einmal begegnet, dass sich Menschen in leeren Olivenölschläuchen verbargen. Aber nirgends wurde beschrieben, wie sie das machten. Ich nahm den Schleier ab und schleppte dann so leise wie möglich Kisten vor einen der markierten Schläuche. Ich stapelte sie zu einer Treppe, bis die höchste den Rand des Schlauchs beinahe erreicht hatte. Ich zog die Sandalen an, legte den Schleier auf die höchste Kiste und stellte die Lampe daneben. Ein Blick nach unten zeigte mir, dass die Naht im Leder an der Spitze aufgetrennt war, sodass ich leicht durch den Hals schlüpfen konnte.

Ich saß auf der Kiste und ließ die Beine in den Schlauch baumeln. Wenn ich erst mal drin war, würde ich nicht wieder herauskommen. Jedenfalls nicht ohne Hilfe. Ich atmete tief ein, blies die Lampe aus und ließ mich hineingleiten. Ich blieb mit den Hüften stecken, aber ich dehnte die aufgetrennte Naht noch weiter und schlängelte mich durch.

Drinnen war es schmierig und ölig; es roch nach Oliven. Wenn ich mich gerade hinstellte, guckte mein Kopf bis zu den Augen aus dem Hals des Schlauchs. Später würde ich mich ducken müssen. Ich langte mit einem Arm hinaus, fand meinen Schleier, zog ihn zu mir herein und wickelte mich darin ein.

Dann stand ich da im Dunkeln und wartete.

Das Schlimmste am Warten ist, dass man nichts zu tun hat. Deshalb fallen einem dabei immer so schreckliche Sachen ein. Ich dachte nur noch an die Khatun und die Angst stieg mir bis zum Hals und das Atmen fiel mir schwer.

Was würde passieren, wenn jetzt jemand mit einer Lampe

hereinkäme und die aufgestapelten Kisten sähe? Wenn man mich finden und alles der Khatun erzählen würde?

Ich musste an etwas anderes denken. An den Plan, daran, was wir zu tun hatten.

Ayaz. Er sollte zweimal am Tag am Brunnen im Teppichbasar nach mir Ausschau halten. Ich war mir sicher, dass er es auch tun würde – schon allein wegen der Dinare. Wahrscheinlich verbrachte er seine Tage da und suchte nach mir, in Gedanken bei seinen gierigen Träumen. Ich ging noch mal durch, was ich zu ihm und dem Geschichtenerzähler sagen würde.

Nach einer Zeit fing es in meiner Schulter an zu jucken, dann pochte es in meinem armen Fuß und ich bekam einen Krampf im Bein. Ich wollte mich gerade strecken und einen Arm durch den Hals des Schlauchs werfen, als ich den Aufruf zum Morgengebet hörte. Hier konnte ich wirklich nicht richtig beten. Ich würde es später nachholen.

Jetzt wurde es gefährlich. Die Leute standen auf. Hoffentlich hatten sie nicht schon zu Ende gebetet, bevor Dunyazad hier war.

Kurz darauf hörte ich das Tappen nackter Füße, die näher kamen. War das Dunyazad? Ich duckte mich in den Ölschlauch und sah zu, wie über mir an der Decke Licht flackerte.

Jetzt waren die Schritte hier im Raum. Ich hörte ein Knirschen, ein Schrammen. Jemand schob die Kisten schnell über den Boden. Das konnte nur Dunyazad sein!

»Dunyazad?«, fragte ich leise.

Das Geschiebe hörte auf. Stille. Bitte sei du es, Dunyazad! Dann setzte das schrammende Geräusch wieder ein.

Kalte Angst schnürte mir die Kehle zu. Warum sagte sie nichts? Warum antwortete sie nicht?

Plötzlich eilten neue Schritte herbei, leichter und schneller.

Noch zweimal das dumpfe Geräusch der schweren Schritte, dann war alles still. Stoff rauschte, ein Murmeln und dann: »Marjan!« Ein Flüstern: »Bleibe unten. Nimm!«

Dunyazad!

Über dem Loch erschien etwas Flaches, Rundes, das sich vor das flackernde Licht schob. Der Boden eines geflochtenen Vogelkorbs. Ich duckte mich so tief wie möglich, führte den Korb durch den Hals des Schlauchs und stellte ihn dort ab, wo am meisten Platz war.

Bitte nicht gurren, dachte ich. Ich atmete den staubigen Geruch der Federn ein, der sich mit dem Olivenduft vermischte. Ich spürte, wie sich etwas bewegte, und hörte das Scharren der Taubenfüße. Kein Gurren.

Noch mehr dumpfe, kratzende Geräusche und Schritte. Dann ein Hauch, das Flackern erlosch. Ein ganz leises Rauschen von Stoff, dann das Tap, Tap, Tapsen der schweren Schritte von eben, die sich nun entfernten.

Jetzt wurde der Harem richtig lebendig. Ich hörte Frauenstimmen, das Schlurfen vieler Sandalen und ein fieberhaftes Getöse mit Geklapper, Schlägen und Kratzen. Langsam taten mir die Beine weh vom Ducken, aber ich wagte nicht mich hinzustellen. Ich fand heraus, dass ich mich den Konturen des Schlauchs anschmiegen konnte, wenn ich meine Schienbeine gegen die eine Seite stemmte, den Po gegen die andere und den Vogelkäfig an meine Brust drückte.

Ich wartete auf den Befehl zum Rückzug, der die Frauen aufforderte den Raum zu verlassen, wenn die Männer des Händlers Öl lieferten. Ich wartete und wartete. Ich dachte schon, dass Dunyazad sich geirrt hatte und der Ölhändler heute nicht kommen würde, dass wir bis zum Anbruch der Nacht in diesen Ölschläuchen gefangen blieben.

Plötzlich hörte ich: »Zieht euch zurück!« Die hohe, durchdringende Stimme eines Eunuchen. »Zieht euch zurück! Zieht euch zurück!« Aufgescheuchtes Davonlaufen, dann Stille.

Männerstimmen. Ich vernahm sie deutlich in der Ferne, auch das Geklapper von Maultierhufen. Schwere Stiefelschritte kamen näher. Etwas kratzte an meinem Schlauch und dann hörte ich – fühlte fast – das Geräusch eines Körpers, der sich an den Schlauch drängte.

Direkt über mir atmete jemand aus. Meine Kopfhaut juckte. Ich hielt den Kopf nach unten, aber wer auch immer das war, er konnte direkt auf meinen Schleier sehen. Der Schlauch wurde angehoben. Ich wurde getragen. Ich wappnete mich, hielt meinen Schleier in der einen Hand und den Vogelkäfig in der anderen und rückte Beine und Rücken an die Wand des Schlauchs.

Ich konnte nicht anders, ich überlegte, wer den Schlauch wohl trug. Jedenfalls war er stark. Ich stellte mir vor, es sei der junge Eunuch, der, der mich angelächelt hatte. Er stolperte nicht einmal und trug mich vorsichtig nach draußen. Dass wir draußen waren, merkte ich an der Helligkeit, die ihre Schatten in den Schlauch warf und meinen Kopf von oben erwärmte.

Plötzlich tat mein Schlauch einen Hüpfer und eine der Tauben gab ein spitzes Gurren von sich. Ich hielt den Atem an. Hatte jemand etwas gehört?

Ein Knirschen – das Gurtwerk am Geschirr des Schlauchs? Scheherazade hatte mir gesagt, dass Dunyazad und ich beidseitig von einem Maultier in der Karawane des Ölhändlers getragen werden würden.

Jemand rief etwas, es war weiter weg. Dann knirschte es

wieder und hohl klapperten Hufe über das Pflaster. Wieder wurde ich getragen, schwankte sanft hin und her. Ich hörte das rhythmische Reiben des Schlauchs an der Seite des Maultiers.

Ich wagte einen Blick nach oben. Über mir wackelte ein runder Ausschnitt des bleichen Morgenhimmels. Ich konnte Teile von Gebäuden sehen, aber ich erkannte sie nicht. Eine Taube flog über mich hinweg, dann kam eine Schulter ins Bild, ein Hinterkopf. Schnell duckte ich mich wieder.

Nach einer Weile hielten wir an. Die Maultiere stampften und schnaubten, die Geschirre knirschten. Schritte. Stimmen.

»Warte, die nehme ich!« Die Stimme war so nah, aber es war eine tiefe Stimme, nicht die eines Eunuchen. »Mein Neffe braucht zwei Lederschläuche. Lass sie auf dem Maultier, Majeed soll sie hinbringen.«

Es ging weiter. Als wir das nächste Mal anhielten, spähte ich durch das Loch und sah ein notdürftiges Dach aus Flechtwerk. Es roch so stark nach Fell und Heu und Mist, dass der Geruch der Oliven und der Vögel verdrängt wurde.

Schritte. Ich zog den Kopf ein. Knirschen. Plötzlich sackte der Schlauch nach unten und ich spürte festen Boden unter den Füßen. Allerdings nicht lange. Der Schlauch wurde vorsichtig auf die Seite gelegt. Die Tauben gurrten, schlugen mit den Flügeln und wühlten herum. Ich schlängelte mich auf den Rücken und drückte den Vogelkäfig an mich.

Dann sprach ein Mann, er war ganz nah und sagte leise und ruhig: »Wartet. Kommt noch nicht raus. Ich will euch nicht sehen. Zählt langsam bis zehn und geht zur Stalltür hinaus.«

Kapitel 15

Nur eine Freundin

Über das Leben und das Geschichtenerzählen

In einer Stadt gibt es viele verschiedene Welten. Die Welt der Reichen und die Welt der Bettler. Die Männerwelt und die Welt hinter dem Schleier. Die Welt der Moslems und die der Christen und die der Juden.

Einer reichen Frau, die im Harem lebt, ist die Welt eines armen christlichen Bettlers so fremd wie China oder Abessinien.

Alle Welten treffen sich im Basar. Und in Geschichten. Scheherazade überschritt ständig sämtliche Grenzen, indem sie Geschichten von Landfrauen und Beduinenscheichs erzählte, von armen Fischern und intriganten Sultanas, von jüdischen Ärzten und christlichen Maklern, von Indien, China und dem Land des Dämon.

Wenn wir unsere Geschichten nicht mitteilen – über die Grenzen hinweg mit ihnen handeln wie mit Gewürzen, Ebenholz und Seide –, bleiben wir uns für immer fremd.

»Was ist das für ein furchtbarer Gestank?«

Dunyazad klopfte sich schon das Heu von den Kleidern, während ich mich noch aus meinem Schlauch herausschlängelte.

Ich roch nichts Besonderes. Nur gewöhnlichen Stallgeruch und einen Hauch Straße.

»Beeile dich, Marjan. Komm schon!«

Ich warf mir den Schleier über und nahm dann mit der freien Hand den Vogelkäfig, den ich vor mir her aus dem Schlauch geschoben hatte. Die Tauben flatterten und gurrten beleidigt. »Geht's euch gut, meine kleinen Vögel?«, fragte ich leise. Ich schaute hinein; keine schien verletzt zu sein. Also nahm ich den Ring oben am Käfig und folgte Dunyazad über den Scheunenhof. Sie machte sich bereits an dem Riegel des schweren Holztores zu schaffen. Sie zog das Tor auf, nahm ihren Käfig, ging nach draußen – und blieb stehen.

»Was ist los?« Ich schaute hinter ihr her in die bewegte Menge von Menschen und Tieren und sah: einen abgerissenen Gänsejungen und seine gackernde Schar, zwei Männer auf Kamelen, einen Fischer, der zwei überschwappende Eimer schleppte, einen Fuhrmann, eine Frau mit einem Stapel Fladenbrot auf dem Kopf, einen Haufen schreiender Straßenkinder, die einen Mann mit einem Korb Orangen ärgerten. Die Gerüche und der Höllenlärm, die im Hof nur gedämpft zu hören waren, trafen mit voller Wucht auf meine Nase und meine Ohren.

»Was ist los?«, fragte ich noch mal, aber Dunyazad glotzte nur. »Pass auf!« Ich zog sie am Ellbogen gerade noch aus der Spur eines Eselkarrens. Der Fahrer beugte sich hinüber und beschimpfte sie. Sie schrie laut auf, ihre Augen blitzten vor Wut. »Wie kann er es wagen!«, sagte sie. »Wie kann er es wagen!«

»Dunyazad! Hör auf!« Rasch zog ich meinen Schleier zurecht, der heruntergerutscht war, als ich sie weggezogen hatte. Ich hätte sie schütteln können. Ich hätte es glatt getan, wenn sie nicht größer gewesen wäre – und eine Prinzessin dazu. »Was ist los?«, fragte ich zum dritten Mal.

Plötzlich wusste ich Bescheid. Sie war noch nie aus dem Harem herausgekommen. Sie hatte immer nur parfümierte Luft geatmet. Sie hatte noch nie so viele Menschen auf einmal gesehen.

Dunyazad schaute wieder auf die Straße. »Wo geht's denn jetzt lang?« Sie hörte sich unsicher an – völlig anders als sonst.

»Hier lang. Zum Brunnen, wo wir auf Ayaz warten.«

Ich führte sie auf die Straße hinaus. Wir mischten uns unter die Leute, die auf dem Weg zum Basar waren. Ich wünschte, ich hätte eine Hand frei, um sie hinter mir herzuziehen, wie sie es mit mir in den dunklen Gängen im Harem getan hatte. Ich schaute mich immer wieder um und warnte sie, wenn von hinten ein Wagen kam oder wenn ein schwer beladener Träger versuchte sich durch die Menge zu zwängen.

»Sind wir bald da?«, fragte sie.

»Siehst du die Kuppeldächer? Da ist der Basar!«

Wir kamen durch das Portal beim Messingbasar hinein und schlugen uns dann über den Mahagonibasar durch bis zum Basar der Baumwollverkäufer. Ich musste auf Dunyazad warten, die sich mit offenem Mund umsah, als käme sie aus einer anderen Welt. Immer, wenn ich langsam ungeduldig wurde, fiel mir ein, dass dies ja wirklich eine andere Welt war – für sie. Einmal konnte ich sie gerade noch daran hindern, einem abgemagerten Bettlerjungen, um dessen Augen die Fliegen summten, einen Golddinar zu geben. »Aber er hat Hunger!«, sagte sie.

»Wenn du ihm was gibst, sind gleich alle Bettler des Basars hinter uns her. Dann bekommen wir die Fortsetzung der Geschichte nie!«

Sie steckte die Münze wieder weg. »Ich will ihm doch nur

etwas zu essen geben. Was wird aus ihm, wenn ihm niemand etwas zu essen gibt?«

Ich gab dem Jungen eine Kupfermünze und dachte: Was aus ihnen allen wird, wenn kein Sultan und kein Reicher seine Truhe für sie öffnet. Und damit war ja wohl kaum zu rechnen.

Endlich erreichten wir den Brunnen. Der Mann mit dem dressierten Affen war wieder da. Ich suchte nach Ayaz, sah ihn aber nirgends. »Jetzt müssen wir warten«, sagte ich zu Dunyazad.

»Bist du sicher, dass er auch kommt?«

Ich nickte und versuchte so auszusehen, als wäre ich mir ganz sicher. Natürlich würde er kommen! Ich hatte doch gesehen, wie er die Dinare mit den Augen verschlungen hatte!

Dunyazad ging nach vorn und sah zu, wie der Affe seine Kunststücke vorführte. Ich blieb weiter hinten, wo ich die Menschenmenge besser im Blick hatte. Ein Junge mit einer Trommel ging vorbei, ein anderer schleppte einen vollen Hanfsack für eine alte Frau. Der nächste kletterte wie ein Bergsteiger auf einen großen Haufen zusammengefalteter Teppiche. Ein Händler zeigte auf etwas und schrie ihn an. Der Junge zog einen Teppich aus dem Haufen und warf ihn zu dem Mann hinunter.

Kein Ayaz.

Nach einer Weile nahm der Mann mit dem dressierten Affen sein Schüsselchen mit Geld, gab dem Affen ein Zeichen, auf seine Schulter zu hüpfen, und ging.

Dunyazad sah mich an. Sie sagte nichts. Brauchte sie auch nicht. Wo blieb Ayaz?

Und wenn er schon vor uns da gewesen war? Und wenn er erst heute Nachmittag wiederkam? Das würde unseren Plan zunichte machen. Das wäre gefährlich, weil die Khatun sicher schnell merken würde, dass wir weg waren.

»Schwester?«

Ich drehte mich um und da war er, Ayaz, und grinste sein verschmitztes Grinsen. »Wer ist deine Freundin da?«

»Das geht dich nichts an«, sagte ich schnell, bevor Dunyazad mit ihrem Namen herausplatzen konnte. »Bringe uns einfach zu dem Geschichtenerzähler.«

»Was wollt ihr mit den Vögeln?«, fragte Ayaz und rührte sich nicht.

In dem Moment kam mir ein fürchterlicher Gedanke. Taubenpastete.

»Die sind nicht für dich«, sagte ich barsch. »Gehen wir.«

Immer weiter grinsend, streckte Ayaz die Hand aus.

Ich seufzte. »Das hatten wir doch alles schon! Ich bezahle dich, wenn wir angekommen sind. Vier Kupfermünzen.«

Er sah mich betroffen an. »Was habe ich dir getan, Herrin, dass du meinen Lohn von Gold auf Kupfer schmälerst?«

»Letztes Mal hatte ich kein Wechselgeld. Jetzt aber.«

»Aber jetzt seid Ihr zu zweit. Das bedeutet zweimal so viel Arbeit. Also beträgt die Gebühr zwei Golddinare.«

»Zwei Golddinare?«, flüsterte ich wütend. »Dann finde ich ihn lieber selbst.«

Er zuckte mit den Schultern. »Ihr könnt es gern versuchen. Aber wenn die da – er zeigte mit dem Kopf auf Dunyazad – nur eine halb so feine Dame ist, wie meine Nase mir verheißt, könnt ihr von Glück sagen, dass ich nicht drei verlange.«

Parfüm. Dunyazad hatte Parfüm aufgelegt! Teures Parfüm. Jetzt roch ich es auch – diesen Regenduft –, vorher hatte ich ihn nicht wahrgenommen.

»Zwei Silberdirhems, wenn wir da sind. Das ist mein letztes Angebot.«

Er schüttelte den Kopf. »Goldmünzen«, sagte er. »Zwei.«

Und dann, so schnell, dass ich es nicht verhindern konnte, stellte Dunyazad ihren Vogelkäfig ab, holte zwei Dinare aus ihrer Schärpe und gab sie Ayaz. »Danke, gnädige Herrin!«, sagte er, grinste mich an, wirbelte herum und tauchte in der Menge unter.

Ich lief los und rannte hinter ihm her; der Vogelkäfig schlug mir an die Beine. »Das hättest du nicht tun dürfen!«, sagte ich über die Schulter zu Dunyazad. »Jetzt hat er sich wahrscheinlich aus dem Staub gemacht.« Es war mir egal, dass sie eine Prinzessin war. Sie hatte alles kaputtgemacht!

»Zwei Dinare sind nichts«, sagte sie direkt hinter mir. »Wir haben keine Zeit zum Feilschen.«

»Du kannst ihm genauso gut gleich sagen, wer du bist. Niemand, wirklich niemand kann es sich leisten, so viel zu bezahlen. Und selbst wenn sie es könnten, würden sie es nicht tun. Und jetzt, da wir ihm gegeben haben, was er wollte, haut er einfach ab!«

Ayaz war weit voraus. Er schlängelte sich um die Träger und Maultiertreiber und Käufer herum und war bald ganz verschwunden.

»Er ist weg!«, sagte sie und klang so, als täte es ihr jetzt doch Leid.

Wir standen auf der Straße und die Menschenmenge wogte um uns herum. Ich suchte nach Ayaz und mied Dunyazads Blick. Dann: »Da, Marjan! Da ist er!« Sie zeigte auf eine schmale Treppe unter einem gravierten steinernen Torbogen. Er winkte uns zu sich.

Diesmal schien es mir länger zu dauern, bis wir endlich dort ankamen, wo er mir beim letzten Mal die Augen verbunden hatte. Bei jedem Schritt wogen die Tauben mehr. Ayaz verschwand und kam mit zwei Taschentüchern wieder. Er entschuldigte sich weitschweifig bei Dunyazad, weil er ihr die Augen verbinden musste. Bei mir hatte er sich nie entschuldigt, dachte ich bitter. Dunyazad sah besorgt aus, aber ich beruhigte sie. »Das hat er doch letztes Mal auch gemacht. Weißt du noch, ich habe es dir erzählt.« Aber ich hatte auch Angst. Wenn irgendwer herausfand, wer sie war . . . Mehr denn je bezweifelte ich, ob es gut war, sie mitzunehmen.

»Herrin, halte dich an ihrem Schleier fest«, sagte Ayaz zu Dunyazad und nickte mir zu. »Ich trage den Käfig, dann hast du eine Hand frei.«

»Aber ich habe keine Hand frei«, sagte ich.

»Dich führe ich so.« Ayaz hakte einen Finger in den Ring an meinem Vogelkäfig.

Dunyazad hielt sich an meinem Schleier fest, nachdem Ayaz uns die Augen verbunden hatte. Dann führte er uns zu dem Haus des Geschichtenerzählers. Drinnen stellte ich die Tauben hin und nahm das Taschentuch ab.

»Du hast eine Freundin mitgebracht«, sagte der Geschichtenerzähler.

Ich schaute Dunyazad an. Ayaz hatte ihr das Taschentuch abgenommen, aber sie hielt den Schleier fest über dem Mond ihres Antlitzes und schlug die Augen nieder. Ausnahmsweise hielt sie den Mund.

Der Geschichtenerzähler zog die buschigen Augenbrauen hoch und wartete, so schien es mir, darauf, dass ich sie ihm vorstellte. Ich tat es nicht. »Und dann habt Ihr auch noch Tauben mitgebracht.«

»Du hast gesagt, dass die Geschichte noch lang ist. Und wir

müssen vor dem Mittagsgebet wieder gehen. Die Tauben sind so dressiert, dass sie zurückfliegen – dorthin, wo wir wohnen. Ihr könnt das, was von der Geschichte dann noch übrig ist, über sie an uns senden. Wenn du nicht schreiben kannst, geben wir dir Münzen für den Schreiber.«

»Das sind also Zaynabs Vögel«, sagte er. Mir stockte das Blut in den Adern.

Er war mir weit voraus. Ich hatte mir solche Mühe gegeben, nichts über uns zu verraten – wer wir waren, wo wir herkamen –, und doch hatte er irgendwie herausbekommen, dass wir aus dem Harem kamen. Und er kannte Zaynab. Aber woher? Ich hatte bis vor einer Woche noch nie von ihr gehört.

Und wieder hatte ich dieses Gefühl, dass er ein anderer war, als er vorgab, und dass dies weit mehr bedeutete, als dass er sehen konnte, obwohl er so getan hatte, als sei er blind.

»Wer bist du?«, fragte ich. »Woher kennst du Zaynab?«

»Wir machen einen Handel«, sagte er. »Ich erzähle euch, wer ich bin, wenn du mir erzählst, wer deine Freundin ist.«

»Nur eine Freundin.«

Langes Schweigen. Schließlich sagte der Geschichtenerzähler: »Gut. Dann erzähle ich jetzt die Geschichte weiter. Ihr habt wenig Zeit. Setzt euch hin und hört zu.«

Kapitel 16
Wie kommen wir wieder hinein?

Über das Leben und das Geschichtenerzählen

Wenn du eine Botschaft mit einer Brieftaube verschicken willst, musst du Folgendes tun:

Nimm das dünnste Papier, dass du auftreiben kannst, und schreibe klitzeklein, so klein du kannst, aber so, dass man es noch lesen kann. Dann falte das Papier in einen langen flachen Streifen, roll es fest auf und schieb es in das kleine Holzröhrchen.

Jetzt nimm die Taube in die eine Hand und halte die Beine zwischen Zeige- und Mittelfinger. Drücke die Brust des Vogels an dich. Sanft. Alles muss sehr sanft gehen – wie eine Liebkosung.

Du hast eigentlich nur eine Hand, um das Röhrchen zu befestigen. Die Hand, die den Vogel festhält, kann ein wenig helfen, aber nicht viel. Das muss man üben, genau wie Geschichten erzählen.

Das Wichtigste ist: Sei sanft!

Der Geschichtenerzähler erzählte, wie Badar Basim vom Meer in einem verhexten Land angeschwemmt wurde, wo er einen Krämer traf, der in Wirklichkeit gar kein Krämer war, sondern ein verkleideter Zauberer. Inzwischen war Badar Basim aber in die Klauen der bösen Königin Lab geraten.

Sie verwandelte ihn in einen hässlichen Vogel, steckte ihn in einen Käfig und gab ihm nichts zu fressen und zu trinken. Dann mussten wir gehen.

Obwohl mich die Geschichte die ganze Zeit in Atem hielt, fühlte ich mich manchmal ziemlich unwohl. Der Sultan hielt von Frauen schon wenig genug ohne so eine Geschichte wie die von Königin Lab. Also, auch wenn ich Scheherazade so verstanden hatte, dass es in allen Geschichten alle möglichen Arten von Frauen geben musste, schien es mir doch nicht klug, sich in Gefahr zu begeben, indem man von einer Frau erzählte, die durch und durch böse war.

Aber da war nichts zu machen. Der Sultan wollte genau diese Geschichte, also musste Scheherazade sie auch erzählen.

Als Ayaz Dunyazad die Augen verband, wandte ich mich an den Geschichtenerzähler. »Ihr schickt uns doch die Tauben mit der Fortsetzung der Geschichte, nicht wahr? Und zwar bald? Passt auf, dass ihr dünnes Papier nehmt und kleinschreibt. Soll ich dir zeigen, wie man eine Botschaft befestigt . . .«

»Mach dir keine Sorgen, Kleine Taube.« Seine Stimme war sanft und warm, so wie sie manchmal in der Geschichte geklungen hatte. Er lächelte zwar nicht, aber seine Augenfältchen zogen sich zusammen, als würde er sich über mich amüsieren. »Geht jetzt nach Hause. Ihr könnt euch auf mich verlassen.«

Da ging es mir besser. Ein bisschen wenigstens. Aber es gefiel mir immer noch nicht, so viel Vertrauen und Hoffnung haben zu müssen. Als Ayaz mir die Augen verband, tat ich so, als müsste ich mich an der Nasenwurzel kratzen und schob dabei das Taschentuch hoch, bis ich ein bisschen was sehen konnte: den Boden und das untere Ende der Wände. Ich hoffte, dass ich nie wieder hierher kommen musste, aber wenn die Tauben nicht ankämen . . . Es wäre schon besser, den Geschichtenerzähler wieder zu finden.

Ayaz führte mich am Ellbogen und Dunyazad nahm meine freie Hand. Als ich unter dem Taschentuch durch nach unten schaute, sah ich das untere Ende einer groben Holztür. Drei Steinstufen runter, rechts an einer schwarz getünchten Erdmauer entlang, dann links, rechts und wieder rechts, wieder links an einer Mauer entlang, in der nebeneinander drei sich gabelnde Risse klafften. Ayaz nahm uns die Augenbinden am selben Ort wieder ab und führte uns dann zum Brunnen zurück. Dort blieb er einen Moment lang stehen und wartete. Ich dachte, er wollte noch mehr Geld und wollte schon mit ihm streiten, aber dann nickte er und sagte: »Ich lasse euch nun allein, hohe Herrinnen. Allah möge euch Glück bringen.«

Wir sahen ihm nach, bis er außer Sichtweite war und machten uns dann auf die Suche nach dem Stand des Teppichhändlers, den Scheherazade uns genannt hatte. Es war nicht weit vom Brunnen, hatte sie gesagt. Der Händler würde davor sitzen, auf einem rot-blauen Teppich und einen orangefarbenen Turban mit einer purpurroten Feder tragen. Wir sollten an ihn herantreten und sagen: »Wir sind wegen der kleinen runden Teppiche hier.«

Wir fanden ihn sofort, einen mageren Mann mit Zottelbart. Kaum hatten wir den Mund aufgemacht und gesagt: »Wir sind wegen der . . .«, sprang er schon auf und bedeutete uns zu folgen. Er führte uns um eine Ecke herum in eine enge Gasse, wo ein Maultier vor einen Wagen gespannt war. Der Mann gestikulierte mit dem Zeigefinger zum Wagen hin.

»Klettert hinein«, sagte er. Dann quetschte er sich durch den Spalt zwischen dem Wagen und einer Mauer, ging um eine Ecke und war verschwunden.

Ich schaute mich um. Vorne, wo die Gasse in die Straße mündete, schien hell die Sonne auf den Strom von Menschen. Hinter uns machte die Gasse eine scharfe Kurve, weiter konnte ich nicht gucken. Von der Kurve bis zur Straße hin war die Gasse menschenleer. Nur das Maultier war da – und wir.

Die hintere Wagenklappe hing offen herunter, auf der Ladefläche lagen zwei locker gerollte Teppiche. Dunyazad sah mich an, holte tief Luft und vergrub sich bis zum Bauch in einen der Teppiche, indem sie sich mit den Füßen abdrückte. Aber jetzt hatte sie Probleme. Sie trat in die Luft und ich vernahm kleine Seufzer und Stöhnen. Ich nahm sie an den Fersen und schob. Sie rutschte nach vorn in den Teppich hinein, bis ich ihre Füße wirklich suchen musste, um sie zu sehen.

Jetzt war ich dran. Und keiner war da, um mir zu helfen. Ich drückte die Schultern zusammen und schob mich in den dunklen Teppichtunnel. Es passte so gerade. Ich hatte Staub in der Nase und hätte beinahe geniest. Sollten die Teppiche nicht sauber sein? Ich lag auf den Unterarmen, oben drückte der Teppich auf meinen Hinterkopf, meine Schultern und meinen Rücken. Ich stieß mich mit den Füßen ab und kroch auf den Ellbogen vorwärts, dabei wand ich mich wie ein Wurm. Der Teppich zog an mir, mein Schleier blieb hängen. Jetzt war mein Kopf unbedeckt und unterhalb der Taille schaute alles hinten heraus. Dann . . . Schritte. Jemand nahm mich an den Fersen und schubste mich vorwärts, das war's.

Als ich meine Füße bewegte, merkte ich, daß sie tief im Teppich steckten.

Jetzt knirschte der Wagen, hinter mir ein dumpfes Geräusch. Der Wagen fuhr ruckartig los, wir waren unterwegs. In der staubigen Luft atmete ich nur flach ein, und zwar durch den Mund, damit ich nicht niesen musste. Der Schweiß rann mir in die Augen, aber meine Hände lagen unter mir und ich konnte nicht hinaufreichen, um mir die Augen auszuwischen.

Dies hier war schlimmer als die Truhe oder der Ölschlauch. Viel schlimmer.

Endlich hielten wir an. Ich hörte Stimmen. Sie sprachen lauter. Stritten. Ich konnte nicht alle Worte erkennen. Aber die hohen Stimmen schienen mir gesagt zu haben: »Rollt sie auf«, worauf die tiefe Stimme immer nur Nein zu sagen schien. Irgendetwas lief schief.

Die Luft im Teppich wurde immer heißer, schwerer und staubiger. Ich konnte es nicht mehr ertragen. Ich war schweißgebadet, meine Augen brannten. Meine Unterarme und meine Hände wurden langsam taub. Ich wollte um mich schlagen, mich herausschieben, um an die frische Luft zu kommen. Plötzlich ein dumpfes Geräusch. Der Wagen fuhr wieder, er fuhr schnell, quietschte, knarrte und holperte. Was war passiert?

Jetzt hörte ich über den gedämpften Straßengeräuschen auch noch, wie der Muezzin zum Mittagsgebet rief. Furchtbar, jetzt konnte ich schon zum zweiten Mal nicht mitbeten!

Ruckartig hielt der Wagen an. Von hinten kamen Schritte. Das Quietschen der Wagenklappe. Dann eine Stimme, ein lautes Flüstern: »Kommt raus!«

Das passte alles nicht. Wir sollten zu Scheherazade gebracht werden und erst herauskommen, wenn sie es sagte.

»Raus aus meinem Wagen, habe ich gesagt! Seid ihr taub? Sie lassen die Teppiche nicht in den Harem hinein!«

Wieder Schritte, er rannte davon, bald hörten wir nichts mehr.

Schwer atmend, lag ich in der staubigen, erstickenden Dunkelheit und wusste nicht, was ich tun sollte. Meine Kleider klebten an mir, ich schwamm in meinem eigenen Schweiß. Ich wollte nur noch aus diesem engen Teppich raus!

Die Frage war nur, ob wir in Sicherheit waren.

Stille. Bis auf ein fernes Grollen betender Menschen waren die Geräusche der Stadt verstummt.

Ich schob mich rückwärts. Der Teppich zog bei dieser Bewegung meine Kleider nach oben, bis alles außer den Hosen in einem klammen Haufen über dem Kopf zusammengeknüllt war. Ich betete, dass mich draußen niemand so sehen würde. Aber ich musste hier raus. Mit den Kleidern um meinen Kopf fiel mir das Atmen noch schwerer. Endlich konnte ich die Hüften beugen und meine Füße berührten den Boden. Ich kam ganz heraus, zog meinen Rock, mein Gewand und meinen Schleier aus dem zusammengerollten Teppich und machte mich wieder zurecht, bis alles züchtig bedeckt war.

Der Wagen stand in einer anderen verlassenen Gasse als eben. Das Maultier drehte sich um, schaute mich an, schnaubte und stampfte mit den Hufen.

Der Fahrer war nirgends zu sehen.

»Herrin?«, fragte ich. Ich lugte durch den Tunnel ihres Teppichs auf die Sohlen ihrer Sandalen. »Am besten kommst du da jetzt raus. Hier ist niemand.«

Der Teppich ruckelte herum, aber die Sandalen kamen keinen Zentimeter weiter raus. Dann eine erstickte Stimme,
die zu sagen schien: »Es geht nicht!«

Dunyazad war nicht so mager wie ich. Ich nahm ihre Fersen
und zog. Als sie bis zum Bauch draußen war, hörte ich auf
zu ziehen und wandte mich ab, damit sie sich in Ruhe wieder herrichten konnte. Es raschelte. Dann: »Was sollen wir
hier? Warum sind wir nicht zu Hause? Wo ist der Fahrer?«
Sie klang verärgert, fordernd, so wie sie sich manchmal im
Harem anhörte.

»Weiß ich nicht. Hast du gehört, wie sie sich gestritten haben? Er und die Palastwachen? Ich glaube, sie wollten, dass
er die Teppiche auseinander rollte und der Fahrer hat Angst
bekommen.«

»Aber er kann uns doch nicht einfach hier allein lassen. Das
würde er nie wagen!«

Dazu sagte ich nichts. Offensichtlich konnte er uns sehr
wohl allein lassen. Offensichtlich hatte er es tatsächlich gewagt.

»Was sollen wir jetzt machen?«, fragte sie etwas weiner-
lich.

Ich schluckte. Sie hatte Angst. Die tapfere Dunyazad hatte
Angst. Ich auch, aber . . . Sie verließ sich jetzt auf mich. Ich
war für sie verantwortlich.

Wir konnten ja wohl nicht einfach bei den Palastwachen
aufmarschieren und sie darum bitten, uns wieder hereinzu-
lassen. Wenn wir dafür nur ausgepeitscht werden würden,
hätte ich es getan. Und hätte es auch Dunyazad empfohlen.
Aber – aus dem Harem des Sultans zu schleichen, ohne Erlaubnis. Wahrscheinlich würde er uns töten lassen.

»Was ist mit dem Freund, der uns geholfen hat herauszukommen?«, fragte ich. »Könnte diese Person, wer auch immer, könnte uns diese Person nicht helfen?«

»Nein! Die Khatun würde . . . Nein. Außerdem, wie sollten wir dieser Person Bescheid sagen, ohne selbst erwischt zu werden?«

Das wusste ich auch nicht.

»Scheherazade . . .« Ihre Stimme brach, sie wandte sich von mir ab.

Das war alles schlimm, richtig schlimm. Die Khatun schlief zwar immer sehr lange, aber inzwischen war sie mit Sicherheit auf. Sie wusste bestimmt schon, dass ich Soraya entwischt war, wahrscheinlich wurde bereits nach mir gesucht. Vielleicht dauerte es etwas länger, bis sie Dunyazad vermissen würden. Sie verschwand oft stundenlang in den langen Gängen, ohne dass sich jemand etwas dabei dachte. Wenn sie aber zur Nachtgeschichte nicht erschien . . .

Was sollten wir machen? Marjan, denk nach!

Flügelschlagen: Eine Taube flog über uns hinweg. Dann hatte ich es. Eine Botschaft! Wir würden Zaynab eine Botschaft senden, eine Nachricht für Scheherazade.

Wir machten uns auf den Weg zum Haus des Geschichtenerzählers. In der Mittagshitze waren nicht so viele Leute unterwegs. Meiner Erfahrung nach würden die Straßen über kurz oder lang völlig verlassen sein. Ich fand einen Weg zum Brunnen und versuchte von dort aus mich zurechtzufinden. Wir kamen an dem steinernen Torbogen vorbei, wo wir auf Ayaz gewartet hatten. Wir gingen eine siebenstufige Treppe hinunter, dann fünf weitere Stufen. Daran konnte ich mich erinnern. Einmal verliefen wir uns, gingen wieder zurück und probierten eine Straße nach der anderen aus, bis wir eine fanden, die uns bekannt vorkam. Schließlich kamen wir in der ärmlichen Straße an, wo Ayaz uns die Augen verbunden hatte. Bevor er mir die Augenbinde abgenommen hatte, hatte ich doch bei einem Blick nach unten drei sich gabelnde Risse am unteren Ende einer Erdmauer gesehen. Und richtig: Ein wenig weiter die Gasse hinauf, sah ich die sich gabelnden Risse. Wir gingen in diese Richtung.

»Bist du sicher, dass du den Weg kennst?«, fragte Dunyazad. »Hast du wirklich etwas gesehen?«

»Ein bisschen.«

Die Gasse war eng und schummrig. Ich ging rechts, dann zweimal links und wusste dann nicht mehr weiter. Aber dann sah ich weiter vorne die Gasse mit der geschwärzten Mauer. Drei Steinstufen hatten zu dem Törchen hinaufgeführt. »Hier entlang!« Aber alle Törchen hatten drei Stufen davor. Ich blieb stehen, weil ich nicht wusste, an welche Tür ich jetzt klopfen sollte. Eigentlich wusste ich überhaupt nicht mehr, ob ich hier wirklich richtig war.

Plötzlich flog eine der Türen auf und ein Junge stürmte heraus und rannte fort. »Ayaz!«, rief ich.

Er blieb stehen, wirbelte herum und staunte uns mit offenem Mund an. »Wie seid ihr hierher gekommen? Du solltest doch längst wieder bei ihrer Schwester sein! Bei . . . Scheherazade!«

Kapitel 17

Wie Prinzessin Budur

Über das Leben und das Geschichtenerzählen

Nicht nur in der Geschichte von Prinzessin Budur verkleiden sich Frauen als Männer, ohne dass jemand etwas merkt. Das kommt in vielen alten Geschichten vor. Manchmal herrschen als Männer verkleidete Frauen sogar über große Länder und machen ihre Sache gut.

Dunyazad hatte Recht, was Prinzessin Budur anging – und all die anderen erfundenen Frauen, die sich verkleiden und Männerangelegenheiten hervorragend erledigen. Unterschwellig behaupten diese Geschichten, dass Frauen Männern doch nicht unterlegen sind. Dass Männer und Frauen gleich gut sind.

Trotzdem muss man mehr tun als sich zu verkleiden. Die beste Verkleidung kann einfach ein Blick sein.

Ich schnappte nach Luft. Es war schön und gut, dass Ayaz wusste, dass wir zum Harem des Sultans gehörten, aber ganz etwas anderes, wenn er wusste, dass hier in dieser Gasse Scheherazades eigene Schwester vor ihm stand.

»Kommt rein! Schnell! Kommt schon!« Der Geschichtenerzähler stand am Tor und winkte uns wütend herein.

Wir rannten über den Hof ins Haus. Der Geschichtenerzähler sah Ayaz scharf an. »Hat irgendwer etwas gehört? Oder gesehen?«

»Nein, Aga«, sagte Ayaz. »Kein Mensch war in der Gasse.«

»Du musst diskreter sein, Ayaz! Hüte deine Zunge! Außerdem . . .« Er sah zu Dunyazad und mir hinüber, da war es wieder, dieses Blinzeln in den Augenwinkeln. »Wenn du eine Person führst, der du die Augen verbunden hast, pass demnächst auf, dass sie auch wirklich nichts sieht.«

Ayaz senkte den Blick. »Ja, Aga. Es tut mir Leid.«

Der Geschichtenerzähler wurde wieder ernst. »Kann es sein, dass euch jemand gefolgt ist?«

»Ich weiß nicht«, sagte ich und kam mir dumm vor. Ich hatte nicht darauf geachtet.

Der Geschichtenerzähler sagte leise etwas zu Ayaz, der daraufhin zur Haustür hinauslief. »Wir werden versuchen euch in den Harem zurückzuschmuggeln«, sagte der Geschichtenerzähler, »aber ich weiß nicht, ob wir es heute noch schaffen. Sonst müsst ihr die Nacht hier . . .«

»Das können wir nicht!«, sagte Dunyazad. »Ich jedenfalls nicht. Ich . . .«

»Deine Schwester würde dich vermissen?«

Dunyazad sah mich an. Ich nickte. Unser Geheimnis war aufgeflogen. Es hatte keinen Zweck, es zu leugnen. Der Geschichtenerzähler hatte mit Zaynab geblufft, wir hatten seine Vermutung bestätigt, den Rest hatte er sich zusammengereimt. Jetzt konnten wir nicht mehr anders: Wir mussten ihm vertrauen.

»Sie tut immer noch so, als wären die Geschichten für mich«, sagte Dunyazad. »Ohne diesen Vorwand . . . Ich weiß nicht, was der Sultan tun würde.«

Der Geschichtenerzähler schien nicht überrascht zu sein. »Nun denn«, sagte er grimmig. »Dann bringen wir euch heute Abend zurück. So oder so.«

Heute Abend? Die Angst drehte mir den Magen um. Was war mit der Khatun? Je länger wir wegblieben, umso sicherer würde sie mich vermissen. Beim letzten Mal war sie wütend gewesen. Was würde sie mit mir machen, wenn sie mich wieder erwischen würde?

»Es wäre besser, wenn wir vor dem Abend zurückkehren könnten«, sagte ich. »Können wir nicht eine von Zaynabs Tauben schicken . . .«

»Und wie stellst du dir das vor, Kleine Taube? Scheherazade müsste jemanden herschicken, um euch zu holen, oder ihr müsstet irgendwo anders darauf warten, abgeholt zu werden. Und dann . . . Weiß sie einen anderen Weg, um euch in den Harem zu schmuggeln? Oder habt ihr genug Freunde unter den Palastwachen?«

Ich wusste keine Antwort. Ich wandte mich an Dunyazad. Sie schüttelte den Kopf.

Der Geschichtenerzähler dachte nach. »Nun«, sagte er, »dann müssen wir uns etwas anderes ausdenken. Wenn Ayaz wiederkommt, werden wir erfahren, wie es steht.«

Seine Zuversicht machte mir Hoffnung. Und doch bekam ich es mit der Angst bei der Vorstellung, wie viel er wusste. Alles. Und wir wussten nichts über ihn. Wieder einmal überlegte ich, wer er sein könnte und woher er die Geschichte kannte, die nur der Sultan je gehört zu haben schien. Plötzlich musste ich an den Krämer denken, den Krämer in der Geschichte, der in Wirklichkeit gar kein Krämer war, sondern ein verkleideter Zauberer.

»Seit ihr gegangen seid, habe ich bereits sieben Tauben mit Teilen der Geschichte an Zaynab geschickt«, sagte der Geschichtenerzähler jetzt. »Ich wollte die achte gerade losschicken, als ihr zurückkamt. Vielleicht sollte ich euch beiden aber so viel wie möglich erzählen, für den Fall, dass den Tauben etwas zustößt.«

Den Tauben etwas zustößt? Ich hatte wahrhaftig schon genug Sorgen!

Im Laufe der Geschichte begriff ich, was Scheherazade mit dem Ausbalancieren der Dinge gemeint hatte. Die böse Königin Lab und ihre hinterhältige Mutter wurden von Julnar und ihrer Mutter aufgewogen, die stark, intelligent und freundlich waren. Außerdem gab es ja auch noch Marsinah, das Sklavenmädchen, das Mitleid mit Badar Basim hatte. Ganz zum Schluss vergab Badar Basim Prinzessin Jauharah. Trotz allem, was sie ihm angetan hatte, obwohl sie ihn in einen Vogel verwandelt und auf eine Insel ohne Wasser und Nahrung verbannt hatte. Denn er liebte sie immer noch. Alle schönen Mädchen des Königreichs wurden zu ihm gebracht, damit er seine Wahl träfe, aber er begehrte nur sie.

»Und als Prinzessin Jauharahs Vater ihr davon berichtete«, sagte der Geschichtenerzähler, »sprach sie folgende Worte: ›Lieber Vater, handle nach deinem Sinn, Sorge und Kummer sind nun dahin und ich bin ihm jetzt eine Dienerin.«« Der Geschichtenerzähler lächelte: »Überlassen wir sie ihrem Glück! Möge Allah dasselbe euch und allen bringen, die es brauchen können.«

»Das war's?« Ich konnte es nicht fassen, dass die Geschichte zu Ende sein sollte.

»Gefällt dir das Ende nicht?«

»Er vergibt ihr einfach? Nach allem, was sie ihm angetan hat? Und sie kommt ohne Strafe davon?«

»Oh«, sagte der Geschichtenerzähler, »du hast etwas für Strafen übrig.«

»Für Gerechtigkeit!«, sagte ich. »Und wie soll sie damit leben, wenn sie nachts neben ihm liegt und weiß, wie sehr sie ihn betrogen hat?«

Der Geschichtenerzähler sah in die Ferne und kämmte seinen Bart mit den Fingern. »Glaubst du nicht auch«, sagte er schließlich, »dass es das Beste ist, wenn der Sultan eine Geschichte hört, in der Vergebung bevorzugt wird?«

Ich nickte bedächtig. Dem Sultan wäre das eine Lehre, Vergebung. Trotzdem, mich befriedigte das Ende nicht.

»Wie ist das passiert?«, fragte mich der Geschichtenerzähler aus heiterem Himmel und starrte auf meinen Fuß, der unter dem Rock hervorlugte.

Rasch bedeckte ich ihn. »Ein Unfall«, sagte ich. Mein Gesicht glühte plötzlich.

»Vor einigen Jahren habe ich eine Geschichte gehört«, sagte er, »eine Geschichte von einer Frau mit einer kleinen Tochter, um die sie Angst hatte, und . . .«

Ich schnitt ihm das Wort ab. »Halte mich aus deinen Geschichten heraus!«

Wieder schwiegen alle. Meine wütenden Worte hingen im Raum. Dunyazad sah mich überrascht an. Endlich sagte der Geschichtenerzähler: »Wir alle müssen mit unseren Dämonen ringen, Kleine Taube. Wenn wir sie aber in Ehren halten, sie an uns drücken und füttern, Tag für Tag, dann, ja dann ersticken sie unsere Seele.«

Kurz nach dem Abendgebet kam Ayaz zurück. Er flüsterte dem Geschichtenerzähler etwas ins Ohr und reichte ihm einen Haufen Kleider. Der Geschichtenerzähler teilte den Haufen und gab Dunyazad die eine Hälfte und mir die andere. Der Stoff war grob wie bei Tante Chava. Aber farbenfroh. Grell. Mit Flecken und Flicken. Ich nahm die Kleider der Rei-

he nach hoch und sah sie mir genau an. Ein Hemd, ein Umhang und ein Wickeltuch als Kopfbedeckung. Kein Schleier!
Jungenkleider!

»Eine Musikerfamilie geht heute Nacht in den Harem«, sagte
der Geschichtenerzähler. »Vier Brüder und ihre Söhne. Sie
sind bereit euch mitzunehmen und so zu tun, als gehörtet
ihr zur Familie. Wenn ihr erst mal drinnen seid, könnt ihr
euch von der Gruppe trennen. Jetzt kommt hier hinein und
zieht euch um.«

»Aber . . .« Ich sah Dunyazad an. »Ich dachte, Männer dürfen
nicht in den Harem.«

»Manchmal lassen sie welche herein, damit sie uns etwas
vorführen. Wir schauen durch Schlitze im Vorhang zu, damit sie uns nicht sehen können.«

»Aber so werden sie uns sehen«, sagte ich. »Dich und mich.
Ohne Schleier!«

»Anders geht es nicht«, sagte der Geschichtenerzähler. »Es
wird schon dunkel sein. Außerdem können wir diesen Männern vertrauen.«

Ich zögerte.

»Was Prinzessin Budur geschafft hat«, sagte Dunyazad,
»können wir auch.«

Es war nicht dunkel – nicht wirklich –, aber die Straßen waren bereits in schwere Schatten gehüllt. Alles Licht der Welt
schien oben im Himmel gelandet zu sein, der in Saphirblau
leuchtete. Eine sanfte Brise sorgte für Abkühlung.

Ich hielt den Kopf gesenkt, während Ayaz uns zum Wagen
der Musiker brachte. Ganz im Gegensatz zu Dunyazad. Sie
hatte die Scheu abgelegt, die sowieso nicht zu ihr passte,
und lief aufrecht und stolz hinter Ayaz her. Endlich hatte sie

sich als Junge verkleidet wie Prinzessin Budur. Als wir zum Wagen kamen, nahm sie mich beiseite. »Richte dich auf, Marjan. Du siehst überhaupt nicht aus wie ein Junge, wenn du den Kopf so hängen lässt.«

Ich fühlte mich auch nicht wie ein Junge. Ich fühlte mich einfach nur merkwürdig in diesen Sachen. Sie kratzten, inzwischen war ich feinere Stoffe gewohnt. Noch schlimmer war aber, dass mein langer Zopf mit Haarnadeln und dem Granatkamm auf dem Kopf festgesteckt war und unter der Kopfbedeckung versteckt blieb. Ich hatte Angst, dass sich meine Haare jeden Moment lösen und auf meinen Rücken hinunterfallen würden. Am Allerschlimmsten war aber, dass ich ohne Schleier durch die Straßen laufen musste, dass die Luft da draußen meinen Nacken und meine Ohren kitzelte. Ich fühlte mich nackt.

Ayaz nickte uns zum Abschied zu. Er gab sich große Mühe, nicht hinzusehen. Wir kletterten auf den Wagen und nahmen die Hanfbündel mit unseren Haremkleidern auf den Schoß und setzten uns zu den Musikern auf den Boden. Einer von ihnen gab Dunyazad eine kleine Trommel und sagte zu mir: »Du gehst als Sänger.« Dann rutschte er ein bisschen und wandte sich ab, wie es die anderen bereits getan hatten.

Schweigend fuhren wir durch enge Straßen und Gassen. Endlich erschien die gewaltige Masse des Palastes vor uns. Das Mondlicht goss Zuckerguss über die Kuppeln und versilberte die Umrisse der dahinter stehenden Bäume. Wir hielten in der Nähe des Südtores. Die Musiker nahmen ihre Instrumente und stiegen vom Wagen. Dunyazad und ich kletterten hinterher. *Geh langsam! Nicht humpeln!* Zum Glück war der Umhang zu lang und verbarg meinen armen Fuß bis auf die Zehen. Auf beiden Seiten des schweren Tores standen zwei behelmte Palastwachen, die Hand am Heft ihrer Scimitare. Die meisten Musiker gingen vor, aber drei warteten darauf, hinter uns hineinzugehen. Ich hielt die Luft an, als Dunyazad zu den Wachen kam und in das flackernde Licht der Fackeln trat.

Dann war sie an ihnen vorbei.

Jetzt war ich dran. *Nicht humpeln.* Ich senkte den Blick und betrachtete meine Zehen. In dem Moment, in dem Licht auf sie schien, trat einer der Wächter vor und hielt mich an. »Was ist in dem Bündel?«, fragte er grollend.

Das Herz schlug mir bis zum Hals. »Kostüme zum Wechseln«, sagte ich und versuchte gelassen zu klingen und tiefer zu sprechen. Ich dachte daran, aufrecht dazustehen – wie Dunyazad, wie Prinzessin Budur. Dann schaute ich dem Palastwächter mit aller Frechheit, die ich zu Stande brachte, direkt in die Augen. Das würde eine Frau nie tun. Keine Frau würde so etwas jemals tun.

Hinter mir erklang plötzlich ein helles Trillern. Ich schaute mich um. Da spielte einer Flöte, jetzt kam ein Trommler hinzu. Während sich der Wächter umdrehte, um sich das anzuschauen, schob mich ein Glockenspieler schnell an ihm vorbei.

Ich lief schnell hinter Dunyazad und den anderen Musikern her, die einem Wächter durch die langen Säulengänge folgten. An einer Holztür hielt er an und sprach mit dem Eunuchen. Dunyazad und ich drängten uns mitten in die Gruppe. Dann ging der Eunuch durch den Gang und rief: »Zieht euch zurück!« Wir folgten ihm durch die leeren Küchenräume, deren hohe Kuppeldecken schwarz waren von Rauch. Dunyazad zog mich am Arm und schob mich in eine Nische.

Sie drückte ein Holzpaneel. Es ging auf. Sie drängelte mich hinein. Ich stand in der Dunkelheit und hörte, wie mit einem Klick eine Tür zuging. Sie war bei mir, ich hörte ihren schweren Atem. »Zieh deine Haremkleider an. Lass die anderen hier, ich werfe sie später weg.«

Um uns herum war es schwarz wie Ebenholz; man konnte die Sachen nur ertasten. Ich fummelte herum, einmal trat ich auf meine Schärpe und wäre beinahe hingefallen. Neben mir hörte ich sie grunzen und rascheln, einmal unterdrückte sie einen Fluch. Endlich war ich angezogen – so gut es ging. Ich nahm die Haarnadeln heraus und steckte mir meinen kostbaren Kamm wieder ins Haar.

»Wo bist du, Marjan? Streck die Hand aus.« Dunyazad tastete an meinem Arm entlang bis zur Hand, nahm sie und zog mich hinter sich her. »Wir haben nicht mehr viel Zeit. Sieh zu, dass dich viele Leute sehen, damit sie wissen, dass du hier bist. Ich muss zu meiner Schwester.«

Sie führte mich lange durch die Dunkelheit, dann hielt sie an. »Geh hier raus. Du wirst dich auskennen. Bis morgen früh.«

Ich wusste, wo ich war. In dem Zimmer, von wo aus sie mich an dem Tag in den Gang geführt hatte, an dem sie mich in der Truhe aus dem Harem geschmuggelt hatten. Irgendwo in der Ferne hörte ich hin und wieder fröhliches Trällern. Wenn ich mich einfach in die Menge mogelte, die den Musikern lauschte, würde vielleicht keiner merken, dass ich weg gewesen war.

Man darf die Hoffnung nicht aufgeben.

Ich ging dem Klang nach und fand eine Gruppe von Frauen um eine verhängte Wand versammelt, die einen großen Raum teilte. Sie schauten durch Schlitze im Brokatstoff. Ich schlich mich ins Zimmer und blieb direkt hinter ihnen stehen. Niemand drehte sich um. Niemand hatte etwas gesehen.

Seufzend atmete ich aus.

»Marjan!«

Ich wirbelte herum. Ashraf! Sie nahm meinen Arm und zog mich zur Tür. »Die Khatun will dich sehen«, sagte sie.

»Und zwar sofort.«

Kapitel 18

Gefangen

Über das Leben und das Geschichtenerzählen

Manchmal kommt es mir so vor, als nestelten die Geschichten, die man erzählt, am eigenen Leben, als würden sie es langsam auf geheimnisvolle Art und Weise verändern. Nicht nur dass man etwas aus Geschichten lernen kann, das passiert schon ab und zu. Nein, ich meine etwas Ernsteres: Kann es sein, dass man durch die Auswahl der Geschichten gewisse Ereignisse in ihnen anzieht? So sehr, dass im eigenen Leben ein Echo dieser Geschichten erklingt?

Ashraf hielt mich fest und zerrte mich durch den Gang zur Treppe. Ich stolperte und wäre beinahe hingefallen, aber sie blieb nicht stehen, sie ging noch nicht mal langsamer. Sie zog mich einfach immer weiter, bis ich das Gefühl hatte, mein Arm würde aus dem Gelenk gerissen. Endlich fanden meine Füße, die wild ausschlugen, wieder Halt.

Beim Gedanken an die Khatun wurde mir eiskalt vor Angst. Ich konnte keinen klaren Gedanken fassen. Mit einem schnellen Ruck befreite ich mich aus Ashrafs eisernem Griff und flüchtete die Treppe hinunter. Ich landete falsch auf meinem schlechten Fuß, stolperte und schon war Ashraf wieder über mir. Sie schleifte mich am Zopf zur Treppe und die Stufen hinauf. Der Schmerz zuckte durch meinen Nacken und meine Kopfhaut brannte wie Feuer. Ich versuchte Schritt zu halten, damit es nicht so weh tat, aber sie ging schnell, überquerte Höfe, lief schnell über die Gänge und eine lange Treppe hinauf, bis wir endlich bei den Gemächern der Khatun angekommen waren.

Wieder dieser Gestank. Dieser eklig süße, faulige Gestank. Ich konnte sie nicht sehen; außer den dunklen Teppichen konnte ich gar nichts sehen, so wie Ashraf mich am Zopf hielt. Als wir weiter in den halbdunklen Raum vordrangen, wurde der Gestank schlimmer und überflutete meine Nase, bis ich beinahe daran erstickte.

»Da ist sie«, sagte Ashraf. Sie warf mich auf den Boden. Ich schlug hart hin und blieb liegen. Mein Gesicht berührte fast die Füße der Khatun. Kleine Füße in vollkommenen juwelengeschmückten Pantoffeln, über deren Rand das Fett quoll. »Ich habe sie dabei erwischt, wie sie den Musikern zuschauen wollte. Keine Ahnung, wo sie gewesen ist.«

»Steh auf.«

Diese Stimme. Diese leise, heisere Stimme.

Langsam stand ich auf und musterte das Gesicht der Khatun.

Oberflächlich betrachtet, schien das aufgedunsene Gesicht ganz ruhig, aber in ihren Augen funkelte verborgene Wut. Soraya, die hinter ihr stand, sah ganz anders aus. Sie wirkte aufgeweicht und verletzt. Ihre Augen waren rot und verquollen, als hätte sie geweint.

»Wo warst du?«, fragte die Khatun.

»Ich war . . .« Ich wollte sagen, bei Zaynab, aber vielleicht hatten sie dort nachgesehen. »Ich war hier und dort, unterwegs im Harem.«

Ich sah den Schlag nicht kommen. Es tat weh, die Tränen

schossen mir in die Augen. Ich rieb meine Wange und versuchte die Tränen zurückzuhalten.

»Wage es nicht, mich anzulügen«, sagte sie. »Wo warst du?«

»Ich war hier«, sagte ich. »Ich war den ganzen Tag hier.«

Diesmal schlug sie mit geballter Faust zu. Meine Wange zuckte vor Schmerzen. Ich stolperte rückwärts, mein Fuß verfing sich in meinem Rock und ich fiel hin. Jetzt stand sie über mir. Ich kroch wie ein Krebs rückwärts, stieß aber an Ashrafs Beine.

»Wie heißt er?«, fragte die Khatun. »Mit wem tauscht sie Botschaften aus? Wann treffen sie sich?«

Er? Botschaften austauschen? Treffen? Ich versuchte zu verstehen, was sie meinte, vergeblich.

»Ich weiß, dass sie einen Liebhaber hat – sie kann es nicht vor mir verbergen. Das tun sie alle. Schon einen Monat nach der Hochzeit verschwören sie sich mit ihren Liebhabern gegen meinen Sohn. *Wie heißt er?* Sag's mir!«

Sie meinte Scheherazade. Sie dachte . . .

»Nein«, sagte ich. »Sie hat keinen Liebhaber! Sie . . .«

»Sag's mir!«

Sie trat mich in die Rippen. Ich rollte auf den Bauch, aber sie trat mich immer weiter, verpasste mir kleine gemeine Tritte. Meine Seiten brannten vor Schmerz wie Feuer. Irgendwo im Hinterkopf fragte ich mich, wie sie das überhaupt schaffte. Sie war doch so fett, dass sie kaum laufen konnte. Endlich hörten die Tritte auf. Ich hörte sie niesen.

»Sag's mir!«

»Sie . . . hat . . . keinen . . . Liebhaber.« Das Sprechen tat weh. Atmen tat weh.

Ich spürte, wie sie schwerfällig von mir wegging. Während der Gestank nachließ, hörte ich sie sagen: »Sie weiß Bescheid. Ich kriege es aus ihr heraus. Sperre sie ein – fürs Erste.«

Ashraf nahm mich am Arm und riss mich hoch. Ein schneidender Schmerz durchzuckte mich von oben bis unten. Ich stöhnte, krümmte mich und hielt mir die Rippen. Meine Wange und mein Auge pochten vor Schmerz. Als wir gingen, wagte ich einen letzten verstohlenen Blick zurück, rasch, weil wieder alles weh tat, weil mir der Schmerz wieder in die Seite fuhr. Im Dämmerlicht sah ich, dass sich die Khatun wieder aufs Sofa gesetzt hatte. Eigentlich hätte ich erwartet, dass Soraya hinter ihr gegrinst hätte, so wie früher.

Aber nein. Sie grinste nicht.

Ihr Gesicht war vor Angst erstarrt.

Sie brachte mich in ein kleines, muffiges Zimmer im unbewohnten Teil des Harems. In dem schwachen Licht, das Ashrafs Kerze verbreitete, konnte ich in der Ecke mühsam einen Nachttopf entdecken. Der Boden war staubig, überall lagen tote Wanzen. Es gab keine Teppiche, keine Kissen, keine Wandbehänge und kein Fenster. Der Raum war nicht im Geringsten ausgeschmückt, wenn man von den Spinnweben mal absah, dieser Zierde der dunklen Ecken. Etwas huschte über den Boden. Nur ein Käfer – hoffentlich.

Ashraf zögerte im Eingang, stellte dann aber widerwillig die Kerze auf den Boden. Sie warf die Holztür hinter sich zu und drehte den Schlüssel im Schloss. Ihre Schritte verhallten.

Ich ging in die Hocke und lehnte mich an die Wand. Mit einer Hand hielt ich mir die schmerzenden Rippen, mit der anderen Wange und Auge. Ich konnte nicht weinen. Ich konnte nicht denken. Ich konnte nicht schlafen. Ich wusste, dass ich Angst haben musste. Aber ich war wie gelähmt.

Langsam taute mein Verstand wieder auf und Gedankensplitter schossen mir durch den Kopf.

Würden sie mir etwas zu essen geben? Oder würden sie mich hier verhungern lassen? Meine Gedanken machten einen wilden Satz zu Badar Basim, wie es war, als Prinzessin Jauharah ihn auf eine Insel ohne Nahrung und Wasser verbannt hatte. Mir fiel wieder ein, dass ihn jemand gerettet hatte: Marsinah, das Sklavenmädchen. Aber das hier war das wirkliche Leben und keine Geschichte. Für mich würde es keine Marsinah geben.

Immerhin hatten wir die Geschichte. Zumindest im Moment ging es Scheherazade nicht schlechter als vor unserer Begegnung. Es sei denn, Dunyazad war auch erwischt worden. Aber nein. Sie hatte sich bestimmt nicht erwischen lassen.

Dabei hatte ich so große Hoffnungen gehegt, Scheherazade zu retten. Aber sie war nicht zu retten. Bestenfalls war sie dazu verdammt, Tag für Tag nach neuen Geschichten zu suchen, um die nächste Nacht zu überleben. Schlimmstenfalls . . .

Ich hatte davon gehört, dass im Palast gefoltert wurde. *Ich kriege es schon aus ihr heraus,* hatte die Khatun gesagt. Würde ich unter Schmerzen zusammenbrechen und der Khatun sagen, was sie hören wollte? Würde ich Scheherazade verraten, um mich selbst zu retten, wenn die Schmerzen gar zu arg wären?

Madar!

Das Wort kam ungebeten: ein Flehen. Du hättest bei mir bleiben müssen. Du hättest uns mit Abu Muslem hinaus-

schmuggeln müssen. Du hast meinen Fuß zertrümmert, aber es hat nichts genutzt. Bist du jetzt glücklich? Ja?
Und dann sah ich ihr Gesicht vor meinem inneren Auge. Sie war nicht glücklich. Sie sah zu mir hinunter und ihre Augen blickten traurig.

Ich setzte mich hin, irgendetwas hatte mich geweckt. Schmerzen schossen durch meinen Körper, aber es war nicht mehr ganz so schlimm. Mein Auge pochte noch immer und es ging nicht ganz auf. Der Hunger nagte an mir. Die Kerze brannte zwar noch, aber sie bestand nur noch aus einem eingeschmolzenen Stummel. Sie würde bald ausgehen.
Dann hörte ich ein Geräusch. Ein Knirschen an der Tür. Der Schlüssel.
Ich wich in die letzte Ecke zurück und versuchte die Spinnweben nicht zu berühren. Langsam ging die Tür auf.
In dem schwachen gelben Kerzenschein erkannte ich ein blasses Gesicht und kupferfarbene Haare. Soraya. Sie legte den Finger auf die Lippen und bedeutete mir zu schweigen. Seltsam. Wer sollte hier etwas hören? Was spielte das für eine Rolle?
Sie schloss die Tür hinter sich und ging auf mich zu. Dabei holte sie verschiedene Dinge aus den Falten ihres Rocks und legte sie auf den Boden.
Einen vollen Wasserschlauch, eine bestickte Serviette mit Brot und Datteln sowie drei neue Kerzen.
»Iss schnell. Eigentlich soll dir niemand etwas zu essen bringen.«
Wie Marsinah! Dabei hätte ich nie erwartet, dass mir ausgerechnet Soraya helfen würde. Ich überlegte kurz, ob das Es-

sen wohl vergiftet war. Oder ob Drogen darin waren wie neulich in ihrem Scherbett. Aber der Hunger siegte über den Zweifel. Ich verschlang das Brot und die Datteln und spülte sie mit Wasser hinunter. Soraya schaute zu, im Stehen, mit hochgehobenem Rock, damit er nicht schmutzig wurde.

Als ich fertig war, stand ich auf und wischte mir den Staub vom Kleid.

»Mehr konnte ich im Moment nicht besorgen«, sagte Soraya. »Morgen bringe ich dir wieder etwas.«

»Warum? Was willst du von mir?«

Sie leckte sich die Lippen. »Ich will den Sultan nicht heiraten. Die Khatun – gestern hat sie mich geschlagen, als sie herausgefunden hat, dass du verschwunden warst.«

Ich erinnerte mich daran, dass sie verheult ausgesehen hatte, und fühlte mich ein bisschen schuldig.

»Sie vertraut mir nicht mehr. Sie würde mir noch weniger vertrauen, wenn ich ihren Sohn heiraten würde. Egal, welche Frau ihr Sohn heiratet, sie würde keiner vertrauen, glaube ich.«

Was hatte die Khatun noch gesagt? *Schon einen Monat nach der Hochzeit verschwören sie sich mit ihren Liebhabern gegen meinen Sohn.*

»Ich weiß, dass du Scheherazade hilfst«, sagte Soraya. »Aber ich glaube nicht, dass sie einen Liebhaber hat. Ich bin mir noch nicht einmal sicher, ob die Khatun wirklich daran glaubt, obwohl sie es bestimmt gern möchte. Es würde ihr so passen. Sie hat Scheherazade nie gemocht.«

»Es gibt keinen Liebhaber«, sagte ich. »Aber – geht es Scheherazade gut? Hat die Khatun ihr irgendetwas getan?«

Soraya schüttelte den Kopf: »Nein. Noch nicht.«

Dann war Dunyazad also heil zurückgekommen.

»Ich möchte Scheherazade helfen«, sagte Soraya, »ich möchte, dass sie am Leben bleibt.«

Warum sollte ich ihr glauben?

Ich sah sie an, streng, und sah die Angst in ihren Augen. Sie hatte sich verändert.

»Du musst mir erzählen, was ihr macht«, sagte sie. »Damit ich euch helfen kann.«

Ich schüttelte den Kopf. »Nein. Ich kann dir nichts erzählen.«

»Dann sage mir, was ich tun kann. Um ihr zu helfen am Leben zu bleiben.«

Ich nahm den silbernen Granatkamm aus meinen Haaren und streckte langsam die Hand aus. »Hier. Gib ihn Dunyazad. Ich bin sicher, dass sie ihn erkennen wird. Erzähl ihr, wo ich bin und warum. Sie muss es erfahren. Bitte sie, meinetwegen nichts zu tun, was sie oder ihre Schwester in Gefahr bringen würde. Aber sage ihr, dass ich Angst habe – davor, was sie aus mir herauskriegen würden. Welche Lügen. Wenn sie mir weh tun.«

Soraya hielt den Kamm in den Kerzenschein. Tante Chavas Kamm. Beinahe hätte ich ihn zurückverlangt. Aber dann nickte Soraya, nahm den Wasserschlauch und ging. Der Schlüssel knirschte wieder im Schloss.

Das war doch bestimmt in Ordnung, was ich gerade getan hatte. Auch wenn man ihr nicht trauen konnte.

Zum ersten Mal, seit sie mich eingesperrt hatten, ließ die Verzweiflung ein wenig nach. Es ging mir besser. Ich schöpfte Hoffnung.

Der Tag verging nur langsam. Die erste neue Kerze brannte zu einem Stummel hinunter; ich zündete die nächste an.

Der Muezzin rief zum Mittagsgebet und dann zum Abendgebet. Beide Male betete ich – inbrünstig. Ohne Wasser verrichtete ich trockene Waschungen und berührte den Staub am Boden meines Gefängnisses. Ich hatte wieder Hunger und Durst. Meine Rippen schmerzten bei jeder Bewegung und das ganze Gesicht tat mir weh.

Ich sah zu, wie die Käfer über den Boden krochen und Muster im Staub hinterließen. Ich sah den Spinnen zu, die ihre Netze flickten und unglückliche Fliegen einwickelten. Verhängnisvolle Vorahnungen quälten mich, stärker noch als zuvor. Würde die Khatun mich für immer hier einsperren? Würde sie mich verhungern lassen? Foltern? Würde ich hier sterben, in diesem Zimmer?

Mein Leben – oder das, was davon noch übrig war – schien kleiner und härter zu werden wie die trockene spröde Hülle einer Rosenknospe, die verzweifelt nach Wasser dürstet.

Am nächsten Morgen erwachte ich eine Weile nach dem Aufruf zum Morgengebet, weil der Schlüssel sich wieder im Schloss drehte. Ich sah zu, wie die Tür langsam und quietschend aufging.

Scheherazade.

»Herrin!«, rief ich und küsste den Boden zu ihren Füßen. Es tat sehr weh, aber ich achtete nicht darauf.

»Schhhh, Marjan! Steh auf – küss doch nicht den schmutzigen Boden.«

»Du solltest nicht hier sein!«, flüsterte ich. »Die Khatun, sie . . .«

»Mach dir keine Sorgen. Ich habe ein bisschen Zeit. Sie schläft lange und – oh, Marjan, wie siehst du denn aus!« Sie kniete neben mir nieder, ohne sich um den Schmutz zu kümmern, und berührte die Haut an meinem Auge. »Tut das weh?«

Ich zuckte mit den Schultern. »Ein bisschen.«

Sie öffnete das Bündel, das sie mitgebracht hatte. Drei Apfelsinen rollten heraus und in dem Tuch lagen ein Stapel Fladenbrot, Datteln und Mandeln. Das Wasser lief mir im Mund zusammen; mein Magen brüllte vor Hunger.

»Iss«, sagte Scheherazade. »Dies ist nicht der richtige Augenblick für Höflichkeit. Wahrscheinlich bist du halb verhungert.«

Gierig nahm ich mir ein Stück Brot. Ich musste mich wirklich beherrschen, um nicht alles auf einmal in mich hineinzustopfen. Danach schälte ich eine Apfelsine und steckte immer nur einen Schnitz in den Mund, um genüsslich den süßen Saft auszusaugen.

Scheherazade hatte auch Kerzen mitgebracht. Fünf neue. Und einen kleinen Tiegel mit Salbe. Ebendiesen Tiegel öffnete sie jetzt und verrieb die kühlende Creme unter meinem Auge. »Und jetzt deine Rippen. Zeig sie mir. Soraya hat Dunyazad gesagt, dass man dich getreten hat.«

»Nein, Herrin, das darfst du nicht tun. Ich bin deine Dienerin, ich kann . . .«

»Willst du, dass ich dir Befehle erteile? Ja? Pass mal auf, jetzt befehle ich dir: Zeig mir deine Rippen.«

Ich hob den Rock. In dem schwachen, flackernden Licht sah ich die Prellungen, sie waren von oben bis unten lila bis schwarz. Scheherazade sog leise Luft ein. »Oh, Marjan, das tut mir so Leid. Es ist alles meine Schuld, ich habe dich hierher gebracht.«

»Nein, Herrin, sage doch so etwas nicht! Es ist überhaupt nicht deine Schuld. Du rettest doch alle; du . . .«

»Psst, Marjan. Jetzt lass mich anfangen.« Scheherazade trug die Salbe auf. »Haben sie dir überhaupt etwas zu essen gegeben?«

»Soraya hat mir gestern ein wenig Essen hereingeschmuggelt. Das hat mich wirklich überrascht.«

Scheherazade lachte bitter. »Sie ist zu meiner Schwester gekommen und hat ihr erzählt, was aus dir geworden ist. Sie hat ihr den Schlüssel geliehen. Offensichtlich will Soraya meine Arbeit auf keinen Fall übernehmen.«

»Sie hat Angst«, sagte ich. »Die Khatun hat den Verdacht, dass du einen Liebhaber hast. Sie sagte, dass sie glaubt, dass alle Frauen des Sultans einen haben. Da hat Soraya verstanden, dass jede Frau des Sultans . . .«

»Entbehrlich ist?«

Ich nickte.

»Das hat sie jetzt erst verstanden?«

»Ich glaube, sie dachte, dass sie schaffen könnte, was du kannst. Ich glaube, sie hat dich beneidet.«

Scheherazade entrollte eine lange saubere Stoffbahn und wickelte sie um meine Rippen. »Nun, bei mir läuft es jetzt besser, Marjan, dank dir. Der Sultan liebt die Geschichte. Und wir arbeiten da an etwas. Wie wir dich hier herausbekommen. Meine Schwester hat mal wieder einen Plan.« Sie lachte, aber diesmal ohne Bitterkeit. »Er ist gar nicht schlecht. Ich will dir aber nicht zu viel erzählen, weil es gefährlich sein kann . . .«

». . . zu viel zu wissen?«

»Genau.« Scheherazade machte einen festen Knoten und ich glättete meine Röcke. »Wir glauben zu wissen, wer der Geschichtenerzähler ist«, sagte sie, »aber das kann ich dir auch nicht sagen. Und jetzt – es gibt ein paar Lücken in seiner Geschichte. Meine Schwester hat einiges vergessen und ich dachte, vielleicht kannst du dich ja daran erinnern.«

»Ich werde es versuchen.«

Sie fragte mich nach den Zauberritualen der Königin Lab und danach, wie lange Badar Basim bei ihr geblieben war und wie die Mutter von Königin Lab den Dämon gerufen hatte. Ich erzählte ihr, woran ich mich erinnerte.

»Du hast ein gutes Gedächtnis«, sagte Scheherazade.

»Nein, eben nicht! Nie im Leben könnte ich so viele Geschichten behalten wie du! Obwohl ich mein Gedächtnis seit vielen Jahren trainiere, weil ich so sein möchte wie du. Darum habe ich überhaupt angefangen Geschichten zu erzählen. Weil . . .« Ich sprach nicht weiter, plötzlich war ich schüchtern. Scheherazade sah mich fragend an; ich musste weiterreden. »Ich bewundere dich so«, flüsterte ich.

Scheherazade biss sich auf die Lippe. Ihre Augen glänzten feucht. »Marjan.« Sie nahm meine Hand in ihre. »Vielleicht sehen wir uns heute zum letzten Mal. Auch deshalb musste ich kommen – um mich zu verabschieden. Jemand wird dich hier herausholen, jemand, von dem du weißt, dass du ihm trauen kannst. Er gibt dir deinen Kamm zurück.« Sie seufzte und drückte meine Hand. »Ich werde dich vermissen, meine Freundin. Ich weiß nicht, wie ich dir für all das danken soll, was du für mich getan hast. Ich wünschte, ich könnte es dir zurückzahlen so wie in den alten Geschichten, mit einer Karawane von Maultieren, beladen mit Säcken voll Gold und Silber.« Sie lächelte. »Aber mir wird schon etwas einfallen. An Geld soll es dir nicht fehlen. Und ich werde alles in meiner Macht Stehende dafür tun, dass du hier herauskommst – an einen sicheren Ort.«

Das Herz lief mir über, ich konnte kaum sprechen. Und mich

von Scheherazade verabschieden und von allem anderen, was mir vertraut war. Ein sicherer Ort. Das würde ein fremder Ort sein müssen, einer, wo ich nie zuvor gewesen war.

»Und was wird aus dir? Was passiert, wenn die Khatun es schafft, den Sultan gegen dich einzunehmen?«

»Das glaube ich nicht, Marjan. Vorausgesetzt, ich erzähle weiter Geschichten.«

»Und wenn es noch mal passiert, dass dir nichts mehr einfällt?«

»Das wird nicht geschehen. Vater kommt bald zurück. Er reist mit Shahryars Bruder in einer Karawane hier hin. Ein Bote hat uns die Nachricht überbracht, dass sie nur noch wenige Tagesreisen von hier entfernt sind. Vor seiner Abreise hat Vater mir versprochen, mir viele neue Bücher mit Geschichten aus fremden Ländern mitzubringen.«

Aber, wollte ich sie fragen, *wie willst du leben? Wie kann man mit einem Ehemann zusammenleben, den man verachtet, mit einem Mörder, der auch dich selbst beim kleinsten Zeichen des Versagens umbringt?*

»Wenn der Sultan doch einfach sagen würde, dass du leben darfst!«, sagte ich. »Du hast ihm drei Söhne geboren. Das sollte doch wohl reichen!«

»Psst! Er ist verletzt, Marjan. Er ist noch nicht so weit.«

Ich starrte sie an. *Er* war verletzt. Und was war mit all den Frauen, die er getötet hatte? Was war mit all den Leben, die er zerstört hatte? *Er* war verletzt!

»Er ist verletzt, Marjan! Er wird wach, weil er Alpträume hat, er weint im Schlaf wie ein ängstliches Kind. Er mag meine Geschichten auch deshalb so gern, weil sie ihn von seinem eigenen Kummer ablenken.«

»Von seinen Sünden, meinst du wohl«, sagte ich. Dann war

ich selbst schockiert von meinen gewagten Worten. Aber es stimmte schließlich.

Scheherazade schaute mich lange Zeit nur an. Dann sagte sie: »Ja, auch. Er ist tief in Sünde verstrickt. Und er weiß es. Aber er hat es getan, weil er so verletzt war. Er hat seine Frau geliebt und sie hat ihn betrogen und diesen Schmerz wollte er nie wieder erleiden. Er ist wie ein verletzter kleiner Junge, der um sich schlägt, und niemand bringt ihm Benimm bei. Außerdem ist er zu stolz zuzugeben, dass er etwas Falsches getan hat. Und ich befürchte, wenn ich jetzt zu sehr darauf herumreite, wird er – egal, ich traue mich nicht. Eines Tages hoffentlich. Aber jetzt noch nicht.«

Ich ahnte etwas, mir dämmerte etwas Seltsames und Schreckliches, auf das ich nie gekommen wäre.

»Du liebst ihn«, sagte ich vorwurfsvoll.

Scheherazade wandte den Blick ab, Schatten legten sich wie Schleier über ihre Augen. Als sie mich wieder ansah, war ihr Blick gelassen. »Ich schäme mich nicht dafür, ihn zu lieben. Liebe kann niemals falsch sein. Falsch ist nur der Hass.«

Kapitel 19
Das geheime Zeichen

Über das Leben und das Geschichtenerzählen

In den alten Geschichten ist es oft so, dass die geringsten Wesen hinterher viel stärker sind, als man je vermutet hätte. Wenn zum Beispiel ein Mutterschaf einen Schakal überlistet. Oder eine Maus einem Löwen das Leben rettet.

Das ist nicht nur ein Kunstgriff der Geschichtenerzähler. Manchmal passiert so etwas auch im richtigen Leben.

Später, als Scheherazade wieder gegangen war, dachte ich über ihre Worte nach.

Der Sultan hatte Alpträume, hatte sie gesagt. Er weinte im Schlaf wie ein ängstliches Kind. Ich versuchte mir das vorzustellen – wie der Sultan im Schlaf weinte wie ein Kind.

Aber es gelang mir nicht, Mitleid mit ihm zu empfinden. Wovor sollte er Angst haben, außer vor sich selbst und seinen finsteren Taten?

Manche Taten sind einfach unverzeihlich. Unschuldige Frauen ermorden und andere mit dem Tod bedrohen, wenn sie nicht unterhaltsam genug sind. Menschen in andere Wesen verzaubern und sie darin gefangen halten und versuchen sie auszuhungern. Mädchen so zu verstümmeln, dass sie für den Rest ihres Lebens von anderen bemitleidet und von niemandem geheiratet werden.

So was konnte man nicht verzeihen. Durfte man gar nicht.

Ich dachte an Scheherazade, die jede Nacht bei dem Sultan lag. Bei einem Ungeheuer. Ich hatte sie stets dafür bewundert, wie tapfer sie war, wie sie ihn in seiner eigenen Höhle überlistete und so ihr Leben rettete und das von zahllosen anderen. Ich hätte nie gedacht, dass sie ihn lieben könnte.

Wie konnte sie ihn lieben? Wie konnte sie ihn bloß lieben?

Das Zimmer erschien mir leer, seit sie gegangen war. Leerer noch als zuvor. Mein Leben erschien mir leer. Ich würde sie nie wiedersehen.

Ich schälte meine letzte Apfelsine und versuchte an nichts anderes zu denken als an den Genuss, sie zu verspeisen. Aber in meinem Kopf wälzte ich weiter meine Ängste, meine Trauer und meinen Groll. Meine eigene Zukunft war so ungewiss wie alles, was außerhalb dieser Mauern lag. Ich sehnte mich danach, zu Onkel Eli und Tante Chava zurückzugehen, aber das war unmöglich. Dort würde mich die Khatun finden und mir weh tun. Ihnen weh tun.

Wenn ich nur sicher sein könnte, dass ich Scheherazade wirklich gerettet hatte – oder dass sie zumindest besser dran war als vor unserer Begegnung. Stattdessen war sie gefährdeter als je zuvor, weil die Khatun Verdacht geschöpft hatte. Außerdem hatte ich ihr zwar Geschichten für einige Nächte besorgt, aber sie musste trotzdem weitersuchen. Nach einer Zeit würde sie auch die erzählt haben, die ihr Vater jetzt mitbringen würde. Und dann?

Vielleicht würde mich die Khatun irgendwann umbringen. Wozu war mein kurzes Leben dann nütze gewesen? Ich kniete nieder und betete zu Allah, dass er Scheherazade retten möge und auch mich und dass er mir beibringen möge mein Leben zu leben.

Plötzlich wachte ich auf. Ein Geräusch an der Tür. Ein Rütteln. Ich kroch herum und sammelte die Orangenschalen und die Kerzen ein und stopfte sie in meine Schärpe, ohne Rücksicht auf meine schmerzenden Rippen. Dann schob ich mich rückwärts in die hinterste Ecke des Zimmers.

Es rüttelte weiter. Das war die Khatun – ich wusste es. Oder eins ihrer Geschöpfe. Scheherazade hatte nicht gesagt, wann ihr geheimnisvoller Freund kommen und mich retten würde, und jetzt schlug die Khatun als Erste zu.

Es rüttelte immer weiter. Das klang nicht nach einem Schlüssel. Es knirschte nicht so, wie der Schlüssel geknirscht hatte, als Soraya und Scheherazade gekommen waren.

Jetzt ging die Tür geräuschlos auf. Zunächst konnte ich im Eingang niemanden erkennen, da war überhaupt keiner. Kamen so die Mörder? Leise? Unsichtbar? Damit man erst Bescheid wusste, wenn es schon zu spät war?

Dann eine Stimme, eine dünnes, ängstliches Stimmchen.

»Marjan?«

Da sah ich sie im schwachen Licht der Kerze.

»Mitra?«

Sie huschte in meine Zelle. »Oh, Marjan, ich hatte solche Angst. Dunyazad hat mir beigebracht, wie man das Schloss mit einem Midak öffnet – sie wollten mir den Schlüssel nicht geben, weil sonst irgendwer Schwierigkeiten bekommt. Aber dann ging es nicht auf, und als es endlich aufging, wusste ich nicht, ob du es bist oder jemand anders, es ist so dunkel hier drin, und – dein Auge! Marjan, dein Auge!«

Ich hatte mein schlimmes Auge ganz vergessen, aber als sie mich jetzt daran erinnerte, tat es wieder scheußlich weh.

»Psst! Mitra, bist du diejenige, die mich hier rausholen soll?«

»Oh, hier. Beinahe hätte ich es vergessen.« Sie kramte herum und reichte mir dann meinen Kamm. »Das geheime Zeichen. Damit du weißt, dass du mir trauen kannst.«

Ich unterdrückte ein Lächeln, nahm den Kamm und steckte ihn mir ins Haar.

»Und hier. Das auch noch«, sagte sie. Sie reichte mir einen langen Schleier.

Ich warf ihn über und folgte ihr in den Gang, nachdem ich an der Schwelle rechts und links gespäht und leise die Tür hinter mir geschlossen hatte.

Es war dunkel, so dunkel, dass ich Mitra kaum erkennen konnte. Meine Füße tasteten sich die Treppe hinunter, mit der Hand klammerte ich mich an das Metallgeländer. *Ruhig bleiben! Nicht laut mit dem schlimmen Fuß auftreten!* Inzwischen hüllte uns ein blasssilberner Mondscheinnebel ein, der immer heller wurde, als wir in einen Hof einbogen.

Wir gingen am Rand im Schatten entlang und liefen gebückt in einen weiteren dunklen Gang. Nichts rührte sich bis jetzt. Aber nach wenigen Schritten in dem Gang trat mein Fuß gegen einen schweren Blumentopf und ich schrie auf vor Schmerzen.

»Wer ist da?«

»Beeile dich!«, flüsterte Mitra. Wir bogen um die Ecke in einen neuen Gang; Mitra schlüpfte hinter einen Vorhang, ich hinterher – gerade noch rechtzeitig.

Nackte Füße tapsten durch den Gang. »Wer ist da? Komm raus!« Die Stimme eines Eunuchen, wessen, wusste ich nicht. Wir drängten uns aneinander und trauten uns kaum zu atmen, als die Schritte näher kamen und sich dann langsam wieder entfernten.

»Dahinten ist die Küchentreppe«, flüsterte Mitra. Ich konnte sie nicht sehen, aber sie nahm mein Handgelenk und zeigte mir die Richtung. »Dunyazad hat gesagt, ich soll dir sagen: Geh zu Zaynab. Und ich soll dir sagen, dass sie dir immer dankbar sein wird.«

Ich umarmte Mitra. »Ich werde dir immer dankbar sein.«

Jetzt hörte ich in der Ferne die Stimmen mehrerer Eunuchen. Ich zog den Vorhang ein bisschen auf und lief dann schnell den dunklen Gang hinunter zur Treppe. Als ich gerade dort angekommen war, hörte ich, dass die Stimmen näher kamen. Auf Zehenspitzen ging ich hoch bis zur ersten Windung und blieb dann stehen.

»Vielleicht konnte einfach jemand nicht schlafen«, sagte eine Stimme.

»Ich glaube, es waren zwei. Ich habe gerufen, dass sie rauskommen sollen, aber ohne Erfolg.«

Ein Seufzer. »Wir müssen sie finden. Ich suche weiter und ihr seht nach dem verkrüppelten Mädchen. Wenn die verschwindet, rollen Köpfe.«

Ich wartete, bis ich nichts mehr von ihnen hörte, kroch die enge Wendeltreppe hinauf und lief über das Dach auf das warme Licht in Zaynabs Pavillon zu. Über mir leuchteten tausende von Sternen am Himmel, der Mond hing schon tief im Westen. Bald würde der Morgen dämmern. Jetzt trat Zaynab in den Eingang, beleuchtet wie von einem Heiligenschein. Sie ging zum Rand der Terrasse und winkte mir zu, ich sollte schnell kommen.

Rasch rannte ich über das Dach zu einem Spalt im Geländer in der Nähe der Winde. Dort wartete Zaynab. Einige Tauben schlummerten auf dem Geländer, sie flatterten aufgescheucht und neugierig. Am Boden neben der Winde stand ein großer Bastkorb mit zwei Griffen. »Steig ein, Liebes«, flüsterte Zaynab. »Ich lasse dich auf die Straße hinunter.

Von dort gehst du direkt zum Haus des Geschichtenerzählers.«

»Kennst du ihn?«

Sie zögerte. »Ich glaube, dass ich ihn früher kannte – vor langer Zeit. Jetzt husch ins Körbchen. Beeile dich!«

Der dünn geflochtene Korb sah nicht sehr stabil aus und der Erdboden schien mir sehr weit unten. Ich stieg hinein und setzte mich hin. Ich würde einfach nicht darüber nachdenken, wie unsicher und wie hoch es war. Noch über die Winde, die Körbe mit Tauben tragen sollte, nicht mit Menschen. Noch über die Gefahren, denen ein Mädchen nachts allein auf der Straße ausgesetzt war. All das spielte keine Rolle. Nichts spielte mehr eine Rolle – außer davonzukommen.

Zaynab gab mir ein gerolltes Stück Papier und einen kleinen, schweren Sack. »Die Münzen sind für dich. Von Scheherazade. Die Botschaft ist von mir für deinen Geschichtenerzähler.«

»Hast du sie geschrieben?«

Zaynab nickte.

Ich hätte nie gedacht, dass sie schreiben konnte. Ich verstaute das Papier und die Münzen in meiner Schärpe. Zaynab brachte die beiden Griffe aneinander und hing sie über den Haken am Ende des Seils. »Möge Allah alle hassenswerten Dinge von dir fern halten!«, sagte sie und schob den Korb mit mir darin über den Rand des Daches.

Ich fiel. Mein Magen sprang mir in die Kehle. Die Winde quietschte, ein Schwarm gurrender, flatternder Tauben flog auf. Dann hielt das Seil ruckartig an und ich baumelte eine Armlänge unter dem Dach.

Zaynabs Kopf und Schultern bewegten sich beim Kurbeln rauf und runter. Die Winde quietschte bedrohlich, der Korb bewegte sich nach unten. Ich schaute hoch in Zaynabs Gesicht, prägte es mir ein, bis sie hinter dem Rand des Daches verschwand.

Das Seil drehte sich und quietschte, drehte mich mit dem Gesicht an die dunklen Mauern des Palastes, dann zur Stadt hin und wieder zur Mauer. Ich mummelte mich in den Schleier. Das erste Morgenrot erleuchtete den östlichen Horizont und die schwachen Umrisse der Kuppeln und Minarette. In der Ferne duckten sich die dunkelgrünen Hügel gegen den Himmel. Eine Feder schwebte an mir vorbei, ich sah ihr zu, wie sie auf die schattige Straße hinunterfiel, die mir entgegenkam.

Ein Ruf von oben. Ein Schrei. Der Korb raste nach unten – wieder hüpfte mein Magen –, aber dann hielt er ruckartig schwankend an. Von oben schaute ein Eunuch über den Rand des Daches.

Mehr Geschrei. Der Korb wurde wieder nach oben gezogen. Ich sah auf die Straße hinunter. Von hier aus konnte ich springen – vielleicht, aber wenn, dann jetzt. Ich kroch an das eine Ende des Korbs und machte mich schmal, damit ich unter den beiden Griffen hindurchschlüpfen konnte. Dann schwang ich beide Beine über den Rand. Der Korb kippte und ich glitt hinaus. Im letzten Augenblick versuchte ich in Panik die Griffe zu erhaschen, aber meine Hand rutschte ab. Ich fiel.

Meine Füße kamen so hart am Boden auf, dass sie brannten. Meine Knie knickten ein und schlugen auf die Steine. Ich fiel vorwärts, schlug mir den Ellbogen und die Hände auf. Meine Rippen taten so weh, dass ich keine Luft mehr bekam. Der Sack zerplatzte und die Münzen klingelten über die Pflastersteine und rollten in alle Richtungen.

Oben auf dem Dach rief ein Eunuch und zeigte auf mich.

Von der Straße kam eine Antwort. Jemand kam hierher.

Ich versuchte die Münzen in den Sack zurückzukehren, aber meine Hände waren steif und unbeholfen. Beim Umschauen sah ich zwei Männer mit Helm auf mich zurennen. Palastwachen. Ich grapschte meinen Schleier und rannte los, zu gelähmt vor Angst, um den Verlust meines Vermögens zu bedauern oder meine Wunden zu zählen. Näher kommende Stimmen. Ich raste in eine enge Gasse und drückte mich in eine Nische an einem Tor. Mein Herz hämmerte in der Brust, der Atem kam nur stoßweise. Ich sah sie über die Straße hinter der Gasse rennen und lauschte, bis ihre Schritte verhallt waren. Dann flüchtete ich über die Gasse.

Jetzt spürte ich auch die Schmerzen wieder. Mein linker Ellbogen pochte, meine Hände und Knie brannten, mein linker Fuß kribbelte von dem Aufprall und durch den schlimmen Fuß schoss geradezu der Schmerz.

Egal. Weiterrennen.

Wäre ich in der Nähe von Onkel Elis und Tante Chavas Haus gewesen, hätte ich gewusst, welche Gassen in eine Straße münden und welche an einer Mauer endeten. Ich hätte Abkürzungen und Umwege gekannt, aber dieser Teil der Stadt war mir fremd. An dem heller werdenden Himmel erkannte ich, dass ich an der östlichen Fassade des Palastes heruntergekommen war, und mir fiel ein, dass der Basar im Süden lag.

Wenn ich weit genug nach Süden ging, links also, würde ich wohl hinkommen. Von dort aus würde ich das Haus des Geschichtenerzähler wieder finden.

Stimmen. Ich duckte mich wieder in eine Gasse und kauerte

in einer Nische in der Mauer, bis die Leute vorbeigegangen waren. Dann ging es weiter.

Ab und zu hörte ich diese Stimmen. Wenn sie mir zu nahe kamen, versteckte ich mich in Eingängen, Nischen oder Gassen. Einmal stolperte ich über einen Bettler, der auf der Straße schlief, er zuckte zusammen und stöhnte. Dann lauerten drei Männer an einer Straßenecke. Ich hielt an, schlich leise rückwärts, bog in eine andere Gasse und rannte, was das Zeug hielt. Ich wusste nicht, wovor ich mehr Angst haben sollte, vor den Palastwachen oder vor den Dieben und Halsabschneidern, die nachts die Straßen unsicher machten.

Plötzlich war ich am Basar. Er sah anders aus, dunkel und seltsam nackt, so ohne Menschenmengen und farbenfrohe Ware. Die strahlend hellen Markisen, die ihm tagsüber einen festlichen Anstrich verliehen, waren eingerollt und an den Mauern festgemacht. Der abgestandene Geruch erinnerte nur schwach an die Düfte des Basars. Ich ging mal wieder in Richtung des Brunnens im Teppichbasar und von dort aus tappte ich zum Haus des Geschichtenerzählers. *Schneller!* Bald würde der Aufruf zum Morgengebet kommen und dann waren die Straßen voller Männer, die zur Moschee eilten. Ein Mädchen allein würde Verdacht erregen.

Dreimal bog ich falsch ab, fand aber immer wieder den richtigen Weg. Inzwischen hatte ich recht lange niemanden mehr gesehen oder gehört. Schließlich fand ich die Ecke, wo Ayaz mir die Augen verbunden hatte. Ich rannte durch die Gasse. Dort war die Tür des Geschichtenerzählers. In Sicherheit!

Ich klopfte.

Nichts. Kein Geräusch.

Ich klopfte wieder.

Die Tür ging auf – nur einen Spalt. Ich sah, wie sich dahinter etwas bewegte, und dann schwang die Tür plötzlich weit auf und ein Mann stand auf der Schwelle. Eine gezackte, schartige Narbe lief von der Stirn über ein Auge bis zum Kinn. Mit seinem verbliebenen Auge starrte er mich an, seine Hand umklammerte einen gewaltigen Scimitar.

Kapitel 20
Abu Muslem

Über das Leben und das Geschichtenerzählen

Man kann auf viele verschiedene Weisen verkrüppelt sein. Damit meine ich nicht einen verkrüppelten Fuß oder ein verkrüppeltes Knie oder eine verkrüppelte Hand. Ich meine, dass man auch im Herzen verkrüppelt sein kann. Man kann all seine Wut auf jemanden aufstauen. Sie lastet auf dem Herzen und verdreht es, bis man ständig unter dieser Last ächzt. Nach einer Weile gewöhnt man sich an den Schmerz – wie bei meinem Fuß. Man vergisst, wie es ist, wenn man keine Schmerzen hat. Man vergisst, dass man überhaupt Schmerzen hat.

Ich wollte fliehen, aber der Mann legte mir den Arm um die Taille, hob mich hoch und legte mich über die Schulter. Ich wand mich und trat um mich, aber es nützte nichts. Mit einem Knall schlug die Tür zu. Überraschend sanft, stellte er mich auf die Füße.

»Wir haben Besuch.«

Eine Lampe flackerte auf und weit hinten in einer Ecke des Raumes erkannte ich den Geschichtenerzähler und neben ihm Ayaz.

»Kleine Taube?«

Der Mann ging zur Seite und der Geschichtenerzähler kam mit der Lampe auf mich zu.

»Kleine Taube, was haben sie mit dir gemacht?«

Ängstlich sah ich zu dem Narbengesicht hinüber. Er war gedrungen, kräftig gebaut und in mittleren Jahren. Ein Auge, das mit der Narbe darüber, schien für immer geschlossen zu sein.

»Alles in Ordnung«, sagte der Geschichtenerzähler. »Du kannst Kansbar vertrauen; er ist ein Freund. Jetzt erzähl mal.« Er hob die Lampe und sah mir ins Gesicht. »Dein Auge. Du bist verletzt. Was ist passiert?«

Auf einmal erfüllte mich die Erleichterung so stark, dass mir die Knie schwach wurden und die Luft zum Sprechen ausging. Ich war entkommen! Ich hatte einen Klumpen in der Kehle und dachte einen Augenblick lang, dass ich gleich weinen müsste. Aber ich weinte nicht. Ich weinte nie. Als die Worte endlich kamen, sprudelten sie nur so heraus. Über die Khatun, dass sie mich eingesperrt hatte. Dass sie glaubte, dass Scheherazade einen Liebhaber hatte. Dass sie mich geschlagen und getreten hatte. Ich erzählte alles bis zu meiner Flucht in dem Korb und auf der Straße und kam dann auf Zaynab zurück. »Ich habe Angst um sie«, sagte ich. »Sie werden sie bestrafen, weil sie mir geholfen hat. Die Eunuchen waren bei ihr. Sie haben versucht sie daran zu hindern.« Mir fiel das Papier ein, das sie mir gegeben hatte, und ich zog es aus meiner Schärpe. »Du musst ihr helfen. Sie hat mir erzählt, dass sie dich früher gekannt hat, vor langer Zeit.«

Der Geschichtenerzähler las, Ayaz hielt ihm die Lampe. Kansbar stand an der Tür Wache. Über das Gesicht des alten Mannes flackerten die Schatten, er sah besorgt aus. Einmal sah er zu mir herüber und zog die buschigen, spitzen Augenbrauen hoch; dann las er weiter. Der Mueezzin rief zum Morgengebet, aber der Geschichtenerzähler machte keine Anstalten, mit dem Lesen aufzuhören. Schließlich faltete er den Brief zusammen und legte ihn in eine Truhe in der Nähe der Tür.

»Wir gehen jetzt zur Moschee und beten. Du bleibst hier. Du kannst im Hof beten, aber öffne ja nicht die Tür zur Straße. Eine Frau wird zu dir kommen, ich werde ihr einen Schlüssel geben. Sie bringt dich an einen sicheren Ort. Bleibe dort, bis ich dich hole.«

»Und was ist mit Zaynab? Wirst du ihr helfen?«

»Ich werde tun, was ich kann.«

»Warte«, sagte Ayaz. Er verschwand durch den Vorhang im angrenzenden Zimmer und kam mit einem kleinen Kupfertopf zurück. »Hier.« Er drückte mir den Topf in die Hand.

Für seine Größe war er sehr schwer, beinahe hätte ich ihn fallen lassen. Ich schaute hinein und sah Münzen. Der Topf war voller Münzen. Dies war sein Schatz, den er gierig gehortet hatte – wahrscheinlich sein Leben lang.

»Ich . . . das kann ich nicht annehmen.«

Ayaz seufzte ungeduldig. »Nun, das müsstest du auch nicht, wenn du nicht so dumm gewesen wärest, die Münzen fallen zu lassen, die Zaynab dir gegeben hat. Aber da es nun mal so ist . . . du wirst sie brauchen.«

Ich sah den Geschichtenerzähler an. Er sah Ayaz mit einem seltsamen Lächeln an. Dann wandte er sich mir zu.

»Die Münzen werden dir helfen.«

Ich zögerte immer noch.

»Sie sind nur geliehen!«, sagte Ayaz. »Du glaubst doch nicht etwa, ich würde sie dir schenken, oder? Du musst sie mir zurückzahlen. Beim nächsten Mal – wenn wir uns das nächste Mal treffen.«

Damit war er aus der Tür, gefolgt vom Geschichtenerzähler

und dem Narbengesicht. Ich hörte, wie sich der Schlüssel im Schloss drehte und lauschte den leiser werdenden Schritten. »Danke«, flüsterte ich.

Ich ging hinaus auf den kleinen schattigen Hof, verrichtete die Waschungen an einem kleinen Teich und betete. Dann setzte ich mich drinnen hin und wartete. Die Lampe, die Ayaz auf die Truhe an der Tür gestellt hatte, warf ihr Licht auf den Deckel. Im Lichtschein lag der Schlüssel.

Es wäre Unrecht, hineinzusehen. Der Geschichtenerzähler half mir und ich würde sein Vertrauen missbrauchen.

Andererseits . . . Woher sollte ich wissen, ob er mir wirklich half? Ich wusste überhaupt nichts über ihn! Und wenn er nun nicht so war wie der gute Zauberer-Krämer in der Geschichte, sondern eins der Geschöpfe der Khatun?

Dabei hatte ich schon eine Vorstellung, wer er sein könnte. Hätte ich nur gewusst, ob es stimmte, dann wäre mir ruhiger zu Mute gewesen.

Was machte es schon, wenn ich nachsah?

Ich nahm die Lampe von der Truhe und stellte sie auf den Boden. Auf Knien steckte ich den Schlüssel ins Schloss und spürte, wie er die Stifte anhob. Ich hob den Deckel.

Ganz oben auf dunklen alten Gewändern lag Zaynabs Brief. Ich nahm ihn, rollte ihn auf und hielt ihn ins Licht.

Ich bin nicht besonders gut im Lesen. Vor Jahren hat meine Mutter versucht es mir beizubringen, aber wir sind nicht so weit gekommen, dass ich interessante Dinge hätte lesen können, eine Geschichte etwa. In diesem Brief standen einige Wörter, an die ich mich erinnern konnte. Ich las meinen eigenen Namen, Marjan, fünfmal. Und noch ein Wort fiel mir ins Auge, weil ich danach suchte.

Wesir.

Ich versuchte im Umfeld von Wesir mir bekannte Worte zu finden, aber es gelang mir nicht. Zaynabs Handschrift war krakelig und schwer zu entziffern, an einigen Stellen war die Tinte verschmiert und die Wörter erinnerten mich an die Straßen in der Stadt – nur gerader – mit Reihen kleiner Häuser und lustigen umgekehrten Kuppeln, winzigen winkenden Fahnen und sogar mit Vögeln, die darüber hinflogen. Aber: Wesir. Das konnte ich lesen.

Der alte Wesir des Sultans, der schon seinem Vater gedient hatte, kannte ihn seit seiner Kindheit. Vielleicht hatte der Wesir ihm Geschichten erzählt. Vielleicht hatte er sogar welche erfunden und darum hatte kein anderer jemals die Geschichte von Julnar gehört. Dazu kam, dass der alte Wesir verbannt worden war, hatte Scheherazade gesagt, weil er wegen der Morde an den Frauen gegen den Sultan angegangen war. Und dann kam der Geschichtenerzähler, erzählte eine Geschichte, die außer ihm und dem Sultan niemand kannte. Und er kannte Zaynab. Sie hatte ihm eine Botschaft geschickt. Eine lange Botschaft.

Ich wünschte, ich könnte mich an den Namen des alten Wesirs erinnern. Vielleicht fand ich ihn dann in dem Brief. Er stand bestimmt irgendwo am Anfang, aber den Teil konnte ich nicht lesen.

Ich wollte den Brief gerade wieder in die Truhe zurücklegen, als ich in einer Ecke etwas glitzern sah. Ich schob die dunklen Gewänder beiseite und entdeckte violetten Stoff mit goldenen Stickereien. Ich zog ihn heraus und faltete das Gewand auseinander.

Es war ein Ehrengewand, wie es der Sultan nur seinen höchstgeschätzten Dienern schenkt.

Es rüttelte an der Tür.

Eilig faltete ich das Gewand wieder zusammen und stopfte es unter die anderen. Dann warf ich Zaynabs Brief darauf und machte den Deckel zu. Die Scharniere quietschten und eine verschleierte Frau schlüpfte durch die Eingangstür.

»Beeil dich! Komm mit!«

Ich nahm den Kupfertopf, den Ayaz mir gegeben hatte, aber die Frau schüttelte den Kopf. »Nein. Lass den Topf hier. Du kannst die Münzen mitnehmen, aber sonst nichts. Abu Muslem hat es verboten.«

Abu Muslem?

»Beeile dich!«

Ich schüttete die Münzen in meine Schärpe und versuchte sie so zu verstauen, dass sie nicht ständig klingelten. Die Frau scheuchte mich zur Tür hinaus, verschloss sie hinter uns und führte mich auf einem gewundenen Weg durch die Armenviertel der Stadt. Mein Verstand arbeitete auf Hochtouren. Abu Muslem. Was hatte dies hier mit Abu Muslem zu tun? Hielt sie mich für eine der Frauen, die er aus der Stadt schmuggelte? Aber warum sollte sie das tun? Es sei denn . . .

Es sei denn, der Geschichtenerzähler war Abu Muslem.

Aber was war dann mit Badar Basim und Zaynab und dem Ehrengewand? Wer außer dem alten Wesir konnte diese drei Fäden in seiner Hand vereinigen?

Plötzlich fiel es mir wie Schuppen von den Augen. Ich kam mir dumm vor, weil ich nicht früher daran gedacht hatte.

Der Geschichtenerzähler und der alte Wesir und Abu Muslem waren ein und dieselbe Person.

Im schrägen Morgenlicht versuchte ich mir gewisse Dinge auf dem Weg zu merken – ein Vogelnest in einer Mauerritze, ein geschnitztes Sims über einem Eingang, eine Straße mit Mauern aus rotem Stein. Endlich hielten wir an einer grob behauenen Hoftür an. Die Frau klopfte. Die Tür wurde einen Spalt geöffnet, sie sprach mit jemandem und schob mich dann hinein. »Möge Allah dich beschützen, Schwester«, sagte sie und zog die Tür hinter mir zu.

»Hier entlang. Komm«, rief mir eine dünne Frau mit einem langen Zopf über die Schulter hinweg zu. Sie war schon losgegangen, etwas müde, fand ich, und lief nun über den Hof. Es war ein ärmlicher Hof, noch viel ärmlicher als bei Tante Chava. Ein paar magere Hühner gackerten und flatterten beim Näherkommen. Ein knochiger Esel war an einen Pflock gebunden. Als ich in die kühle Dunkelheit des Lehmhauses eintrat, bedeutete mir die Frau mich hinzusetzen.

»Hast du Durst? Möchtest du eine Schale Wasser trinken?«

»Ja bitte.«

Die Frau ging weit in den Schatten. Ich sah zu, wie sie schüttete und hörte das Wasser in die Schale gurgeln. Sie reichte sie mir; ich nahm den Schleier ab. Als ich ausgetrunken hatte, sah ich, dass sie mich anstarrte. »Ich freue mich dich zu sehen, Marjan«, sagte sie. »Weißt du noch, wer ich bin?«

Erst ergriff mich zu meiner Verwunderung die wilde Hoffnung – ich war ganz baff darüber –, dass sie meine Mutter sein könnte. Dass alles ein Missverständnis gewesen und sie doch nicht gestorben war.

Aber sie war nicht meine Mutter. Das sah ich jetzt selbst. Sie war im gleichen Alter wie meine Mutter, wenn ich an sie dachte, aber ihr abgezehrtes Gesicht mit dem schmalen Mund und den hängenden Augenwinkeln war nicht das meiner Mutter.

Ich schüttelte den Kopf, nein. Dabei kam sie mir schon vertraut vor. Aber ich wusste nicht, woher.

»Wer bist du?«

»Ich bin Farah. Ich war das Dienstmädchen deiner Mutter, bevor sie starb.«

Das Herz gefror mir fast in der Brust. Farah. Es war so lange her, seit ich jemanden getroffen hatte, der meine Mutter kannte. Sie hatte Farah gern gehabt. War sie die einzige Freundin meiner Mutter gewesen? In der Erinnerung sah ich sie vor mir, wie sie sich über etwas amüsierten, was ich gesagt oder getan hatte. Ich hatte mich gern von Farah trösten lassen; sie hatte eine angenehm leise Stimme und freundliche ernste Augen.

»Es gibt ein paar Dinge«, sagte sie jetzt, »die ich dir gern erzählen würde. Über deine Mutter.«

»Ich will nichts von ihr hören.«

Aus einer dunklen Ecke des Zimmers ertönte leises Weinen. Ich schaute hin und sah zwei Kinder – einen Säugling und ein Kleinkind –, die zusammen auf einer Pritsche aus Stroh schliefen.

»Ich kenne den Mann, der Abu Muslem genannt wird, seit vielen Jahren«, sagte Farah. »Als ich erfuhr, wer er ist, habe ich ihm von dir erzählt, das war ein Jahr nach dem Tod deiner Mutter. Heute Morgen kam er zu mir und erzählte mir etwas, das er über dich in einem Brief gelesen hat. Ich glaube, Marjan, dass du es dringend nötig hast, etwas über deine Mutter zu erfahren.«

Ich wandte mich ab und tat so, als würde ich nicht zuhören. Sie erzählte mir, wie meine Mutter nach dem Tod meines Vaters die vierte Ehefrau von Aga Jamsheed wurde und mich in seinen Harem mitnahm. Das hatte ich schon gewusst, aber dann erzählte sie mir Dinge, die mir unbekannt waren. »Aga Jamsheed war verrückt nach deiner Mutter«, sagte Farah. »Er zog sie all seinen anderen Frauen vor und die hassten sie dafür.« Als der Sultan anfing seine Frauen zu ermorden, so erzählte Farah, begann meine Mutter Aga Jamsheed ständig darum anzubetteln, uns aus der Stadt zu schicken, damit mir vom Sultan keine Gefahr drohen konnte. »Aga Jamsheed sagte, es bestehe gar keine Gefahr, du seist viel zu jung. Aber das reichte deiner Mutter nicht. ›Wer weiß, wie lange er seine Frauen noch umbringt?‹, sagte deine Mutter. ›Eines Tages gibt es keine jungen Frauen mehr und dann fängt er womöglich an Kinder zu heiraten!‹ Sie flehte Aga Jamsheed an Abu Muslem zu suchen, damit er sie und dich aus der Stadt schmuggelte. Aga Jamsheed weigerte sich. Nach und nach hatte er genug von ihrer Bettelei. Er befahl ihr damit aufzuhören, aber sie gehorchte nicht. Sie liebte dich mehr als alles andere. Mehr als Essen. Mehr als Wasser.«

Die altbekannte Wut kam mir wieder hoch, füllte meine Brust und drückte mir von unten gegen die Kehle. Ich zog meine Röcke zurück und zeigte auf meinen verkrüppelten Fuß. »Ist das Liebe? Nennst du das Liebe?«

Farah hielt meinem Blick stand. »Das kann doch nicht alles sein, woran du dich erinnerst. Du hast bestimmt nicht mitbekommen, wie sie um dich gekämpft hat – darauf hat sie sehr geachtet, aber . . . Erinnerst du dich an ihre Geschichten? Oft hast du den halben Tag auf ihrem Schoß gesessen und den Geschichten gelauscht, die sie extra für dich erfunden hat. Deine Lieblingsgeschichten hat sie immer und immer wieder erzählt – tausendundeinmal!«

Ja, jetzt erinnerte ich mich, obwohl ich mich dagegen wehrte: daran, wie es sich angefühlt hatte, mich auf dem Schoß meiner Mutter warm und sicher an sie zu kuscheln, während ihre Stimme mich wilde phantastische Abenteuer erleben ließ.

»Der Streit wurde immer lauter und hässlicher«, fuhr Farah fort, »bis Aga Jamsheed sie satt hatte. Das gefiel seinen anderen Frauen, die all den Schlechtigkeiten beipflichteten, die er über sie erzählte.«

»Eines Nachts belauschte deine Mutter ein Gespräch zwischen ihm und seinem Bruder. Er wolle sich von ihr scheiden lassen, sagte er. Und um deine Mutter zu ärgern, würde er dich als Sklavin an den Haushalt des Sultans verkaufen.«

»Ich weiß nicht, ob er das wirklich getan hätte. Ich glaube es nicht. Aber zwischen ihm und deiner Mutter standen die Dinge so schlecht, dass sie davon überzeugt war. Darum hat sie getan, was sie getan hat. Es war furchtbar. Aber sie war verzweifelt. Etwas anderes ist ihr nicht eingefallen.«

»Sie hätte mit mir weglaufen sollen!«, sagte ich. »Sie hätte aus dem Harem weglaufen und zu Abu Muslem gehen sollen!«

»Das konnte sie nicht. Aga Jamsheed hatte einen Wachtposten am Tor und ohne seine Erlaubnis durften die Frauen das Haus nicht verlassen.«

»Sie hätte sich etwas einfallen lassen müssen – wie Scheherazade! Die hat nicht einfach aufgegeben.«

»Marjan. Es können nicht alle so klug sein wie Scheherazade.«

»Sie hätte sich nicht umbringen dürfen! Für sie war das die einfachste Lösung! Sie hätte bei mir bleiben müssen. Ich brauchte sie, sie hätte mich beschützen müssen!«

»Hör zu. Für das, was sie mit deinem Fuß gemacht hat, wäre sie sowieso getötet worden. Der Sultan hatte verboten Mädchen zu verstümmeln, um sie davor zu schützen, seine Frau zu werden. Darauf stand die Todesstrafe. Deshalb hat sie . . .« Farah schürzte die Lippen und schaute in den Himmel. Sie atmete tief ein. »Nun«, seufzte sie und sah mich wieder an, »du weißt, was sie getan hat. Und danach hatte Aga Jamsheed Angst, dass er für sein Einverständnis mit deiner Verstümmelung bestraft werden würde. Deshalb hat er dich an den Juden vermietet. Dann verließ er mit seiner Familie die Stadt.«

»Das wollte ich dir erzählen, Marjan. Du kannst deiner Mutter vorwerfen ihren Mann provoziert und seinen Charakter falsch eingeschätzt zu haben. Wirf ihr nicht vor, dass sie dich dir selbst überlassen hat oder dass sie nicht tapfer genug gekämpft hat. Sie war tapfer, Marjan. Sie hat gekämpft. Und sie tat das alles nur für dich. Sie hat dich geliebt. Sie hat dich über alles geliebt.«

In dem Moment hatte ich ein seltsames Gefühl, als würde mein Herz weicher in der Brust. Ich spürte, wie das Blut warm und schnell in meine Arme, mein Gesicht und meine Beine strömte. Dann weinte ich, ich weinte um meine Mutter, weil ich sie verloren hatte, weinte darüber, dass ich meine Wut gegen sie so lange gehegt und gepflegt hatte. Ich weinte um Zaynab, um Scheherazade und das tote Mädchen, das in meinem Zimmer gewohnt hatte. Ich weinte um alle Frauen, die gestorben waren, weinte wegen all des Elends, das über die gesamte Stadt gekommen war, weil die erste Frau des Sultans ihm weh getan hatte.

Mir schien, dass wir auf dieser Welt Verletzung auf Verletzung häufen, Hass auf Hass und dann wieder Verletzung auf Verletzung. Vergebung. Wir konnten nicht vergeben. Wir konnten nur hassen, wenn wir verletzt wurden. Und dann ging es wieder von vorn los mit den Verletzungen und dem Hass – ein schrecklicher Teufelskreis.

Kapitel 21

Ein verzweifelter Plan

Über das Leben und das Geschichtenerzählen

Man sollte immer versuchen sich seine Träume zu merken. Weil man aus den Träumen lernen kann, was man nicht auf Anhieb begreift.

In jener Nacht habe ich von Badar Basim geträumt. Er war ein alter Mann, der auf einem Gartenweg mit einer alten Frau spazieren ging, und die alte Frau war Prinzessin Jauharah, seine Königin. Badar Basim humpelte. Er stöhnte, wenn er mit dem linken Fuß auftrat, und verzog vor Schmerzen die Augenbrauen.

Sie kamen zu einer Bank und setzten sich hin. Badar Basim zog seinen linken Stiefel aus, und ich sah, dass sein Fuß – nur dieser eine – sich nie wieder richtig zurückverwandelt hatte, seit Prinzessin Jauharah ihn in einen Vogel verwandelt hatte. Es war ein Vogelfuß, ganz orange, mager und knochig.

Im Traum sah ich dann zu, wie Prinzessin Jauharah vor Badar Basim niederkniete und ihm langsam den Fuß massierte. Sie drückte ihn, liebkoste ihn und der Schmerz wich aus seinem Gesicht.

Als ich am nächsten Morgen aufwachte, setzte ich mich rasch auf, weil ich nicht wusste, wo ich war. Das Zimmer war klein und dunkel wie mein Zimmer bei Tante Chava.

Um die Strohmatratze herum war ein Durcheinander von Haushaltsgegenständen verstreut: abgestoßene Tontöpfe, ein Paar gewebte Satteltaschen, ein Seil und ein klappriger Webstuhl. Es war ein Lagerraum. Dann fiel es mir wieder ein. Die Flucht aus dem Harem. Zaynab. Der Geschichtenerzähler – Wesir – Abu Muslem. Farah.

Meine Mutter.

Die mich geliebt hatte. Mich über alles geliebt hatte, wie Farah gesagt hatte. Und die auch für mich gekämpft hatte. Tapfer.

Sie war es gewesen, die mir die Liebe zu den Geschichten nahe gebracht hatte, zu den Geschichten, die sie sich selbst ausgedacht hatte. Wie hatte ich das vergessen können? Wie hatte ich diese Reisen auf den Wogen ihrer Stimme vergessen können?

So, wie die Dinge ausgegangen waren, wäre es besser gewesen, wenn sie Aga Jamsheed gehorcht hätte. Aber sie konnte ja nicht ahnen, dass Scheherazade alle Mädchen in der Stadt retten würde – was ihr im Übrigen vielleicht auch nicht mehr lange gelingen würde. Also, meine Mutter war wahrscheinlich nicht so listig gewesen wie Scheherazade und auch nicht so klug. Aber wer war das schon? Wie konnte ich das von ihr erwarten?

Sie war meine Madar und sie war tapfer und auf die einzige ihr bekannte Weise hatte sie mich beschützt.

Farahs Mann sammelte Dornenholz in dem Wald vor der Stadt und verkaufte es im Basar als Brennholz. Wenn sie einmal wach waren, ließen sich die beiden Babys weder durch Geschichten noch durch Vorsingen oder Schaukeln beruhigen. Als ich aufstand, war Farahs Mann schon gegan-

gen und sie selbst schuftete bereits und schleppte Wasser-
eimer vom Nachbarbrunnen heran. Als ich ihr meine Hilfe
anbot, wollte sie nichts davon wissen. Ich sollte nicht vors
Tor gehen. Sie goss mir eine Schale Wasser ein und reichte
mir einen kleinen Laib Gerstenbrot. Dann schaufelte sie einen kleinen Topf voll Linsen und bat mich Käfer und Schot-
ter herauszusuchen.

Ich half ihr den ganzen Tag lang – betreute die Kinder, spann,
siebte Getreide, schrubbte die Böden und flickte die Kleider
der Kleinen. Farah schien traurig über meine neu erworbene
Geschicklichkeit in diesen niederen Diensten, wie sie es
nannte. »Das würde deiner Mutter das Herz brechen«, sagte
sie. Aber ich merkte, dass sie sich über meine Hilfe freute.

Sie waren arm, viel ärmer als Tante Chava. Farahs Gesicht
war voller Falten und strahlte Trostlosigkeit aus. Sie hatte
keine Verwandten, die ihr hätten helfen können. Wie ich
bald herausfand, heulten die Babys vor Hunger. Beim Stillen
saugten sie kurz und gierig, drehten sich dann von Fahras
Brüsten weg und schrien. Nicht genügend Milch. Eine Ziege
konnte sich die Familie nicht leisten, die Hühner waren mager und die Vorräte an Linsen und Getreide beinahe ausge-
schöpft.

Farahs Mann kam an diesem Tag erst spät in der Nacht zurück. Kaum dass er den Hof betreten hatte, scheuchte sie
ihn in den kleinen Lagerraum. Dann hörte ich, wie sie sich
stritten: »Sie ist gefährlich!«, rief der Mann. »Wenn sie uns
mit ihr schnappen, bringen sie uns um.« Farah hob ihre
Stimme zu sanftem Protest, aber ich konnte nichts verstehen. Ich kroch zur Tür und öffnete sie ein wenig.

»... die Briefmeisterin im Palast«, sagte Farahs Mann. »In ihrem Pavillon haben sie Botschaften von Abu Muslem gefun-

den. Sie wissen jetzt, wer er ist, nämlich der alte Wesir des Sultans, der, den er verbannt hat. Wie ich hörte, haben sie die Briefmeisterin gefoltert, damit sie sagt, wo er ist und wer noch alles in die Verschwörung verstrickt ist.«

»Hat sie etwas gesagt?«, fragte Farah.

»Woher soll ich das wissen? Wenn man das Mädchen hier findet, sind wir es, die gefoltert werden. Sie kann nicht hier bleiben.«

»Aber ich bin es ihrer Mutter schuldig. Nur noch zwei Tage, hat Abu Muslem gesagt. Was soll denn aus ihr werden, wenn wir sie auf die Straße schicken?«

»Du bist zu gutherzig, Frau. Denk an deine eigene Sicherheit. Denk an deine Söhne. Wenn dir etwas zustößt . . .«

Einen Moment lang war es still, ich hörte nur das leise Rascheln von Stoff und einen leisen Seufzer. Dann wieder die Stimme des Mannes: »Ich gebe ihr noch heute Nacht. Morgen muss sie gehen.«

Vorsichtig schloss ich die Tür. Eine kalte Hand griff nach meinem Herzen. Ich hatte mir von dem Geschichtenerzähler zu viel erhofft. Ich hatte gedacht, dass er die ganze Sache schon irgendwie richten würde. Aber so . . . Zaynab gefoltert! Wegen der Botschaften von Abu Muslem.

Würden sie sie töten, wenn sie nicht verriet, wo er war?

Wusste sie überhaupt, wo er war?

Ich würde nicht hier bleiben, bis Farahs Mann mich auf die Straße hinausjagte. Ich musste noch heute Nacht verschwinden.

Ich wartete, bis alles ruhig geworden war und Farahs Mann schnarchte. Ich schob die Bettdecke beiseite und kniete mich auf meine Matratze. Dort knüpfte ich das Bündel auf, das ich aus meiner Schärpe gemacht hatte. Ich tastete mich zu den Gefäßen mit Lebensmitteln und versenkte die Münzen in dem fast leeren Linsentopf.

Für meine Mutter konnte ich nichts tun. Aber das hier konnte ich tun – für ihre Freundin.

Nur einen Augenblick gestattete ich mir die Vorstellung, wie Farah die Münzen finden würde – die Überraschung und Verwunderung in ihrem Gesicht. Ich stellte mir vor, wie all diese Lebensmittelgefäße überquollen, sah vor mir eine dickliche Amme, die die Babys stillte, und eine Dienerin, die Farah bei der Arbeit half. Ich wusste nicht, ob die Münzen für all dies reichen würden, aber in meiner Vorstellung machte sich dieses Bild sehr gut.

Ich zog mir den Schleier über und nahm meine Sandalen, zog sie aber nicht an. Dann schlüpfte ich aus dem Hoftor.

Während ich durch die engen Straßen lief und auf die Dinge achtete, die ich mir auf dem Hinweg eingeprägt hatte, hing der Mond tief über der Stadt. Ich blieb stehen und zog die Sandalen an. Kurz darauf war ich schon an der Ecke, an der Ayaz mir zweimal die Augen verbunden hatte. Freudig stolperte ich durch die dunkle Gasse, in mir erblühte die Hoffnung. Vielleicht hatte der Geschichtenerzähler ja einen Plan zur Rettung von Zaynab. Er konnte sie doch nicht sterben lassen.

Ich klopfte.

Keine Antwort.

»Ich bin's, Marjan«, sagte ich leise. »Lasst mich rein.«

Immer noch keine Antwort.

Als ich drückte, ging die Tür leise auf.

Stille, aber nicht die Stille von lauschenden oder schlafenden Menschen. Eine leere Stille.

Im Mondlicht, das durch den offenen Eingang sickerte, konnte ich erkennen, dass der Raum leer war. Keine Teppiche, keine Lampe, keine Truhe.

Sie waren weg.

Ich fühlte mich betrogen und sank zu Boden. Dabei sagte ich mir selbst, dass sie hatten fortgehen müssen. Es war jetzt viel zu gefährlich hier. Sie hatten für mich gesorgt. In zwei Tagen wäre jemand gekommen und hätte mich an einen sicheren Ort gebracht.

Aber in zwei Tagen war es für Zaynab vielleicht schon zu spät. Sie hatten sie mit Abu Muslem in Verbindung gebracht und mich mit ihr. Und da jedermann wusste, dass Scheherazade mich in den Harem geholt hatte, würde es nicht lange dauern, sie auch an diesem Faden aufzuhängen. Sie mit dem Verräter in Verbindung zu bringen, den der Sultan seit Jahren verfolgt.

Denk nach!

Die Wahrheit, die wir so lange mit so viel Aufwand zu verbergen versucht hatten, war nicht halb so schlimm wie das, was man Scheherazade inzwischen vorwerfen würde. Aber auch die Wahrheit mit Scheherazades kleinen Betrügereien würde den Sultan wahrscheinlich erzürnen.

Die ganze Zeit dachte ich an etwas, das Scheherazade mir erzählt hatte. Es ging darum, gefährliche Wahrheiten in Geschichten zu packen, die wiederum in anderen Geschichten steckten. Ich schmiedete einen verzweifelten Plan.

Etwas Besseres fiel mir nicht ein.

Kapitel 22

Der Sultan

Über das Leben und das Geschichtenerzählen

In den alten Geschichten liegt die Macht in den Worten. Man braucht Worte, um einen Dämon herbeizurufen oder eine verzauberte Tür zu öffnen oder einen Zauber zu brechen. Wenn man die falschen Worte benutzt, kann man alles Drumherum noch so richtig machen, es funktioniert nicht.

Wer mit Worten umgehen kann, muss nicht stark sein und einen Scimitar schwingen oder Armeen anführen.

Mit Worten können auch die Machtlosen Macht ausüben.

Kurz nach Tagesanbruch bog ich in eine breite Allee ein und sah den Haupteingang des Palastes vor mir. Langsam füllten sich die Straßen, deshalb war ich nicht mehr so verdächtig wie zuvor. Ich hatte lange Zeit gebraucht, um hierher zu kommen. Ich hatte einen weiten Umweg gemacht, war durch möglichst schmale Gassen gelaufen und hatte mich in Nischen oder an Ecken herumgedrückt, sobald ich Stimmen gehört hatte.

Wenn ich schon zurückmusste, war es doch besser, es aus freiem Willen zu tun, anstatt von den Haremswächtern herbeigeschleppt zu werden. Lieber direkt zum Sultan, als der Khatun in die Hände zu fallen.

Eine seltsame Ruhe überkam mich, als ich aus der Menschenmenge auf der Straße ausbrach und mich den Palastwachen näherte. Eigentlich erwartete ich fast, dass sie vorwärts stürzen und mich ergreifen würden, aber sie standen nur da und beobachteten mich.

»Ich bin Marjan, Scheherazades Sklavin«, sagte ich. »Ich bin aus dem Harem weggelaufen und komme jetzt zurück, um mich dem Sultan zu unterwerfen. Und um ihm eine Geschichte zu erzählen – eine, die er bestimmt hören will.«

Sie übergaben mich drinnen zwei Wächtern, die mich mit ihren Speeren vorantrieben und mit mir durch den gefliesten Hof marschierten, wo ich mit Tante Chava zusammen gewesen war. Wir gingen nicht durch die Haremstore, sondern hielten uns rechts und gingen durch die Türen zum königlichen Versammlungssaal, in dem der Sultan regierte. Wir liefen durch atemberaubend schöne Räume, und überall, wo wir vorbeikamen, standen Männer, die in farbenfrohe Seidengewänder gekleidet waren. Schließlich gelangten wir zu einer hohen goldenen Tür, vor der zwei Wachen standen. Die vier Wächter sprachen leise miteinander. Sie wollten den Sultan nicht unterbrechen, aber einer von ihnen sagte: »Sie wird gesucht.« Ich hörte, wie im Saal hinter der Tür gestritten wurde.

Jetzt öffnete einer der Wächter die Tür und schlüpfte hinein. Die Stimmen wurden lauter und wurden dann von einer tiefen grollenden Stimme unterbrochen, die alle anderen zum Schweigen brachte.

»Ja. Was ist los?«

»Wir haben das Mädchen, das weggelaufen ist, Herr. Sie unterwirft sich dir und bittet darum, dir eine Geschichte erzählen zu dürfen.«

Ein Murmeln ging durch den Saal.

»Lasst sie hereinkommen«, sagte die tiefe Stimme.

Der Wächter stieß die Tür weit auf. Vor mir lag der große Saal mit Fenstern aus Buntglas, Wandbehängen aus goldenem Tuch und geschnitzten Decken, die höher waren als ausgewachsene Bäume. Ganz hinten saß inmitten stehender Menschen ein Mann auf einem Thron. Seine schwarzen Seidengewänder waren mit Zobel eingefasst, er trug einen riesigen Rubin im Turban und einen diamantbesetzten Dolch im Gürtel.

Der Sultan.

Plötzlich war meine Ruhe dahin und ich wünschte mir nichts sehnlicher, als mich umzudrehen und wieder herauszurennen.

Ich ging so anmutig wie möglich. Der Raum verschwamm vor meinen Augen, ich sah nur noch den Sultan. Ich kniete vor ihm nieder und küsste den Teppich zu seinen Füßen. Ich zitterte.

»Die da!« Die Stimme der Khatun. »Scheherazades Krüppel, die Mittlerin zwischen deiner Herrscherin« – ihre Stimme triefte vor Verachtung – »und diesem Verräter.«

»Steh auf«, sagte der Sultan.

Ich stand langsam auf und schaute ihn an. Er hatte harte Augen. Rasch schaute ich zu den anderen hinüber und erblickte die Khatun und neben ihr Soraya. Außerdem standen da zwei Männer, die ich nicht kannte, ein älterer und ein jüngerer. Der jüngere sah dem Sultan ähnlich. Sein Bruder vielleicht? Sein Bruder aus dem Lande Samarkand, der ebenfalls eine Frau pro Nacht umbrachte? Und dann fand ich den, nach dem ich suchte: Weiter hinten in einer dunklen Ecke stand der erwähnte Verräter. Der Geschichtenerzähler – Abu Muslem.

War er gekommen, um Zaynab zu helfen? Seine Hände waren gebunden. Was mich wirklich überraschte, war, dass neben ihm – ebenfalls gefesselt und bewacht – der goldgewandete Eunuch stand.

»Soso. Du willst mir also eine Geschichte erzählen«, sagte der Sultan.

»Ja, Herr.« Ich brachte nur ein furchtsames Flüstern zu Stande.

»Ich bin wirklich froh, dass überhaupt jemand etwas sagen will«, sagte er mit triefendem Sarkasmus in der Stimme. »Meine Briefmeisterin will nicht. Und auch die beiden da«, er zuckte mit dem Kopf in Richtung des Geschichtenerzählers und des goldgewandeten Eunuchen, »wollen nicht gestehen, wozu sie sich verschworen haben. Jetzt bin ich aber wirklich neugierig. Ist die Geschichte wahr, die du mir erzählen willst?«

»Die Geschichte enthält Wahrheit, Herr«, sagte ich.

»Wirklich.« Er verengte die Augen und ich sah zu Boden. »Und worum geht es?«

»Es geht um einen armen Jungen, Herr, den Diener eines mächtigen Zauberers.« Ich sprach immer noch zittrig und leise und zwang mich dazu, lauter zu sprechen. »Jeden Tag ging er mit seinem Herrn ans Meer. Der Zauberer warf sein Fischernetz aus und sagte ein Zauberwort. Dann bliesen sich die Fische zu Bällen auf und trieben durch das Wasser nach oben und verhedderten sich im Netz, bis der Zauberer ein anderes Zauberwort sagte. Dann . . .«

»Das ist unerhört!« Die Khatun schwankte auf mich zu. »Mein Sohn, überlass das Mädchen mir. Sie ist so dreist hier hereinzuplatzen und dich von wichtigen Staatsangelegenheiten abzulenken, und das mit dieser aufgeblasenen Geschichte von verzauberten Fischen. Sie ist eine Haremsklavin – aus meinem Bereich. Ich werde schon eine wahre Geschichte aus ihr herausbekommen.«

Der Sultan hob die Hand. »Warte. Dazu kommen wir gleich. Dieses Mädchen ist meinen Wächtern entkommen und hatte sich in Sicherheit gebracht. Jetzt ist sie zurückgekommen, um mir diese Geschichte zu erzählen. Das finde ich lustig. Du weißt, dass ich gerne Geschichten höre«, sagte er und ein freudloses Lächeln spielte um seine Mundwinkel. »Diese hier kenne ich noch nicht.«

Ich wusste, dass er sie noch nicht kannte, weil ich sie erfunden hatte. Ich konnte nicht riskieren, ihm eine Geschichte zu erzählen, die er schon kannte. Was soll's, schon meine Mutter hatte Geschichten erfunden, es lag mir im Blut.

»Aber«, warnte mich der Sultan, »du wirst diesen Saal nicht verlassen, ohne mir gestanden zu haben, was für Dummheiten du gemacht hast und warum du weggelaufen bist.«

»Das werde ich tun, Herr.«

»Gut. Fahre fort.«

Ich erzählte, wie der Junge des Zauberers selbst fischen gehen wollte, aber das zweite Zauberwort vergessen hatte. Als die Fische sich zu Bällen aufbliesen und in die Luft schwebten, zerrte der Junge an den Seilen des Netzes und wollte es herunterziehen. Aber die Fische zogen ihn hoch und bald war er so weit in der Luft, dass er nicht mehr loslassen konnte. Sie schwebten im Himmel über die grünen Hügel hinweg in ein fernes Land. Schließlich schwebten die Fische wieder nach unten und landeten in einem schönen Garten im seichten Wasser eines Teiches.

»In dem Moment sah der Besitzer des Gartens den Jungen und holte seine Wächter. Er wollte den Jungen dafür töten, dass er in seinen Garten eingedrungen war, um zu stehlen. Der Junge flehte um sein Leben und schließlich sagte der Besitzer: ›Wenn du mir eine Geschichte erzählen kannst, die ich noch nie gehört habe, schenke ich dir das Leben.‹«

Jemand räusperte sich. Ich schaute auf und traf den Blick der Khatun. Mit über der Brust gekreuzten Armen sah sie mich wütend an. Was der Sultan dachte, konnte ich nicht erkennen, aber er unterbrach mich nicht, also erzählte ich schnell weiter.

»Nun geschah es, dass die Fische sich unterhalten hatten, während sie durch die Luft schwebten, und der Junge hatte sie verstanden. Er dachte, der Gartenbesitzer könne unmöglich wissen, worüber die Fische geredet hatten, und erzählte ihm deshalb ihre Geschichte. Die Geschichte handelte von einem Nix, dem König der Meere . . .«

»Dieser König hieß nicht etwa . . . Badar Basim?«, unterbrach der Sultan.

»Nein. Dieser hier war ein anderer Nix. Noch glorreicher und mächtiger als Badar Basim. Der Herrscher über alle Meeresgeschöpfe.«

Der Sultan formte aus seinen Fingern ein Zelt und tippte die Fingerspitzen aneinander. »Fahre fort.«

Ich holte tief Luft, um meine zitternde Stimme zu festigen. Jetzt kam der brenzlige Teil. Was würde der Sultan tun, wenn ich den Spiegel meiner Geschichte hochhielt und er sich selbst darin erblickte? Ich erzählte, dass der Nix mit einer schönen Meermaid verheiratet war, die ihn jedoch betrog. »Also ließ er sie hinrichten und schwor sich jede Nacht eine neue Meermaid zu heiraten und ihr am nächsten Morgen den Kopf abzuschlagen, damit ihn nie wieder eine Frau betrügen konnte.«

Der Sultan sprang auf. »Diese Geschichte kommt der Wahrheit zu nahe!«, wütete er. Die Wächter kamen auf mich zu. Das Herz blieb mir stehen, aber ich blieb standhaft und versuchte meine Angst nicht zu zeigen. Ich zuckte mit den Schultern. »Das ist doch nur eine Geschichte«, sagte ich, »die die Fische erzählt haben. Der Grundbesitzer fand sie lustig und ich hatte gehofft, sie würde dir auch gefallen.«

Der Sultan machte es sich langsam wieder in den Kissen bequem. »Fahre fort«, sagte er grimmig.

Ich machte weiter. »Alles geschah, wie er es gesagt hatte, bis der Meerkönig eines Tages eine schöne Meermaid heiratete, die ihm ein seltsames Lied vorsang. Es hatte jedoch viele Strophen und sie hatte nicht genug Zeit, um es vor dem Morgen zu Ende zu singen, wenn der König beten und seine Verpflichtungen gegenüber seinen Untertanen erfüllen musste. Deshalb ließ er sie bis zum nächsten Morgen leben . . .«

»Lass sie nicht weiterreden!« Die Khatun schlurfte vorwärts, bis sie neben mir stand; ihr krankhaft süßer Gestank quälte meine Nase. »Mein Sohn! Merkst du gar nicht, was sie tut? Sie macht sich über dich lustig!«

»Machst du dich über mich lustig?«, knurrte der Sultan.

»Nein, nein, Herr. Ich will nur . . .«

»Gib sie mir jetzt! Erniedrige dich nicht so weit, dass man sich über dich lustig macht.«

Der Sultan schnipste mit den Fingern und zwei Wächter ergriffen meine Arme.

»Einen Augenblick noch, edler Herrscher!« Ich fühlte, wie bei dieser Kühnheit alle Blicke im Raum auf mir lasteten.

»Ich dachte, du willst vielleicht erfahren, Herr, wie die singende Meermaid ihren Ehemann . . . betrogen hat.«

»Wartet«, sagte der Sultan zu den Wächtern. Sogar die Khatun war still.

»Es war nur eine Kleinigkeit«, sagte ich, »die ihr aber viel Kummer eingebracht hat.«

Der Sultan starrte mich an, es erschien mir wie eine Ewigkeit. Ich senkte den Blick. Mir war heiß, unangenehm heiß. Das Blut rauschte in meinen Ohren. Schließlich sah ich aus den Augenwinkeln, wie der Sultan den Wächtern zunickte. Sie ließen meine Arme los, blieben aber zu beiden Seiten stehen.

»Fahre fort«, sagte der Sultan. Er sprach jetzt leise. Drohend.

Ich stürzte mich hinein.

»Es war kurz nach der Geburt ihres dritten Sohnes, Herr. Sie war erschöpft vom Kinderkriegen und verwirrt auf Grund des Schlafmangels.« Ich erzählte, wie der Mermaidkönigin in jener Nacht kein Lied einfiel und wie ihre Schwester ihr ein armes Dienstmädchen aus einem weit entfernten Teil des Reiches brachte. »Eine Meermaid mit einer gebrochenen Flosse«, sagte ich. »Sie schwamm ein wenig schief. Aber sie sang gerne Lieder.« Das war zwar nicht besonders spitzfindig, aber ich hatte ja auch nicht tausend Nächte, um meine Botschaft zu vermitteln. Dann erzählte ich, wie die Meermaid mit der gebrochenen Flosse der Königin ein Lied vorsang und wie schön der König es fand und sie darum bat, noch mehr Strophen dieses Liedes zu singen. Und dann erzählte ich, wie die Königin in ihrem Eifer, ihm zu gefallen, genau das versprochen hatte.

»Sie sagte, sie kenne den Rest, Herr. Sie wollte ihm so gern gefallen. Aber sie kannte die anderen Strophen des Liedes doch nicht. Darin bestand ihr Betrug.«

Ich hielt den Blick gesenkt und wagte in Erwartung seines Zorns nicht zu atmen.

»Und die Meermaid mit der gebrochenen Flosse – kannte sie den Rest des Liedes?«, fragte er bedächtig.

Ich sah zum Sultan hinüber, aber ich konnte in seinem Gesicht nicht lesen. Es war verschlossen. Eine Maske aus Stein. »Nein«, sagte ich. »Aber sie hatte den ersten Teil Jahre zuvor von einem Sänger im Basar gehört. Und sie glaubte, dass er mehr wusste und dass sie ihn vielleicht finden würde.«

Dann erzählte ich, wie die Königin das Mädchen zweimal herausgeschmuggelt hatte, um die restlichen Strophen zu finden. Ich ließ die Geschichte glücklich enden und redete immer schneller, damit mich ja niemand unterbrach, bevor ich fertig war. »Der Meerkönig vergab also seiner Königin und er verehrte sie mehr als alle anderen Frauen. Von nun an sollte sie nur noch aus Freude singen. Er würde sie nie mehr dazu zwingen. Und er würde sie nie, niemals umbringen. Und dann . . .«, sagte ich, »ließ der Grundbesitzer Gnade beim Zauberlehrling walten. ›Du hast mir wirklich mit einer Geschichte die Zeit vertrieben, die ich noch nicht kannte‹, sagte er. Er gab ihm ein Maultier und Obst aus seinem Garten und zeigte ihm den Weg nach Hause.«

Als ich zum Ende gekommen war, blieb ich mit gesenktem Blick stehen. Jetzt war es vorbei. Entweder hatte ich Scheherazade gerettet oder verdammt.

»Sie lügt«, sagte die Khatun.

»Hmmm.« Die Stimme des Sultans. Aus den Augenwinkeln konnte ich sehen, wie er wieder die Finger aneinander tippte. »Und diese . . . Meermaid wusste nicht, dass der Geschichtenerzähler Abu Muslem war?«

»Nein! Sie hatte nicht den geringsten Verdacht, Herr!«

»Hmmm.« Er sprach leise, als spräche er mit sich selbst. »Soso. Wenn deine Geschichte Wahrheit enthält, so wäre mein alter Wesir nicht nur Abu Muslem, sondern auch dein Sänger im Basar. Was Sinn machen würde – wenn ich genau darüber nachdenke –, denn er war es, der mir die Geschichte von Julnar erzählt hat, als ich ein kleiner Junge war. An Zaynab, die er von früher kannte, muss er geschrieben haben aus Gründen der Romantik oder der Verschwörung, ich weiß es nicht. Und als er dann hörte, dass sie gefangen gehalten wurde, versuchte er sie zu retten, mit der Hilfe meines obersten Haremseunuchen. Dabei wurden sie erwischt.« Der Sultan wandte sich an den Geschichtenerzähler. »Nun?«, fragte er, »stimmt das so?«

Der Geschichtenerzähler hielt seinem Blick stand. Dann sagte er: »Ja, Herr.«

»Soso. Jetzt, da das Mädchen dich gelehrt hat, was du sagen sollst, willst du reden. Stimmt's?«

Der Geschichtenerzähler sagte nichts.

Der Sultan seufzte. »Na ja, es passt alles zusammen. Aber ich weiß nicht, ob es stimmt.« Er wandte sich dem jüngeren Mann neben ihm zu. »Du siehst die Schwierigkeiten, Bruder«, sagte er. »Was würdest du an meiner Stelle tun?«

»Beweise fordern«, sagte der Bruder. »Zeugen.«

»Hmmm«, sagte der Sultan schon wieder. Er betrachtete mich nachdenklich. »Kann irgendjemand deine Geschichte bezeugen? Außer denen da« – er sah zum Geschichtenerzähler und zu dem goldgewandeten Eunuchen hinüber – »denen ich nicht mehr traue?«

Ich zögerte. Dunyazad musste ich da raushalten, zumal man ihr wahrscheinlich sowieso nicht trauen würde. Dasselbe galt für Zaynab.

»Sie lügt, und das kann ich auch beweisen«, sagte die Khatun. »Über Abu Muslem weiß ich nichts, obwohl ich sicher bin, dass Scheherazade mit ihm auf Verrat aus war. Aber es war ein Mann, den sie in den Harem und wieder hinausgeschmuggelt haben – nicht dieses Mädchen. Der Liebhaber deiner geschätzten Gattin. Ich habe sie zusammen gesehen und nicht nur ich.«

»Es gibt keinen Liebhaber! Das würde meine Tochter nie tun!« Das kam von dem alten Mann. Bestimmt war er Scheherazades Vater, der jetzige Wesir.

»Doch!« Die Khatun bestand darauf. »Ich habe ihn mit eigenen Augen gesehen und Soraya auch. Sag's ihm, Soraya.«

Soraya wurde blass. Ich konnte direkt sehen, wie sie die beiden Seiten gegeneinander abwog und auszurechnen versuchte, welche am wenigsten gefährlich war. Dann sagte sie: »Ich habe nie einen Mann gesehen, Herr.«

»Was!« Fuchsteufelswild funkelte die Khatun Soraya an. »Sie lügt. Sie lügt, um ihre Haut zu retten, genau wie der Krüppel!«

»Mir scheint eher«, sagte der Sultan bedächtig, »dass sie ihre Haut zu Markte tragen. Die hier« – dabei sah er mich an – »kommt aus ihrem sicheren Versteck, um mir zu erzählen, wie sie sich aus meinem Harem geschlichen hat. Und die da« – er wandte sich Soraya zu – »nimmt es mit deinem Zorn auf, der beinahe so berüchtigt ist wie meiner.«

Der Sultan tippte die zum Zelt gefalteten Fingerspitzen aneinander und starrte in die Weite. Plötzlich sprang er auf mich zu, nahm mein Handgelenk und zog mich grob neben sich auf die Kissen. »Diese . . . Meermaid«, sagte er mit zusammengebissenen Zähnen und kam mir dabei so nahe, dass ich die Minze in seinem Atem riechen konnte. »Die, die dem König nachts etwas vorgesungen hat.« Seine Stimme war scharf aber leise. Ich hätte nicht sagen können, ob außer mir jemand etwas verstand. »Was . . .«, fing er an. »Was hielt sie von dem König . . . in ihrem Herzen?«

Ich sah ihm rasch ins Gesicht und der Ausdruck darin überraschte mich. Ein seltsam weicher, verletzlicher Blick voller Weh. Der Ausdruck eines Mannes, der im Schlaf weinen kann wie ein Kind. Aber schon war die steinerne Maske wieder an Ort und Stelle.

»Hasste sie ihn dafür, dass er sie jede Nacht um ihr Leben singen ließ? Spielte sie ihre Zuneigung nur, um ihre Haut zu retten? Fand sie ihn abstoßend wegen seiner Taten, wegen dem, was er seinen anderen Frauen angetan hatte? Wegen seiner . . . Sünden?«

»Nein, Herr«, sagte ich leise. »Sie hat ihn geliebt.«

»Schwörst du mir das?« Sein Griff schloss sich fester um mein Handgelenk, bis es weh tat.

»Ja, Herr. Sie hat mir erzählt . . .« Ich unterbrach und berichtigte mich. »Sie hat es der Meermaid mit der gebrochenen Flosse erzählt. Sie sagte, der König habe – der Meerkönig, Herr –, sie sagte, er nähre einen tiefen Schmerz in seiner Brust. Sie sagte, dass sie ihn lindern wolle. Und als die Meermaid mit der gebrochenen Flosse . . . sie fragte, wie sie ihn bloß lieben konnte – trotz all der Dinge, die du eben genannt hast, Herr –, sagte die Königin: ›Ich schäme mich nicht dafür, ihn zu lieben. Liebe kann niemals falsch sein. Falsch ist nur der Hass.‹«

Ich sah ihn wieder an. Schmerz überflutete seine Augen. Ein Zucken unterlief seine Haltung und die steinerne Fassade wankte. Brach zusammen. Die Muskeln in seinem Gesicht arbeiteten, kämpften um Selbstbeherrschung. Er senkte den Kopf und bedeckte das Gesicht mit den Händen. Ich hörte, wie er scharf Luft holte, als würde er schluchzen.

Es war still im Saal. Niemand sah den Sultan an und alle mieden den Blick der anderen.

Alle außer der Khatun. Erschrocken starrte sie ihren Sohn an.

Endlich nahm er die Hände vom Gesicht. Er hatte es in seine Maske zurückverwandelt.

»Du hast immer noch keine Beweise, weder für die eine noch für die andere Geschichte«, erinnerte ihn sein Bruder.

Der Sultan nickte.

»Beweise?«, sagte die Khatun. »Du glaubst deiner eigenen Mutter nicht? Die dich geboren hat? Dich genährt hat? Dich dein ganzes Leben lang vor Mördern beschützt hat? Die . . .«

»Gnädige Mutter, du hast all diese Dinge getan. Dafür werde ich dich immer in Ehren halten. Jetzt aber . . .« Er sah sich im Saal um. »Eine Geschichte muss ich mir noch anhören. Von Scheherazade. Unter vier Augen. Also lasst mich jetzt allein – alle.«

»Und was willst du mit denen machen?«, fragte die Khatun und zeigte erst auf mich, dann auf den Geschichtenerzähler und zuletzt auf den Eunuchen.

Der Sultan sah aus, als habe er uns alle völlig vergessen.

»Oh«, sagte er. »Nun, sie haben mich allesamt betrogen. Wachen, bringt sie in den Kerker. Sperrt sie ein.«

Kapitel 23

Die grünen Hügel

Über das Leben und das Geschichtenerzählen

*Alle Geschichtenerzähler haben ihre eigene besondere Art,
Geschichten zu beenden. Meine Mutter sagte immer: »Und
jetzt ist meine Geschichte zu Ende, aber der Spatz hat
nicht nach Haus gefunden« – auch wenn in der Geschichte
gar kein Spatz vorkam. Andere Erzähler hören mit einem
Reim auf, zum Beispiel:*

> *Ich dichte und dichte*
>
> *Jetzt ist Schluss mit der Geschichte.*

*Die Geschichtenerzähler im Basar sind dafür bekannt,
dass sie an dieser Stelle dem Publikum einen Hinweis geben, welche milde Gabe willkommen wäre:*

> *Die Geschichte ist jetzt aus,*
>
> *wie wäre es mit Applaus?*
>
> *Ich will euch nicht ans Gold,*
>
> *Münzen reichen mir zum Sold.*

*Wenn man dann diese Worte hört, die Schlussworte, dann
weiß man, dass die Geschichte zu Ende ist.*

*Aber im wirklichen Leben ist es anders. Der Schluss ist ver-
drehter als in Geschichten. Manchmal möchte man eine
Episode abhaken, obwohl sie noch nicht zu Ende ist.*

*Im Leben ist es nun mal so, egal, was passiert, es geht wei-
ter. Was wie ein Schluss aussieht, ist in Wirklichkeit oft
ein verborgener Anfang.*

Die Wächter scheuchten uns über eine lange, schmale Treppe in einen Gang mit Holztüren. Etwa in der Mitte des Ganges schlossen sie eine Tür auf und schoben mich in eine dunkle Zelle. Ich hörte, wie sich der Schlüssel im Schloss drehte, dann gingen sie fort und schlossen eine andere Tür auf.

Erst dachte ich, ich sei allein.

Im Licht des staubigen Sonnenstrahls, der durch ein kleines Fenster oben an der Wand fiel, erkannte ich Eisenringe an den Steinwänden. Auch der Boden war aus Stein – grob behauen, sandig und schmutzig. Es stank.

In einer Ecke verdichteten sich die Schatten zu einer festen Gestalt: Eine Frau stand langsam auf.

»Marjan? Ich dachte, du wärst entkommen. Ach, mein Armes!«

Zaynab!

Ich rannte auf sie zu, sie nahm mich in den Arm. Sie roch nach Federn, angenehm und staubig. »Haben sie dir weh getan?«, fragte ich.

»Oh, es hat weh getan. Aber jetzt nicht mehr.«

»Nun, du kannst ihnen alles sagen, was sie wissen wollen. Erzähle es ihnen einfach, dann tun sie dir nicht mehr weh. Ich habe dem Sultan heute Morgen alles erzählt. Nur nicht über Dunyazad. Wir dürfen nichts über sie sagen.« Ich berichtete ihr die Geschehnisse seit meiner Flucht aus dem Palast – wie ich den Geschichtenerzähler gefunden und herausgefunden hatte, dass er auch noch der alte Wesir und Abu Muslem war. Was Farah mir über meine Mutter erzählt hatte. Wie ich von ihr weggegangen war und den Geschichtenerzähler nicht gefunden hatte und dass ich dann zurückgekommen und dem Sultan meine Geschichte erzählt hatte.

»Hat er dir geglaubt?«, fragte Zaynab. »Wird er Scheherazade vergeben?«

»Das weiß ich nicht. Einen Augenblick lang dachte ich, ja. Er
hat gesagt, dass er mit ihr allein reden will. Aber dann hat er
mich und den Geschichtenerzähler und den obersten Haremseunuchen hier heruntergeschickt. Weil wir ihn betrogen haben.«

»Das hat er gesagt? Betrogen?«

Ich nickte.

Zaynab schloss die Augen und schüttelte den Kopf.

»Hoffentlich habe ich nicht . . . Oh, wenn ich sie in den Tod
geschickt habe . . .«

»Das darfst du nicht denken, Liebes. Das hast du nicht! Natürlich hast du das nicht!«

»Was glaubst du, wann werden wir es genauer wissen? Was
er macht, nachdem er mit Scheherazade gesprochen hat?«

Zaynab seufzte. »Ich weiß nicht. Vielleicht nicht vor morgen. Um die Zeit kündigten sie früher immer eine neue Frau
an. Wir werden die Glocken läuten hören.«

»Und wenn wir nichts hören?«

»Das wäre eine gute Nachricht.«

Der Tag wollte nicht vergehen. Wir warteten. Lauschten.
Ein Eunuch kam und brachte Essen und Scherbett, aber er
weigerte sich unsere Fragen zu beantworten. Aber: »Scherbett!«, sagte Zaynab verwundert. »Das ist das erste Mal,
dass ich in dieser Zelle Scherbett bekomme.«

Ich fragte sie manche Dinge, die ich mir zu dem Geschichtenerzähler überlegt hatte. Sie erzählte mir, dass die beiden zusammen gearbeitet hatten, als sie Briefmeisterin war
und er Wesir. Sie waren nicht gerade befreundet gewesen,
bezeugten einander jedoch Respekt. Nach seiner Verban-

nung hatten Zaynab und er einige Male durch die Tauben Briefe ausgetauscht, bis der Sultan Zaynab für kurze Zeit durch einen Mann ersetzt hatte. »Damit war das zu Ende«, sagte Zaynab. »Ich habe nie wieder etwas von ihm gehört. Ich wusste nicht, dass er Abu Muslem war, bis er es mir in seinen Botschaften mitteilte, nachdem du ihm die Tauben gebracht hattest.«

»Aber er muss dich gern gehabt haben«, sagte ich und dachte daran, was der Sultan über Romantik gesagt hatte. »Sonst hätte er nicht sein Leben riskiert, um dich zu retten.«

»Mich zu retten?« Sie blinzelte mich verwirrt an.

»Habe ich das noch nicht erzählt? Er war mit im Saal, als ich die Geschichte erzählt habe. Gefesselt und bewacht, mit dem goldgewandeten Eunuchen.«

Der wohl derjenige gewesen war, der uns im Harem geholfen hatte. Nicht der mit dem sanften Gesicht. »Sie sind auch hier unten eingesperrt.«

Zaynab sah traurig und nachdenklich aus. »Vielleicht dachte er, da wir zwei nicht mehr da waren, dass niemand übrig bliebe, um zu erzählen, was Scheherazade getan hatte. Vielleicht traute er ihr zu, dass sie sich selbst aus dem Schlamassel ziehen würde, solange es keine Zeugen gab.«

Oder er mochte dich gern, dachte ich bei mir.

Am Spätnachmittag hörten wir die Klänge, vor denen wir solche Angst gehabt hatten. Glocken.

Ich saß da wie gelähmt, betäubt vor Angst.

»Warte«, sagte Zaynab. »Hör zu.«

Weit weg hörte ich den leisen Ruf eines Ausrufers. Er verkündete Neuigkeiten.

»Wegen einer neuen Frau gibt es normalerweise keinen Ausrufer«, sagte Zaynab. »Vielleicht geht es um etwas anderes.«

Die Stimme kam näher, bis wir – endlich! – etwas verstehen konnten:

»Seine Königliche Herrlichkeit Shahryar möchte alle seine Untertanen zur Hochzeitsfeier mit seiner geliebten Königin Scheherazade einladen.«

Später wünschten Zaynab und ich, wir hätten uns den Rest der Botschaft auch noch angehört. Da war noch mehr gewesen, aber vor lauter Freudentänzen hatten wir kein Wort mehr gehört.

Hochzeitsfeier. Sie hatten ihre Hochzeit nie gefeiert. Damals vor drei Jahren hatte der Sultan jede Nacht eine neue Frau geheiratet, sie hatten gar keine Zeit zum Feiern. Aber jetzt . . . eine nachträgliche Feier. Das war gut. Es hörte sich nach etwas Dauerhaftem an.

Ich träumte davon, wie es wäre, wenn Scheherazade uns holte. Wir würden vor ihr niederknien, aber sie würde uns aufhelfen, umarmen und sich überschwänglich bedanken. In einer jubelnden Prozession würde sie uns zum Sultan geleiten, der uns mit ernsten Worten danken und mit Gold, Juwelen und Ehrengewändern beschenken würde. Dann würde man uns ins Sänften durch die Straßen tragen, wo die Menschen uns lächelnd zuwinken und mit Rosenblüten bewerfen würden.

Zaynab jedoch sah alles etwas nüchterner. Sie versuchte mich zu trösten, tätschelte meine Hand, nannte mich Liebes und sagte immer wieder, dass alles gut werden würde. Aber ich merkte doch, dass sie beunruhigt war. Schließlich brachte ich sie dazu, mir ihre Meinung zu sagen. »Ich befürchte, dass der Sultan nicht weiß, was er mit uns machen soll. Du hast den Harem verlassen und ich habe dir dabei geholfen. Und wir hatten beide etwas mit Abu Muslem zu tun. Scheherazade wird versuchen uns zu helfen, dir jedenfalls. Aber der Sultan ist streng. Vielleicht hat er das Bedürfnis, an uns und deinem Geschichtenerzähler ein Exempel zu statuieren. Um zu zeigen, dass keiner davonkommt, der sich ihm widersetzt.«

In den darauf folgenden Tagen und Nächten drangen viele Geräusche in unsere Zelle hinunter: Klangfetzen von Flöten, Trommeln und Becken, freudiger Gesang, Glockenläuten, und je mehr Zeit verging, der dumpfe Klang vieler Stimmen. Zaynab erzählte mir, dass sie in ihrer ganzen Zeit im Palast noch nie von einer so großartigen Feier gehört hatte, wie diese es zu sein schien. »Es sind so viele Stimmen«, sagte sie. »Und die Musik spielt ohne Pause.«

Langsam glaubte ich, dass sie den Sultan richtig eingeschätzt hatte. Ich versuchte mich von meinen Ängsten abzulenken, was wohl aus uns werden würde, und dachte lieber an Scheherazade. Ich stellte sie mir bei der Feier vor. Ich stellte mir vor, wie der Sultan sie ... über alles liebte. Meine Visionen davon, wie sie an der Tür unserer Zelle erschien, verblassten nach und nach.

Ich kämpfte gegen den leisen illoyalen Gedanken, ob sie uns wohl vergessen hatte.

Deshalb glaubte ich am siebten Tag zu träumen, als ich aus einem Nickerchen erwachte und an der Tür eine Erscheinung erblickte. Das Wesen trug ein wundervolles Gewand aus scharlachrotem Brokat mit Goldstickerei und war in einen hauchzarten seidenen Schleier gehüllt. In dem Licht, das durch das obere Fenster fiel, erkannte ich, dass ihre Hände mit komplizierten Hennamustern gefärbt waren, wie bei einer Braut.

»Zieht Eure Schleier über und kommt mit!«

Ich starrte sie mit offenem Mund an. Als ich mich zu Zaynab umdrehte, sah ich, dass sie genauso schamlos glotzte wie ich.

»Mach den Mund zu, Marjan. Beeile dich!«, sagte die Erscheinung.

Da wusste ich, wer sie war.

Dunyazad.

»Was . . .«, begann ich.

»Wir sind hier um euch rauszuholen. Es ist alles genau geplant. Hier seid ihr nicht mehr sicher nach dem, was mit Soraya passiert ist. Deshalb . . .«

»Soraya?« Ich begriff nur langsam. Ich hatte so lange auf diesen Augenblick gewartet, dass ich es jetzt kaum glauben konnte. »Was ist mit Soraya passiert?«, fragte ich.

»Oh – ihr habt keine Ahnung, stimmt's?«

»Wir haben den Ausrufer gehört, der gesagt hat, dass der Sultan seine Hochzeit mit Scheherazade feiern will. Aber . . . aber du . . . bist angezogen wie zu einer Hochzeit . . .« Plötzlich kam mir ein fürchterlicher Gedanke. »Sie ist doch nicht . . .«, sagte ich, »er hat doch nicht . . .«

»Meiner Schwester geht es gut«, sagte Dunyazad. »Werft eure Schleier über! Ich erzähle euch alles unterwegs.«

Zaynab und ich nahmen unsere Schleier und folgten Dunyazad zur Tür hinaus in den engen Gang. Am Ende des Ganges in der Nähe der Treppe warteten der Geschichtenerzähler und der Eunuch.

Dunyazad redete mit uns, während wir auf sie zueilten.

»Wie ihr gehört habt, feiert der Sultan Hochzeit mit meiner Schwester. Er hat sie um Vergebung gebeten und gesagt, dass er das, was er getan hat, sein ganzes Leben lang bereuen wird. Er versprach sie mehr zu ehren als alle anderen Frauen und sie muss keine Geschichten mehr erzählen, es sei denn, sie möchte gerne. Und . . .« Sie hielt inne. »Und sein Bruder heiratet mich.«

Ich blieb stehen und starrte sie an. Der Bruder des Sultans, der doch auch jede Nacht eine Frau umgebracht hatte – den wollte Dunyazad heiraten?

»Komm weiter, Marjan!« Dunyazad nahm mich an der Hand und zog mich an ihre Seite. Der Geschichtenerzähler und der Eunuch gingen die Treppe hinauf und Dunyazad, Zaynab und ich folgten hinterdrein.

»Soraya ist ertrunken im Bad gefunden worden«, sagte Dunyazad. »Die Khatun behauptet, es sei ein Unfall, aber alle anderen glauben, dass die Khatun sie hat umbringen lassen. Deshalb wollte Scheherazade euch nicht aus dem Kerker holen. Um euch vor Unfällen zu schützen, bis wir euch sicher fortbringen konnten.«

Soraya ertrunken? Das traf mich in die Magengrube. Und fortbringen? Wohin? Ich konnte gar nicht alles begreifen, was sie gesagt hatte. Es war zu viel für mich. Und zu viel auf einmal.

Oben an der Treppe führte Dunyazad uns durch einen verlassenen Gang. Die Musik und die Stimmen wurden lauter.

»Der Sultan hat alle seine Untertanen zum Fest eingeladen – die höchsten und die geringsten unter ihnen –, als Zeichen der Versöhnung zwischen ihm und dem Volk«, fuhr Dunyazad fort. »Wegen des Kummers, den er über sie gebracht hat. Wegen ihrer Töchter. Und um seinen Schwur zu feiern, dass er so etwas nie wieder tun wird. Die Gäste kommen aus allen Teilen des Reiches.«

»Du heiratest also heute?«

Dunyazad nickte. »Das Fest ist eine Feier für Scheherazade und den Sultan und meine offizielle Heirat mit seinem Bruder.«

»Aber wie bist du dort weggekommen? Du bist die Braut. Sie werden dich vermissen.«

Dunyazad grinste und ich sah wieder ihre Grübchen. »Ich habe mich weggeschlichen. Du weißt doch, wie gut ich das kann. Aber ich muss bald wieder zurück.«

Jetzt bogen wir in einen Flur ein, der voller Menschen war: Frauen und Eunuchen trugen gebratenes Fleisch, Lebensmittel und Leckereien. Ich zögerte. »Sie können uns sehen.«

»Das ist in Ordnung«, sagte Dunyazad und betrat den Flur. Die Frauen verschleierten sich rasch, als sie den Geschichtenerzähler sahen. Ich hätte mich nicht gewundert, wenn uns jemand angehalten hätte. Stattdessen machten sie uns Platz. Nicht uns, Dunyazad. Dann knieten sie nieder und küssten den Boden zu ihren Füßen. Sie war jetzt eine Königin. Oder jedenfalls sehr bald. Wir bahnten uns einen Weg durch die knienden Körper und gingen in Richtung Küche.

»Es ist alles vorbereitet«, sagte Dunyazad. »Scheherazade und ich haben den Plan entworfen und der Sultan und sein Bruder haben ihm zugestimmt. Trotzdem«, flüsterte sie, »müssen wir euch schnell herausholen, bevor die Khatun Ärger machen kann.«

»Was ist vorbereitet?«, fragte ich. »Wo gehen wir denn hin?«

Dunyazad hielt an der Außentür zur Küche an und gab uns allen eine kleine schwere Brokattasche. »Darin sind Geschenke von meiner Schwester und mir, aber wir wissen, dass wir euch nie zurückzahlen können, was ihr für uns getan habt. Draußen steht eine Karawane. Der Führer bringt euch zu dem alten Palast meines Gatten in Samarkand. Der

Sultan hat meinen Vater zum Vizekönig ernannt – er hat dort das Kommando. Er braucht einen vertrauenswürdigen Wesir«, sagte sie und nickte dem Geschichtenerzähler zu. Dann wandte sie sich an den Eunuchen. »Und einen obersten Eunuchen im Harem.« Sie lächelte Zaynab an. »Und eine Briefmeisterin. Und, Marjan, ich glaube, Zaynab braucht Hilfe. Jemanden, der die Kunst erlernt und ihre Arbeit übernimmt, wenn sie zu alt ist. Außerdem brauchen sie eine gute Geschichtenerzählerin im Harem. Jetzt geht! Die Karawane steht direkt vor der Tür. Alle warten auf euch.«

Der Geschichtenerzähler, der Eunuch und Zaynab schlüpften aus der Tür, nur ich rührte mich nicht. »Kannst du mir noch einen Gefallen tun?«, fragte ich. »Kannst du jemanden zu Onkel Eli und Tante Chava schicken, wo ich vorher gewohnt habe, und ihnen das hier geben? Und sag ihm, sag ihm, er soll Tante Chava erzählen, was aus mir geworden ist.«

Dunyazad nickte, aber sie wollte die Brokattasche nicht nehmen, die ich ihr hinhielt. »Behalte sie, Marjan. Scheherazade hat einige ihrer liebsten Schätze für dich hineingetan. Für deine Freunde wird gesorgt werden – du hast mein Wort. Sie werden unter dem Schutz der Königin stehen. Geh jetzt!«

Ich rührte mich immer noch nicht. »Aber, Dunyazad, wie wirst du . . . Der Bruder des Sultans, er hat auch seine Frauen getötet. Wie . . .« Ich wusste nicht, wie ich es ausdrücken sollte. *Wie willst du sichergehen, dass er dich nicht auch tötet? Und selbst wenn er es nie tun wird, wie kannst du ihn jemals lieben?*

»Er sagt, dass er sich verändert habe«, sagte Dunyazad. »Er hat mir geschworen mich mehr zu ehren als alle anderen Frauen und mir nie weh zu tun. Er ist lieb zu mir«, sagte sie.

»Und er sieht sehr gut aus.« Sie lächelte tapfer, aber ich sah
ein Zittern darin. »Egal«, sagte sie, »er zieht hierhin und regiert fortan Seite an Seite mit seinem Bruder. Scheherazade
hat darauf bestanden, damit wir beide uns nicht trennen
müssen, und die Brüder waren einverstanden.« Sie zögerte
und ihre Augen blickten ernst. »Etwas Besseres konnten wir
nicht erwarten, Marjan. Und ich kann damit leben.«
Sie drückte mich an sich und hielt mich dann auf Armeslän-
ge von sich. »Ich bin schon zu lange weg, Marjan. Möge Allah dir ein langes, glückliches Leben schenken. Ich werde
dich nie vergessen.«
Dann schubste sie mich zur Tür hinaus.
Die Hitze und der gleißende Sonnenschein schlugen wie eine Welle über mir zusammen. Feiernde Menschen drängten
durch die Straße. Über dem Stimmengewirr ertönte die Musik der Hörner, Trommeln und Tamburine. Bunte Tücher
hingen von den Dächern und bildeten einen Baldachin über
den Straßen. Ein Mann mit einem Räuchergefäß ging an mir
vorbei; der Räucherduft vermischte sich mit den Gerüchen
der Tiere, mit Schweiß- und Mistgeruch. Über der Menge
konnte ich die Höcker der Kamele sehen. Ich ging in ihre
Richtung und fand Zaynab in einem Tragekorb an der einen
Seite eines knienden Kamels. Eine Taube saß auf ihrer
Schulter und pickte in ihren Haaren. Sie winkte und rief:
»Beeile dich, Liebes!« Ich drängte mich durch die Menschen
und ein Mann half mir in den Tragekorb, der mit einem Baldachin und Kissen auf dem Sitz ausgestattet war. Der Mann
ging nach vorne zum Kamel und zog an seinem Führungs-
seil. Ich hielt mich fest, als das Kamel hochschlingerte und
uns nach vorn, nach hinten und wieder nach vorn warf, während es seine Beine entfaltete. Jetzt waren wir hoch oben in

der Luft und reisten wie Prinzessin Budur. Von hier oben konnte ich die gesamte Karawane mit ihren Kamelen und Reitern überblicken. Ich sah den Vater von Scheherazade und Dunyazad und den narbengesichtigen Mann, der mir im Haus des Geschichtenerzählers einen solchen Schreck eingejagt hatte. Der Eunuch stieg auf ein Kamel und der Geschichtenerzähler schwang sich rittlings auf ein anderes, drehte sich um und winkte uns. Er schaute Zaynab an und sie wurde rot und wandte sich ab. Er mag sie also doch, dachte ich bei mir.

Aber wo war Ayaz? Der Geschichtenerzähler würde ihn doch nicht hier lassen, oder?

Die Kamele zuckelten schaukelnd vorwärts. Ihre Glöckchen klingelten und die Troddeln schwangen hin und her. Wir zogen gegen den Menschenstrom der Feiernden, die durch die Straßen zum Palast strömten: zu Fuß, mit dem Wagen, in der Sänfte, auf dem Rücken von Pferden, Kamelen, Eseln oder Maultieren.

Es war wirklich seltsam, dass ich inmitten dieser fröhlichen Feier – Scheherazades Triumph! – so traurig war. Alles ging zu Ende: mein Leben in der Stadt, jegliche Hoffnung auf ein Wiedersehen mit Onkel Eli und Tante Chava. Oder mit Scheherazade. Und Dunyazad. Und mit der kleinen Mitra. Oder . . .

Plötzlich hatte ich bildlich vor Augen, wie Soraya mit dem Gesicht nach unten in einem schönen Teich trieb, und ich wurde noch trauriger. Ich hatte nie eine Freundin in ihr gesehen, nicht einmal, als sie mir geholfen hatte. Aber sie hatte nur versucht zu überleben – wie wir alle. Sie hatte ihre Wahl getroffen und war daran gestorben.

Ich drehte mich um und schaute zu, wie der Palast hinter

uns immer kleiner wurde. Ich dachte wieder an Scheherazade, die mit einem Mann verheiratet war, dessen Taten so sehr in Blut getaucht waren, dass er sich nie von dieser Schuld würde befreien können. Inzwischen tat er auch mir Leid, ich konnte sein verkrüppeltes Herz verstehen, aber ich glaubte nicht, dass ich ihm vergeben könnte, so wie Scheherazade es getan hatte. Ich war mir nicht sicher, ob es richtig war, ihm zu vergeben.

Und Dunyazad . . . ich würde für sie beten. Sie würde bestimmt nicht so einfach vergeben.

Plötzlich hörte ich über den Flöten, Tamburinen und frohen Stimmen jemanden rufen: »Onkel!« Ich drehte mich schnell um und suchte die Menge ab, bis ich jemanden auf uns zurennen sah. Es war Ayaz.

Der Geschichtenerzähler rief ihn und dann rannte Ayaz an uns vorbei und kletterte hinter ihm auf das Kamel. Ayaz sagte etwas zu dem Geschichtenerzähler; ihr Kamel schwenkte herum und lief an unsere Seite. »Marjan«, sagte Ayaz und lächelte breit. »Du schuldest mir noch Geld. Viel Geld!«

Ich nickte und merkte, wie sich auch auf meine Lippen ein Lächeln stahl.

»Wo reiten wir hin?«, fragte Ayaz den Geschichtenerzähler.

»In ein neues Leben!«

Ein neues Leben. Wie in den Geschichten, in denen man auf der Suche nach Abenteuern in ein Land gerät, wo man nicht daran gehindert wird, seine Träume auszuleben, nicht durch einen verkrüppelten Fuß und auch nicht durch den Umstand, arm oder als Frau geboren worden zu sein.

Ich wandte mich nach vorn und versuchte die grünen Hügel jenseits der Stadt zu sehen und mir mein neues Leben vorzustellen.

Anmerkung der Autorin

Die Geschichte von Scheherazade, der Königin, die ihr eigenes Leben und das vieler anderer Frauen dadurch rettete, indem sie 1001 Nacht lang Geschichten erzählte, ist sehr alt – wahrscheinlich tausend Jahre alt oder noch älter. Einige Gelehrte vermuten, dass die Geschichte aus Indien nach Persien wanderte, andere nennen als Quelle ein verschwundenes persisches Märchenbuch, das »Hazar Afsaneh« oder »Tausend Geschichten« hieß. Aus Persien wanderte Scheherazades Geschichte in die arabische Welt, wo sie über die Jahrhunderte aufgeführt und – vielerlei Veränderungen unterworfen – weitergegeben wurde.

Die Geschichten, die Scheherazade erzählt hat, wurden aus verschiedenen Zeiten und von verschiedenen Orten überliefert. Dazu zählen im Altertum Mesopotamien und Indien, im Frühmittelalter Persien und Irak sowie im Spätmittelalter Ägypten. Scheherazade und ihre Geschichten wurden dem Westen erstmals 1704 von Antoine Galland vorgestellt. Seitdem wurden sie erzählt und erzählt und sind bei vielen Menschen auf der ganzen Welt beliebt.

Beim Schreiben dieses Buches habe ich mich auf Richard F. Burtons englische Übersetzung gestützt: »The Book of Thousand Nights and a Night«.[*] Ich habe zwar neue Figuren und Ereignisse hinter den Kulissen hinzugefügt, aber ich habe mich bemüht die grundlegende Handlung in Burtons

---

[*] *Für die deutsche Ausgabe haben wir uns auf die Übersetzung aus dem arabischen Urtext von Enno Littmann bezogen, die im Insel Verlag erschienen ist. (Anm. d. Übersetzerin)*

Version nicht zu verändern. Da die Namen in Scheherazades Geschichte persische Ursprünge haben, habe ich meiner Geschichte einen persischen Tonfall verliehen. Ich habe den meisten Figuren, die im Original nicht vorkommen, persische Namen gegeben. Scheherazade, Dunyazad und ihr Vater sowie Shahryar und sein Bruder kommen im Original vor. Marjan, Ayaz, Mitra, der Geschichtenerzähler im Basar und die meisten anderen Figuren sind meine Erfindung. Eine der von Scheherazade erzählten Geschichten hat mich inspiriert Zaynab zu verwenden: »Die Geschichte von den Streichen der listigen Dalîlah und ihrer Tochter Zaynab«.

Die Frauen in meinem Buch sind auf persische Art verschleiert, mit einer älteren Version des Tschador. Während ein Schleier in vielen arabischen Ländern einen Großteil des Gesichts oder sogar das ganze Gesicht verhüllt, bedeckt der persische Schleier die Haare, die Ohren und den Nacken. »Der Mond des Antlitzes« jedoch bleibt sichtbar. Außerdem habe ich mich der islamischen Praxis angeschlossen einige der traditionellen Betzeiten zusammenzufassen, sodass dreimal täglich gebetet wird anstatt fünfmal. Westliche Leser sind vielleicht verwirrt, wenn davon die Rede ist, »Waschungen durch das Berühren von Erde« zu praktizieren. Im Islam ist es wichtig, sich vor dem Beten auf eine bestimmte Weise zu waschen. Wenn man aber kein Wasser zur Verfügung hat, darf man diese Waschungen auch mit Sand oder Erde verrichten.

Julnars Geschichte gehört zu dem, was Burton den Kern nennt: dreizehn Geschichten, die bereits in den frühen Schriften mit Scheherazades Geschichten vorkommen. Die Reihenfolge der Geschichten ist je nach Version unterschiedlich; ich habe mir erlaubt Julnars Geschichte an den Schluss zu setzen.